www.bbulmedia.com

www.bbulmedia.com

혈왕전서

血玉全書

무시무종(無始無終)

8

[완결]

혈왕전서

미르영 신무협 장편 소설

목차

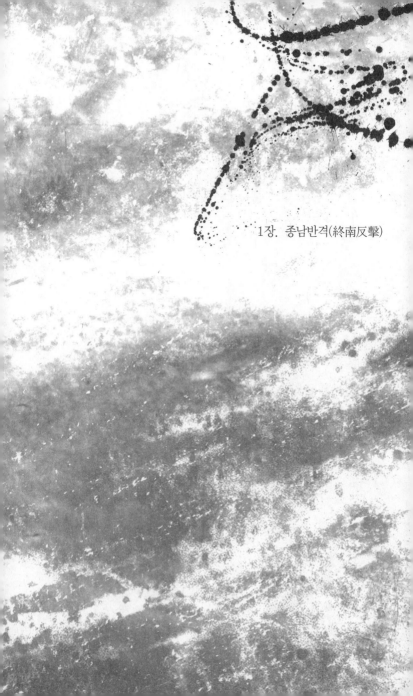

1장. 종남반격(終南反擊)

스스슷!

문인혜의 처소에서 나온 서린은 밤바람을 타고 허공을 날았다. 미풍에 몸을 맡긴 그의 신형이 어느새 당가의 담장을 넘었다.

'숨어 있던 자들도 상당한 실력을 소유하고 있는 것을 보면 무림맹에서도 혈교에 대해 어느 정도 준비를 한 것 같군.'

모른 척했지만 서린은 이야기를 나누는 동안 문인혜의 처소에 두 사람이 숨어 있었다는 것을 알아차렸다. 잘 정제된 기운을 가지고 있는 것이, 특별한 수련을 거친 자들 같았다.

'알아서 잘 대비를 하겠지.'

무림맹도 준비하고 있다는 생각에 어느 정도 마음의 짐을 벗은 서린은 사천당가를 벗어난 후 금강빈관으로 향했다. 어두운 밤이라 사람들이 그리 많아 보이지는 않지만, 가는 동안 서린은 사밀야혼을 풀지 않았다. 무림맹의 천라지망이 펼쳐져 있기도 하지만, 자신의 행적이 알려지는 것이 곤란했기 때문이다.

'어디 간 것인가?'

두 사람의 기운이 전혀 느껴지지 않았다. 윤상호와 육대운은 객잔에 머물지 않았다. 그러나 금강빈관의 입구에 걸려 있는 깃발에서 뜻밖의 소식을 발견할 수 있었다. 저량이 남긴 것으로 보이는 암호였다.

'저건? 의외로군. 그곳에 있다니…….'

저량이 남긴 것은 한 장소를 가리키고 있었다. 서린도 잘 알고 있는 곳이었다. 금광빈관을 벗어나 길을 서둘렀다.

서린이 향하는 곳은 왕건묘였다. 등잔 밑이 어둡다고, 뜻밖에도 당고란을 제압했던 곳에 저량이 숨어 있었던 것이다. 경공을 발휘해 왕건묘에 도착한 서린은 주변을 살폈다. 사위가 조용했다. 밤늦은 시각이라 적막감만이 왕건묘 안에 감돌고 있었다. 주위의 묘지석들은 파괴된 채 그대로 있는 것이, 을씨년스럽기까지 했다.

'으음, 전혀 기운이 느껴지지 않는군.'

혈혈기감을 펼쳤으나 아무것도 느껴지지 않았다. 저량의 표기를 보고 왔건만, 인기척이라고는 하나도 없었다.

'응?'

문득 혈혈기감에 이상한 것이 포착되었다. 하찮은 벌레의 기운이라도 느껴져야 하건만, 아무런 생명의 기운도 찾을 수 없는 곳이 있었다. 생명체가 있다면 조금의 기운이라도 있을 것이고, 절대 혈혈기감을 벗어날 수가 없었다. 그러니 아무 기운도 존재하지 않는 곳이라면 하나밖에 없었다.

'으음, 기문진이라도 친 것인가?'

서린은 기운을 집중해 자신이 발견한 곳을 살피기 시작했다.

'이건?'

주변의 기운을 일제히 차단한 것은 자신도 잘 알고 있는 것이었다.

'그분들이 오셨나? 일단 들어가 봐야겠구나. 안으로 들어가는 기관이 있을 것이다.'

서린은 기묘한 기운이 감지된 곳으로 신형을 옮겼다. 석곽으로 만들어진 묘실로 향한 서린은 주변을 살피기 시작했다. 묘실을 살피다 기이한 것을 발견할 수 있었다. 북두칠성과 같은 모양이 희미하게 산재되어 있었던 것이다.

'내필성(內弼星)과 외보성(外輔星)의 흔적이 더 깊다.'

서린은 북두칠성과는 다른 곳을 바라보았다. 북두칠성 중 무곡성의 자리 좌우로는 희미하지만 두 개의 별이 있는데, 묘실에서도 미세하지만 내필성과 외보성의 자리에 사람의 손길이 닿은 흔적이 남아 있었다.

피핏!

그르르릉!

서린이 지풍을 뻗어 두 별자리를 가격하자 묘실 하단부에 사람이 허리를 구부리고 지나갈 만한 공간이 나타났다.

스스스!

그르르릉!

서린은 사밀야혼을 시전해 통로로 스며들었다. 서린이 나타난 통로로 스며들고 얼마 안 있어 통로가 나타난 묘실은 원래대로 돌아왔다. 지하로 뻗어 있는 것이 통로는 아래쪽으로 경사를 이루고 있었다. 벽을 보면 상당히 오래전에 만들어진 듯했으나 통로는 방금 만들어진 듯 깨끗하기 그지없었다.

지하로 내려오자 상당히 넓어 보이는 광장이 나타났다. 광장의 한구석에 있는 석실에서 희미한 불빛이 흘러나오는 것을 본 서린은 신형을 감춘 채 석실로 향했다.

스스스슥!

석실에 다다른 서린은 사밀야혼을 풀었다. 석실 안에는 상당수의 사람들이 있었다. 붕대를 친친 동여맨 채 석실 한 구석에 누워 있는 다섯 사람을 비롯해 저량은 물론, 화산의 조혜령과 점창의 관주련, 그리고 윤상호와 육대운까지 있었던 것이다.

"누구냐!"

서린이 사밀야혼을 풀자 석실 안에 있던 사람 중 제일 먼저 기척을 알아차린 저량이 소리를 질렀다.

"접니다. 무슨 일이 있었던 겁니까?"

"공자님!!"

저량은 서린을 보자 반갑게 맞았다. 가장 필요한 시기에 서린이 나타났기 때문이다.

"어르신들입니까?"

"그렇습니다. 그리고 다른 한 분은 당가의 천독오로 중한 분이신 삼수사 당문호 어른입니다."

"많이 다치신 것을 보니 황가의숙과 관련이 있군요."

"그렇습니다."

"저분들의 상태는 어떻습니까?"

"다섯 분 다 내상이 심각하기는 하지만, 점차 회복 중이십니다. 지금은 요상단을 취하고 주무시는 중입니다."

"그렇군요. 어찌 된 일입니까?"

서린도 석실로 들어서며 혈왕기를 이용해 다섯 사람의 상세를 살폈다. 기혈의 움직임이 순탄하지는 않지만 안정을 되찾고 있는 것 같았기에 황가의숙의 일에 대해 물었다.

"황가의숙으로 간 것은 혈교의 움직임으로 보이는 단서들이 모두 그곳으로 연결되고 있다는 사실을 알게 되었기 때문입니다. 그곳에서 놈들과 싸우고 있던 어르신들을 만났고……."

저량은 황가의숙의 일부터 화산의 일까지 자신이 알고 있는 모든 사실을 서린에게 이야기해 주었다.

"두르가의 날개 중 하나인 아그니가 나타났다면 그들이 본격적으로 움직이기 시작했다는 말이군요."

"그런 것 같습니다. 그놈의 공격을 막느라 네 분이 저렇게 중상을 입었습니다. 저분들이 아니었다면 전 이 자리에 있지도 못했을 겁니다."

화산에서 아그니가 최후의 공격을 가할 때, 저량을 비롯해 등섭인과 철무정은 화염창의 기운에 완전히 휘말리고 있는 중이었다. 죽음을 목전에 두고 있는 와중에 운기조식에서 깨어난 장호기와 곽인창이 아니었다면 모두 죽음을 맞이했을 뻔했다.

네 사람의 사밀혼이 사사밀혼심법을 극성으로 전개해 가까스로 아그니를 막아냈기에 목숨을 건질 수 있었다. 아그니도 사밀혼들과 마찬가지로 상당한 내상을 입었지만, 사밀혼들보다는 나은 상태였다. 재차 공격할 수도 있었지만 아그니는 내상을 입은데다 저량 때문에 자리를 피해 버렸다.

두 힘이 격돌했을 때, 저량도 법술의 힘에 상당한 내상을 입었지만, 다른 사람보다는 나은 상태여서 재공격을 대비해 억지로 기세를 끌어 올렸기에 아그니가 속은 탓이었다.

저량은 조혜령을 비롯해 관주련에 대해서도 설명을 해주었다. 덕분에 서린은 혈교에 맞서 점창과 화산에서도 움직이는 세력이 있다는 사실을 알 수 있었다.

"저분이 혈루비의 명단이라 여겨지는 것을 주셨다고 했는데, 어떤 것입니까?"

"여기 있습니다."

육대운이 품에서 조그마한 책자 하나를 꺼냈다. 당문호가 가피(假皮)를 이용해 복부에 감추고 있던 것이었다.

"한 번 살펴봤습니다만, 암호로 기록되어 있는지 도저히 해독이 불가능합니다."

"해독이 불가능하다고요?"

"그렇습니다."

저량이 말대로라면 아주 난해한 것이 분명했다. 서린은 책자를 펼쳐 안의 내용을 살폈다.

"내용을 아시겠습니까?"

묻는 이는 관주련이었다. 책을 읽고 있는 서린이 인상을 찡그리자 내용에 대해 아는 것 같아서 물은 것이다. 점창의 앞날을 위해서 그녀에게는 무엇보다 중요한 일이었다.

"아닙니다. 내용이 정말 알 수 없는 암호로 기록되어 있군요. 각파에 잠입해 있는 혈루비의 정체를 한시바삐 밝혀내야 하는데, 큰일입니다."

"역시."

"여기는 안전하지 못하니, 일단 안전한 곳으로 피해야할 것 같습니다. 무림맹의 눈도 문제지만, 혈교에서도 여러분을 찾고 있을 것이 분명하니까 말입니다."

"어디로 피한다는 말입니까?"

사천은 물론, 섬서와 산서까지 혈교의 수중에 있다고 봐도 과언이 아니었다. 저량은 혈교의 눈을 피해 무사히 사천을 빠져나가기는 힘들다고 판단했다. 안전을 기하려면 북경까지 가야 했다. 무림맹에 혈루비가 존재하고 있는 이상 안전한 곳은 서린의 가문인 천잔도문밖에는 없었다.

"그건 사정을 알아보고 나중에 알려 드리겠습니다. 일단은 이곳은 안전하지 않으니 벗어나는 것이 좋을 것 같습니다. 당가의 문인들이 피해 있는 곳이라면 어느 정도는 시간을 벌 수 있을 겁니다."

"알겠습니다, 공자님."

"저량을 제외하고 각자 한 분씩 업고 가면 될 터이니, 날이 밝기 전에 가는 것이 좋겠습니다."

저량은 내상이 완전히 회복되지 않았기에 서린을 비롯해 다섯 사람이 요상단을 복용한 후 약에 취해 잠을 자고 있는 다섯 사람을 업었다.

"이곳으로 가시죠. 별도의 출입구가 있습니다."

저량은 일행을 이끌었다. 서린이 들어온 통로와는 다른 곳이었다.

"신상사로 가야 합니다."

서린은 왕건묘를 빠져나온 일행들을 신상사로 향하게 했다. 저량을 앞장세우고 서린은 뒤에 쳐져 혹시라도 있을 추적을 경계했다.

동이 거의 터올 무렵, 일행은 신상사에 도착할 수 있었다. 조심해서 왔는지라 다행히 다른 이들의 눈에는 띄지 않았다. 신상사로 들어선 서린은 당무결이 알려준 대로 기관을 열고 비밀 통로를 통해 비령전으로 들어갔다.

문인혜는 서린이 떠나고 나서 한참 고민을 한 후, 자신의 처소로 한 사람을 불렀다. 들은 사실을 토대로 무림맹에 대한 본격적인 감찰을 실시하기 위해서였다. 밤을 꼬박 새우며 고심을 했는지 흐트러진 머리칼을 매만지던 문인혜는 처소 밖에 자신이 기다리던 사람이 왔음을 알 수 있었다.

"들어들 오세요."

안으로 들어선 이는 사자무적단의 군사 역할을 하고 있는 제갈미였다.

"부르셨습니까?"

"어서 와요. 자리에 앉아요."

비원각의 각주라는 위치는 무림맹에서도 상당히 비중 있

는 위치였다. 안으로 들어선 제갈미는 조심스럽게 탁자 앞에 앉았다.

"부탁할 것이 있어서 불렀어요."

"부탁이라니요?"

"제갈 동생은 지금 이 시간부로 사자무적단에서 이탈을 하도록 하세요. 그리고 제갈가주님을 찾아 제가 드리는 서찰을 전하도록 하세요."

"아버님께 서찰을 전하라는 말씀입니까?"

제갈미가 의문을 드러냈다.

"그래요. 이번 일은 상당히 중요해요. 무림맹의 근간을 뒤흔들 수도 있는 일이니까요. 그러니 이곳을 나가는 대로 누구에게도 말하지 말고 아버님을 찾으세요. 다른 사람들에게는 내가 말을 해줄 테니 말이죠."

"알겠습니다."

"다시 한 번 말하지만, 누구에게도 알려서는 안 돼요. 만약 서찰을 제갈가주님께 전하니 못하게 되는 사태가 발생하면 즉시 파기하도록 하세요."

"명심하겠습니다."

"제갈가주님이 계신 곳은 서안이에요. 최대한 빨리 전하는 것이 좋으니 즉시 떠나도록 하세요."

제갈미는 문인혜의 안색으로 보아 상당이 중대한 일임을 알 수 있었다. 비원각주가 하는 일은 매우 비밀스럽고 중요한 일이 대부분이었다. 그런데 언제나 침착해야 할 문인혜의 표정이 매우 심각했기 때문이다.

문인혜의 처소를 나온 제갈미는 마방에 들러 자신의 말을 타고는 조용히 사천당가를 나섰다. 당가의 정문을 수위하는 무림맹의 사람들이 있었지만, 자연스럽게 사천당가를 빠져나온 제갈미는 섬서 쪽으로 방향을 잡고 이내 달리기 시작했다.

제갈미가 말을 달리기 시작한 후 얼마 지나지 않아 한 사람이 나타났다. 커다란 방갓을 쓴 흑의 무복의 사내는 경공을 시전하며 제갈미를 따르기 시작했다. 문인혜가 제갈미를 감시하기 위해 딸려 보낸 자였다. 제갈미를 보낸 문인혜는 방 안에 은신한 채 대기하고 있는 이에게 전음을 보냈다.

─비상이 따라갔으니 창천은 굉오 선사를 감시하도록 하세요. 그는 분명히 혈교와 관련이 있는 자예요.

문인혜는 공혜 선사가 자신에게 딸려준 십이천령 중 무당의 제자인 비상을 제갈미에게 딸려 보내고, 창천으로 하여금 천무전에서 유일하게 살아남은 굉오 선사를 감시하도록 지시했다. 몸을 숨기고 있던 창천의 몸이 떨렸다. 문인혜의 말이 무엇을 뜻하는지 알기도 하거니와, 굉오 선사는 자신도 잘 알고 있는 사람이기 때문이었다. 그는 소림 제자 중 비원각주를 보좌하는 십이천령에 선발된 자였다.

─너무 경동하지 말아요. 굉오 선사는 고수예요. 그렇게

마음이 흔들린다면 들킬 수 있어요. 나도 안타깝기는 하지만, 분명 그는 혈교와 관련이 있어요.

—알겠습니다, 각주.

창천의 떨림이 멈추었다. 지난밤 서린과 문인혜의 대화를 들으며 이번 일이 얼마나 중요한지 잘 알고 있기 때문이었다.

—이번 일은 사부님들께서도 어느 정도 알고 계신 내용이에요. 소림의 문인 중에도 간세가 숨어들었다는 것은 파악이 됐지만, 그동안 꼬리가 보이지 않아 잠자코 있었던 거예요. 그러니 지금까지 굉오 선사와 접촉하는 자들과 앞으로 접촉하는 자들이 무엇을 하는지 나머지 십이천령을 동원해 철저히 감시를 하도록 하세요.

—명심하겠습니다.

창천은 무거운 마음을 가지고 자리를 떴다. 혈교가 꾸민 음모라지만, 자신에게 배움을 주기도 했던 굉오 선사가 혈교의 간자일 수 있다는 사실이 그의 가슴을 무겁게 했다.

'누가 혈루비에 속한지 모르는 이상 어쩔 수 없는 일이다. 그나저나 제갈미의 이동을 눈치챈 자들이 있을 텐데, 알아서 잘 해주시겠지.'

수십 년을 암약해 온 자들이기에 이런저런 인연을 만들었을 것이다. 창천에게는 힘든 일이겠지만, 어차피 오랜 고심 끝에 각파에서 선발된 십이천령 모두 어차피 한 번쯤은

겪어야 할 일이었다. 문인혜는 이번에 미끼를 던졌다. 아무도 모르게 오라고는 했지만 부르러 갔던 시비가 알고 있을 것이고, 그 시비를 사자무적단에도 봤을 것이 분명했다.

이른 아침 자신이 머물고 있는 청란각으로 향했다가 아무 말 없이 사라졌다면 혈교의 간자들이 관심을 가질 것이 분명할 것이기 때문이다. 혈루비의 정체를 모르는 이상 제갈미라는 미끼를 무는 자들을 역으로 추적하는 수밖에 없었다. 거기다 다른 방편으로는 굉오 선사에게도 감시를 붙였다. 그에게도 혈교의 접촉이 있을 것이 분명하기 때문이었다.

굉오 선사는 특별한 존재였다. 중원 무학의 보고라는 소림의 장경각을 책임지고 있는 존재였다. 사람을 바꿔치기한 것도 중요하지만, 굉오 선사가 혈교와 관련이 있다면 소림사 최후의 기밀이 유출된 것이 분명했다. 아니길 바라지만, 소림 무예를 비롯해 장경각에서 비밀리에 보관 중이던 각파의 절예가 유출된 것이 분명했기에 감시를 붙였던 것이다.

'놈들이 각파의 무공에 대해서 완벽하게 알고 있다면, 각파로 잠입했을 때 두각을 나타냈을 것이 분명하다. 이번 일의 진행 사항을 보면 그럴 확률이 높으니……'

비전 절예야 각파에서 구결로 전수가 되지만, 일반적인 절학은 소림사의 장경각에 보관되어 있었다. 대부분 일대 제자로 올라서기 직전에 기본적으로 배우는 것이지만, 각파에서 검증된 제자들에 한해서이지 아무나 익힐 수 있는 것이 아니었다. 그야말로 각파의 근간이라고 할 수 있는 무공들인 것이다. 각파의 비전 절예 또한 그를 바탕으로 완성된 것이라, 어찌 보면 가장 중요한 것이라 할 수 있었다.

*　　　*　　　*

신상사를 통해 비령전으로 들어선 서린은 암기들을 보관하는 창고에서 당무결을 만났다. 몇몇 사람이 서린과 당무결의 대화를 주목하고 있었다. 육기운은 물론, 육대운 형제와 윤상호, 그리고 당삼걸이었다.

"앞으로 이곳에 있기는 힘들 것 같습니다. 일단은 이곳을 떠나 북경으로 가야 할 것 같습니다."

"북경으로 간다는 말인가?"

"그렇습니다. 놈들이 노리는 것이 당가뿐만이 아닌 것 같아서 그렇습니다."

"무슨 말인가?"

당무결이 물었다.

"그동안의 정보를 조합해 보면, 놈들은 사천과 섬서, 그리고 산서에 이르기까지 상권은 물론, 무림의 패권까지 노리고 있습니다. 혈루비의 명단을 입수를 하기는 했지만, 지금으로서는 해석이 불가능한지라 시간을 벌기 위해서라도

22 **혈왕전서**

몸을 피하는 것이 좋을 것 같습니다."

윤상호로부터 상권의 조짐이 이상하다는 이야기를 들었기에 사람들은 서린의 말에 고개를 끄덕였다. 사실이라면 서린이 한 말대로 이건 무림의 문제만이 아니었던 것이다.

"북경으로 갈 방도는 있는 것인가? 북경으로 간다고 해도 그 명단을 해독할 수 있다는 보장이 없지 않은가?"

"방도를 마련하고 있으니, 잘하면 사흘 안에 갈 수 있을 겁니다. 식솔들에게는 잘 말씀드려 주십시오. 사천을 떠나기는 쉽지 않겠지만, 이곳에 계속 있다가는 진짜 멸문지화를 당할지 모릅니다. 그리고 북경에 가면 명단을 해독할 방법이 있습니다."

"알겠네. 내 식솔들에게는 그리 말해두겠네. 본 가를 다시 세울 수 있다면 어딘들 못 가겠나."

자세한 설명이 없었지만 당무결은 서린을 믿었다. 멸문한 것이나 다름없는 당문의 처지다 보니 한창 욱일승천하는 천잔도문이 도와준다면 가문을 일으켜 세우는 것이 더 쉬울 수 있기 때문이기도 했다.

"죄송합니다, 가주님. 당가로서는 치욕스럽겠지만, 지금은 훗날을 기약할 수밖에 없습니다."

"염려하지 말게. 가문이 다시 선다면 이런 치욕쯤이야 웃으며 감당할 수 있네."

"옳으신 판단입니다."

"그런데 밖에 있는 처자들은 어떻게 할 생각인가? 그들도 혈교에 대항해 일을 꾸미고 있는 것 같은데 말이네."

"죄송하지만, 그들과는 손을 섞지 않는 것이 좋겠습니다. 아직 혈루비의 정체가 다 밝혀지지 않은 이상 위험하기 때문입니다. 그들에 대해서는 따로 조치를 취하겠습니다."

"알겠네. 난 그만 나가보겠네."

당무결은 식솔들에게 사천 땅을 떠나야 한다는 것을 설명하기 위해 밖으로 나섰다.

"저량은 삼도회를 이용해 이곳을 빠져나갈 준비를 하세요. 부상자가 여럿이니 주의해야 할 겁니다."

"걱정하지 마십시오. 사흘이면 이곳을 저들 모르게 빠져나갈 수 있을 겁니다."

"좋아요. 나머지 분들도 최대한 주의하시고, 당가의 식솔들이 모두 무사히 빠져나갈 수 있도록 최선을 다해주세요."

"같이 안 가는 건가?"

윤상호는 서린의 말투에서 자신들과는 다른 행로가 있다는 것을 느꼈다.

"몇몇 이들을 이끌고 이목을 흐려야 할 것 같습니다. 그리고 종남과 화산의 일도 살펴야 할 것 같고요. 상호 형님은 당문의 식솔들이 천잔도문에 무사히 도착할 수 있도록 애를 좀 써주십시오."

"그렇게 하겠네. 그럼 자네는 당가의 식솔들을 제외한 다른 이들과 남을 생각인가?"

"그들의 의견을 물어야 하겠지만, 대부분 저와 남을 겁니다. 저희가 먼저 나가 그들의 이목을 끄는 동안 북경으로 가십시오."

"알았네."

"어르신!"

윤상호에게 당부를 끝낸 후 서린은 육기운을 불렀다.

"말하게나."

"어르신도 가십시오. 아직은 상세가 회복되지 않으신 탓에 어르신도 위험합니다."

"으음, 알겠네."

아쉽지만 맞는 말이었기에 육기운이 고개를 끄덕였다. 일행은 이야기를 끝낸 후 밖으로 나갔다. 당가의 식솔들은 사천을 떠난다는 사실에 몹시 격분해 있는 상태였지만, 와 신상담하자는 당무결의 말에 분루를 삼키며 떠날 준비를 하기 시작했다. 당가의 식솔들과 같이 있던 조혜령과 관주련은 의논이 길어진 탓에 기다리고 있다가 밖으로 나오는 서린 일행을 볼 수 있었다.

"소손이 사조를 뵙습니다."

육기운이 나오자 조혜령은 인사를 하며 맞았다.

"혜령이구나. 그래, 잘 왔다."

"저분 때문에 살 수 있었습니다."

"다행이로구나. 지나간 이야기는 저리로 가서 하자꾸나."

육기운은 궁금한 것이 많은 것 같은 조혜령을 위해 자신이 겪은 것들을 이야기해 주기로 마음먹었다.

"일단 난 화산부터 들를 생각이지만, 화산에서의 일이 끝나면 종남으로 갈 생각이오. 종남에서도 혈교를 상대할 준비를 한다고 하니 말이오."

"화산부터 간다는 말인가요? 혼자서 말입니까?"

육기운이 어떤 일을 당했는지 대충 이야기는 들었다. 혈교의 소굴이나 다름없는 곳을 간다는 이야기가 놀라웠지만, 관주련은 서린의 대답을 기다렸다.

"아니오. 몇 사람이 나를 따라 함께 갈 것이오. 관 소저는 우리와 동행하다 종남으로 향하시오. 화산에서의 일이 끝나면 곧바로 종남으로 갈 터이니."

"아니요. 저도 화산까지는 동행을 해야 할 것 같습니다. 같이 동행했던 본 문의 사람들이 어떻게 됐는지 살펴야 하니 말입니다. 아무래도 무슨 일이 생겼을 것 같아 걱정입니다."

화산의 비곡을 습격했다는 것은 종남의 문인들이 화산 인근에서 정보를 수집하고 있다는 것을 알아차릴 수도 있기에 관주련은 같이 가기를 고집했다.

"알았소. 그럼 그렇게 하시오."

만류해도 관주련이 듣지 않을 것 같아 보이자 서린은 동행을 허락했다.

"저량은 지금 곧 나가서 내가 말한 것을 준비해 주세요. 절대로 차질이 있어서는 안 됩니다."

"알겠습니다."

저량은 대답을 마치고 신상사로 향하는 통로로 발걸음을 옮겼다. 이미 당무결에게 비밀 통로로 나가는 방법을 들은 터였다. 저량이 나가자 서린은 비무에 참가했던 사람들을 불렀다. 삼영의 영주인 금수주와 장민석 비롯해 초씨 남매와 육모곤 백거준 등 비무 참가자들이 모여들었다.

"우리가 이곳에 계속 있을 수 없다는 것을 여러분도 잘 아실 겁니다. 전 양동작전을 펼치고자 합니다. 이곳에 있는 분들 대부분은 절정고수급입니다. 우리가 시간을 벌어주어야만 당가의 식솔들이 살 수 있습니다. 또한 우리도 살 수 있고요."

"놈들과 싸워보지도 못하고 도망가자는 말입니까?"

서린의 말에 초쌍쌍이 나섰다.

"아닙니다. 전 혈교를 치려고 합니다. 놈들의 정체가 다 밝혀지지는 않았지만, 지금 놈들의 주력이 모여 있는 곳을 알고 있으니 여러분의 도움이 필요합니다."

"좋소. 어차피 우리를 죽이려 했던 놈들이오. 칼밥 먹는 인생이 한칼 먹었으면 응징은 당연한 일이지."

자신을 음모의 희생자라고 생각하고 있던 탓에 혈교를 향해 분노하고 있던 백거준이 찬성하며 나섰다.

"그런데 승산은 있는 겁니까?"

일단 찬성하고 나섰지만 백거준도 얼마 안 되는 인원으로 승산이 있을지 의문이 드는 모양이었다.

"전면전을 하자는 이야기가 아닙니다. 우리는 기습하고 빠지면서 놈들의 움직임을 당분간 저지해야 합니다. 준비할 시간을 벌어야 하니 말입니다."

"시간을 말입니까?"

"그렇습니다. 시간을 벌게 되면 반격할 여력이 생깁니다. 우선 제가 몸담고 있는 곳에서도 나설 것이고, 공동 무림맹 주님들도 나서시게 될 것입니다."

"무림맹주까지 말이오?"

"그렇습니다. 무림맹에서도 혈교에 대한 조사를 시작했을 테니까요. 그리고 여러분도 관 소저에게 들었을 것입니다만, 종남에서는 혈교에 대한 반격을 노리고 있습니다. 그러니 승산은 충분히 있습니다."

사람들은 서린의 말을 들으며 무림맹과 교감이 있었음을 알 수 있었다. 밖에 있는 동안 관주련으로부터 종남의 준비를 어느 정도 들었기에 서린의 말대로 승산이 있을 것 같다는 생각이 들었다.

"좋소. 우리 초가도 그들에게 빚이 있으니까. 난 천 공자를 따르겠소."

초일민 또한 찬성하고 나섰다.

"좋아요. 한 번 해보지요."

초쌍쌍 또한 찬성했다. 그러자 다른 이들도 모두 찬성을 표시했다. 나름대로 무림을 종횡하던 자들이라 이번 일이 해볼 만 하다고 생각한 것이다.

"내일쯤 떠날 예정이니, 모두들 준비를 하십시오. 그리고 상호 형님은 저를 좀 따라와 주십시오."

서린은 윤상호를 자신들이 나온 암기고로 이끌었다. 두 사람은 밤이 이슥할 무렵에야 암기고에서 나왔다. 무슨 일이 있었는지 서린의 안색이 약간 창백해져 있었다. 암기고에서 나온 후, 서린은 다시 비령전을 나섰다. 문인혜와 이번 일을 의논해야 하기에 밖으로 나갈 생각이었던 것이다.

*　　　*　　　*

종남파가 바라보이는 곳에 일단의 무리들이 신형을 숨긴 채 대기하고 있었다. 관후량을 비롯한 종남파의 진짜 문인들이었다.

—날이 어두워지면 일제히 공격을 시작한다. 죽을 각오로 해내야 한다.

관후량은 조용한 전음성으로 제자들을 독려했다. 긴장해 있는 종남파의 무인들의 마음을 다잡은 것이다.

—그러나 본 문의 제자 중 혈교에 가담하지 않은 사람들도 있으니, 구분을 철저히 해야 할 것이다.

이번 싸움은 그동안 숨어 들어와 종남파를 농락하던 자들을 솎아내는 일이었다. 숨어든 자들 대부분이 종남의 중추를 담당하는 자들이었다. 그들을 제거한다면 종남의 세력은 삼분지 일 이상이 날아가게 된다. 아무 관련이 없는 제자들까지 다친다면 크나큰 손실이 아닐 수 없었다.

—그럼 지금부터 각자 지시한 대로 행동한다. 이미 산공독이 풀렸으니 놈들의 저항은 미미할 테지만, 만약의 사태를 대비하면서 움직여라. 이상!

사사삭!

관후량은 문도들에게 조용히 주의를 준 후 종남파를 향해 내려가기 시작했다. 다른 이들도 각자 정해진 위치로 향하기 위해서 자리를 이탈했다. 그들이 형성한 것은 구궁신행검진(九宮神行劍陣). 종남파 전체를 아우르는 포위진을 형성한 채 접근해 갔다. 거대한 진운이 종남을 감싸는 와중에 무엇인가를 느낀 듯 잠자리에서 깨어나는 사람들이 있었다. 얼마 전 장로의 지위에 오른 태행자(台行子) 또한 숨막히는 기운을 느끼고는 언짢은 기분으로 잠에서 깨 옷가지를 챙기기 시작했다.

"기분이 이상하군. 이건 뭔가 한바탕 일어날 것 같은 기분인데 말이야. 응?"

진한 살기였다. 한두 곳도 아닌, 종남파 전체를 에워싸고 있는 거대한 살기에 옷조차 챙기지 못하고 태행자는 황급히 방을 나섰다. 방을 나서는 순간, 태행자는 신형을 멈추어야 했다. 야심한 시간이건만 자신의 방 앞에서 누군가 자신을 기다리고 있는 자가 있던 것이다. 어둠 속에서 자신을 노려보고 있는 사람은 그도 잘 아는 사람이었다.

"자, 장문인!"

"깨셨소?"

"이 늦은 밤에 웬일이십니까?"

주변에서 느껴지는 기운은 심상치 않은 분위기였다.

일단 장문인이 어째서 이 밤중에 자신을 찾은 것인지 묻지 않을 수 없었다.

"이제는 종남의 암운을 거두어야 할 때가 온 것 같아서 말이오."

태행자의 몸이 자신도 모르게 떨렸다. 검으로 찌르는 것처럼 싸늘하기 그지없는 눈빛이었다. 평소에 한 번도 본 적이 없는 태도에 태행자는 관후량이 모든 것을 알고 찾아왔다는 것을 짐작할 수 있었다.

"언제부터 아셨소?"

"좀 오래전이오."

"그럼……."

전부터 알고 있었다는 이야기였다. 이렇게 과감히 손을 쓴 것을 보면 자신도 있다는 이야기이기도 했다.

'종남파의 제자들만 가지고는 이런 일을 꾸미지 못한다. 그렇다고 그럴 만한 세력도 없건만…….'

섬서와 산서, 그리고 사천은 혈교의 수중이라고 해도 과언이 아니었다. 하루 한 번 주변의 정세를 알려주는 전서구에는 어떤 움직임도 포착되지 않았다. 그런데 난데없이 관후량이 나섰다. 자신들의 이목을 속일 정도라면 일이 심상치 않았다. 그런 마음을 짐작했는지 관후량이 입을 열었다.

"지금쯤 혈교에서 잠입한 자들은 남김없이 척살되고 있을 것이오. 종남을 더럽힌 죄로 말이오."

"으음!"

'도대체 어떻게?'

관후량을 마주하면서부터 들려오기 시작한 비명 소리의 정체를 이제야 알 수 있었다. 자신도 완전히 모르는 세작들을 어떻게 알아냈는지 의문이 아닐 수 없는 일이었다.

"이제 시작해야 하지 않겠소? 이제 장로가 마지막인 것 같은데 말이오."

비명 소리가 점차 잦아들었다. 관후량의 말대로 척살이 거의 끝나가는 것 같았다.

"역시 무시할 수 없다는 말이군. 하지만 우리를 없앤다고 해서 모든 것이 끝나는 것은 아니오."

"그건 태 장로가 걱정할 바가 아닌 것 같소."

"하긴 그렇군. 걱정은 살아남은 자들의 몫이니. 하지만 조심해야 할 것이오. 자, 그럼 마지막으로 한바탕 원 없이 싸워봅시다. 종남에 와서 배운 것이지만, 녹록치 않을 것이오."

이미 포기한 듯했지만 마지막 희망까지는 버리지 않았다. 태행자로 살아오는 동안 종남에서 두각을 나타내기 위해 그 누구보다도 철저히 노력해 온 그였다. 종남의 최고 고수라고 할 수 있는 관후량을 잡는다면 이곳을 벗어날 수도 있다는 희망을 버리지 않은 것이다. 태행자의 장포가 부풀어 오르며 그의 손이 푸르게 빛나기 시작했다. 수강이었다. 태행자가 이십여 년 동안 오로지 매진해 온 것은 종남의 벽운천강수(碧雲天剛手)였다. 십이성 대성하면 안개가 일 듯 푸른 수강의 구름을 일으킬 수 있는 것이 바로 벽운청강수였다.

"아깝군."

관후량은 태행자의 성취가 무척이나 아쉬웠다. 검으로는 강의 경지에 이른 이가 상당수 존재했지만, 권각으로 강의 경지를 이룬 이는 개파 조사 이래 한 명도 없었다. 그런데 이제는 적으로 맞서야 할 태행자가 수백 년을 이어온 종남 역사상 큰 분수령을 이룰 만한 성취를 이루었건만, 그 목숨을 거두어야 하는 것이다. 관후량은 기수식을 취했다. 종남을 대표하는 성명절기인 천하삼십육검의 기수식이었다. 푸르스름한 검강이 검면을 따라 흘렀다. 관후량 또한 검기성강에 이른 고수였다.

"차앗!"

태행자의 손이 밀듯이 앞으로 뻗어 나왔다. 거대한 산을 밀어내듯 그의 손길을 따라 수강의 물결이 관후량에게 밀려갔다. 벽운천강수의 최후 절초인 벽라천막(碧羅天幕)이었다. 강기의 물결이 자신에게 밀려오건만, 관후량은 관조하듯 태행자의 모습을 바라보다 서서히 검을 들었다. 변화가 많은 천하삼십육검은 쾌검만큼이나 쾌속을 자랑하건만, 느린 듯한 검초에 태행자는 자신의 승리를 확신했다.

"컥!!"

순간, 천돌혈이 불에 지진 듯 뜨거웠다. 검은 분명 아직 기수식을 따르고 있건만, 온몸의 힘을 앗아가는 천돌혈의 상처는 분명 검상이었다.

"이, 이것은?"

"천하만승(天下薍乘)이라는 초식이오. 잘 모르겠지만."

'거짓이다. 천하삼십육검에는 그런 초식은 없다.'

자신이 본 것은 천하삼십육검이 아니었다. 태행자가 알기로는 그런 초식이 전혀 없던 것이다. 입으로는 부정하고 싶었지만, 태행자는 결코 말을 할 수가 없었다. 이미 숨이 넘어가고 있었기 때문이다.

"맞소. 천하삼십육검에는 없는 초식이지. 하지만 이번에 새로 생겼다오. 새로운 천하삼십육검이 말이오."

죽어가는 태행자의 눈이 더할 나위 없이 커졌다. 자신은 관후량에 대해 정말 아무것도 모르고 있던 것이다.

"혹시나 모르니 이제는 나도 나서야겠군. 제일 상대하기 까다로운 자를 처리했으니 그나마 피를 덜 볼 수 있을 것이다."

그날 밤, 종남의 본산에는 피바람이 불었다. 너무도 조용한 피바람이었다. 수십이 죽고, 수백이 치욕스러운 사실을 알았다.

"모두 끝났느냐?"

"예, 장문인!"

진을 진두지휘했던 구신검(九神劍) 오상준(吳湘俊)은 종남의 숙청 작업이 모두 끝났음을 관후량에 고했다.

"그럼 제자들을 이끌고 약속된 장소로 간다. 이곳에 있다간 오히려 놈들에게 당할 수 있으니, 제자들을 전부 이끌고 본산을 떠난다. 그리고 본 문의 비전들은 그곳에 보관시키도록 해라."

"알겠습니다, 장문인!"

피바람이 멈추고 난 후 관후량은 제자들을 이끌고 산문을 나섰다. 그리고 빠르게 동쪽으로 길을 잡아 산 아래로 이동하기 시작했다. 이미 만반의 준비를 갖춘 듯 종남산 아래에는 말과 마차들이 상당수 대기하고 있었다. 표국으로 위장된 것도 있고, 상여로 위장된 것, 그리고 여러 마리의 말이 대기하고 있는 중이었다. 산 밑으로 내려온 관후량은 제자들을 분산시켜 태웠다.

"모든 것이 의문스러울 것이다. 하지만 지금은 자세히 설명할 시간이 없다. 가면서 설명을 듣도록 해라. 이번 위기는 종남의 위기이자 정파의 위기다. 각 문파마다 혈교의 간자들이 스며들어 정파의 정기를 어지럽히고 있는 것이다. 우리가 놈들의 시선을 흐리는 동안 너희들은 아무것도 생각하지 말고 최대한 빨리 이동해야 한다."

"알겠습니다, 장문인!"

종남의 제자들이 작은 소리로 일제히 대답했다.

"좋다, 가라! 훗날 보자."

마차들이 일제히 떠나기 시작했다. 가는 방향은 모두 다르지만, 목적지는 똑같았다. 혈교의 이목을 속이려 분산해서 떠나는 것이었다.

"상준이는 제자들을 이끌고 나와 함께 지금 곧 화산으로 떠난다. 네 사형으로부터 주련이의 소식이 끊겼다는 연락이 왔으니, 일단 화산의 동태부터 살펴야겠다."

관주련이 행방이 묘연해진 터라 화산에서의 일이 심상치 않음을 느꼈다.

"알겠습니다, 장문인."

"가자! 이랴!"

관후량은 말을 재촉해 달리기 시작했다. 오상준도 남아 있는 제자들을 이끌고 관후량을 따라 말을 달리기 시작했다.

"사매는 어떻게 된 것인지……."

종남을 수복하는 결행 시기가 늦어진 것도 관주련의 행방불명 때문이었다. 이번 일은 어느 정도 화산과 연계가 된 일었다. 혈교와 연관이 없는 화산의 제자들을 빼돌리고 종남을 회복하여 혈교의 대항 세력을 만들려 했던 것이다. 하지만 관주련의 실종으로 계획에 차질이 생겨 버렸다. 화산과의 연계가 없는 이상 피해가 클 것이 분명하기 때문이었다. 어쩔 수 없이 제자들을 피신시키고 화산으로 향하는 것은 화산의 제자 중에 거두어들여야 할 자들이 있기 때문이었다.

2장. 화음잠입(華陰潛入)

저량이 비령전으로 들어오기 전에 이미 연락을 취한 탓에 운남으로 거점을 옮긴 삼도회와는 금방 선이 닿을 수가 있었다. 이미 삼도회는 사천으로 오면서 당문의 문인들을 피신시킬 준비를 끝마친 터라 선이 닿은 후부터는 일사천리였다. 서린 또한 대부분의 준비를 마쳤다. 서린이 그동안 준비한 것은 무림맹과 혈교의 이목을 자신들에게 집중시키는 것이었고, 대부분 마칠 수 있었다. 이미 유광의 도움으로 화산으로 향할 때 필요한 마필을 구입해 놓은 상태였기에 바로 떠나기로 했다.

"우리가 먼저 그들의 이목을 끌며 사천을 떠날 겁니다. 사천까지만 그들의 이목을 끈 후 곧바로 사라질 예정입니다. 그사이 파산검 어르신과 당가주님은 당문의 식솔들을 이끌고 사천을 빠져나가 운남으로 향해야 합니다."

"알겠네. 자네에게 위험이 중첩되는 일인데, 아무런 도움을 주지 못해 미안하네."

"아닙니다. 그런 염려는 하지 마십시오. 저분이 여러분을 운남으로 안내할 사람들입니다. 운남까지만 가면 북경으로 향하는 것은 쉬우니, 너무 염려하지 마십시오."

서린이 지적한 사람은 하오문의 사천 향주였던 쌍첨비도 구인회였다. 그는 삼도회와 합류하여 운남으로 향했다가 이번 일을 계기로 사천에 다시 들어온 상태였다. 사천 향주로 있던 탓에 누구보다 사천의 지리에 익숙하여 많은 도움이 될 터였다. 위험하기는 하지만 숨어 있는 하오문도들의 도움도 기대할 수 있기에 자신해서 나선 것이었다.

"당가주님, 오랜만에 뵙습니다."

구인회가 당가주에게 인사를 했다. 예전 같으면 감히 쳐다볼 수도 없는 사람이었지만, 구인회의 몸에는 당당함이 넘쳤다.

"신세를 져야겠소."

당무결 또한 구인회를 대하는 태도가 정중했다. 하오문을 무시하던 전날과는 다른 태도였다. 이번에 도움을 받는 것도 영향을 미치기는 했지만, 그보다는 서린의 영향이 더욱 컸다. 구인회가 서린을 대하는 태도는 마치 주군을 대하는 모습이었다. 무엇보다 이번에 사천을 빠져나가는 일은 생명을 걸어야 할 만큼 위험한 일이었다. 그럼에도 당당할 수 있는 구인회의 자신감이 하오문을 다시 보게 되는 계기를 가져다준 것이다.

"그럼 저희들이 먼저 떠나겠습니다. 지금이 오시이니 술시경이면 저들의 이목이 우리에게 모두 쏠릴 겁니다. 그때 출발하시면 그다지 큰 위험은 없을 겁니다. 그럼 전 이만!"

"그러게. 무운을 비네."

"자, 다들 갑시다."

당무결의 인사를 끝으로 서린은 초씨 남매를 비롯한 무인들을 대동하고 비밀 통로를 빠져나갔다. 우선 이목을 끌기 위해 금강빈관으로 향할 예정이었다. 금광빈관이라면 자신들의 정체가 금방 드러날 것이고, 혈교와 무림맹은 이번 사천혈사와 관련해서 자신들을 잡기 위해 추적할 것이 분명했다.

오시 무렵이라 사람들이 제법 있었다. 하지만 일반 사람들이라 서린 일행에 대해서는 관심을 가지지 않았다. 일행은 빠르게 금강빈관으로 향한 후 간단하게 식사를 시켰다.

―다행히 무림맹도들로 보이는 사람들이 있군요.

다행히 금강빈관에 들른 자 중에는 무림맹의 사람들도 몇 있었다. 그들 또한 식사를 하기 위해 온 것이었다. 그들은 구파의 연합으로 만든 은하검룡단(銀河劍龍團)의 사람들이었다. 은하검룡단원들은 서린 일행을 수상한 듯 바라보았다. 삼엄한 기세를 흘리는 무인들이 단체로 들어온 탓이었다.

─이목을 끈 것이 성공한 것 같습니다. 다들 식사를 드시다가 후원으로 가십시오. 말이 기다리고 있을 겁니다. 무림맹도들로 보이는 이들이 몇 빠져나간 것으로 보아 머지않아 누군가 올 것이 분명하니 말입니다.

서린의 전음에 식사를 하던 일행은 고개를 끄덕였다. 식사를 하던 일행은 하나둘 젓가락을 놓더니 후원으로 갔다. 식사를 하다 말고 후원으로 향하는 서린 일행이 수상했지만, 은하검룡단원들은 선불리 나설 수가 없었다. 서린 등의 정체를 확실히 알지 못하기 때문이었다.

"아!!"

마지막으로 서린이 빠져나가자 은하검룡단원 중 누군가가 뭔가 생각난 듯 소리를 질렀다. 그는 화산의 일대 제자인 운매검(雲梅劍) 강추성(姜樞星)이었다.

"왜 그러는가?"

같은 화산의 문도는 아니지만 막역한 사이로 지내고 있는 점창의 분광검(分光劍) 여인호(呂仁豪)는 강추성의 탄성에 이유를 물었다.

"아까! 저기 앉아 있던 사람 중에 여자가 있었지 않나?"

"그랬지."

"그 여자는 분명 초씨세가 사람이네."

"초씨세가 사람?"

초씨세가라면 이제 거의 멸문하다시피 한 가문이었다. 그런데 어째서 강추성이 놀라는지 여인호는 의아했다.

"그렇다네. 이번 사천 비무 대회에 참가자 중 초씨세가에서 두 사람이 참가하지 않았나?"

"그럼!!"

그제야 여인호는 강추성이 무엇을 말하는지 알 수 있었다.

"안 되겠네. 나는 저들을 쫓을 테니, 자네는 어서 연락하게."

초씨세가가 화산과 가까운지라 초쌍쌍의 얼굴을 기억하고 있던 강추성은 자신과 대화를 나누었던 여인호에게 연락을 하게하고는 다른 일행을 이끌고 급히 후원으로 향했다. 사천혈사의 단서가 될 만한 것을 알고 있는 인물들이라 잡으려는 것이었다.

타타타!

"제길!!"

급히 후원으로 왔지만 서린 일행의 모습은 어디에도 보이지 않았다. 때마침 금광빈관에서 일하는 하인 하나가 지나갔다.

"여기로 들어온 사람들을 보지 못했나?"

"……."

강추성의 시퍼런 서슬에 하인은 일순 말을 하지 못하고 떨기만 했다. 무인의 살기를 감당하지 못한 것이다.

"미안하네. 난 화산파의 운매검이란 사람이네. 이번 사천혈사를 조사하고 있지. 이곳으로 들어온 사람들을 보지 못했는가?"

강추성은 기세를 억누르고 부드러운 목소리로 물었다.

"바, 방금 전에 말을 타고 떠, 떠났습니다, 나으리."

강추성이 기세를 풀자 하인은 덜덜 떨며 서린 일행의 행방을 가리켰다.

"이런!! 어디로 갔는지 아는가?"

"모, ·모릅니다요, 나으리."

자신이 잠시 지체하는 사이에 서린 일행이 떠나 버리자 강추성은 허탈했다.

"안 되겠다. 놈들이 이렇게 다급히 떠난 것을 보면 이번 혈사와 분명 관련이 있는 놈들이다. 어서 향전을 발사해라!"

강추성은 향전을 발사하도록 했다. 은하검룡단 사이에서 비상시에 연락용으로 사용하는 것이었다.

얼마 후, 향전이 발사되고 일각이 지나지 않아 근처에 있는 은하검룡단들이 모두 모여들었다. 강추성은 그들에게 서린 일행에 대한 설명을 하고는 추적하도록 했다. 말을 타고

간 이상 빨리 추적하지 않으면 놓칠 확률이 높기 때문이었다. 은하검룡단은 사방으로 흩어져 말이 떠난 방향을 수소문했다. 사천의 혈사로 인해 성도 전체가 조용했던 탓에 말의 이동은 금방 포착되었다. 서린 일행이 떠난 방향은 중강(中江) 쪽이었다.

"놈들은 분명 섬서로 향하는 것 같다. 말을 구해 놈들을 추적한다. 화산에 연락해서 놈들의 경로를 차단해야겠구나. 우선 본 파에 전서구를 띄워 놈들이 섬서로 넘어가기 전에 잡는다."

강추성은 서린 일행이 섬서 쪽으로 넘어가려는 것임을 알 수 있었다. 그가 화산에 도움을 청하기로 한 것은 무림맹의 전력 대부분이 이곳 성도에 있기에 섬서로 넘어간다면 잡기 힘들지도 몰랐기 때문이다.

*　　　*　　　*

두두두두두!

"천 공자, 그들이 우리를 잡으려 들까요?"

말을 달리며 초쌍쌍이 앞으로의 일을 물었다.

"아마 무력을 행사할지도 모릅니다. 또한 우리가 이동하면서 섬서 쪽으로 방향을 틀었으니, 분명 화산에도 연락을 취했을 겁니다. 두 분이 우리와 같이 있고 섬서 쪽으로 간

다는 것을 알게 된다면 그들은 아마도 초씨세가를 이번 혈
사와 관련되어 있는 것이라 의심할지도 모릅니다."

"그건 걱정하지 마세요. 이미 전서구를 띄웠을 때 자세
한 사정을 적어 넣었으니까요. 남아 있는 분들이 얼마 되지
는 않지만, 본 가의 전력 대부분은 이미 우리가 가는 곳으
로 이동하고 있을 거예요. 나머지 식솔들도 안전한 곳으로
대피했을 것이고요."

서린도 비령전을 나서며 초쌍쌍이 전서구를 날린 것을
알고 있었다. 화산으로 향하는 것을 설명하자 초쌍쌍이 자
신의 세가로 연락을 취한 것이 분명했다.

"이번 일이 초씨세가에 부담이 되지나 않을지 모르겠습
니다."

"아니에요. 우리도 기다리고 있던 일인걸요. 초씨세가를
몰락으로 몰아넣은 놈들이 바로 혈교라는 것을 이제야 확실
히 알게 되었으니까 말이에요. 그리고 몇 분 되지는 않지만
본 가의 어르신들이 나서면 이번 일에 확실한 힘이 될 거예
요."

"고맙습니다."

이미 초쌍쌍과 서린은 몇 가지 의논을 마친 상태였다. 금
번 화산에서의 일은 초씨세가의 도움을 받기로 했다. 또한
화산비연 조혜령으로부터 광풍자와 종민호가 화산에 암약
하는 혈교의 혈루비들을 색출하기 위해 활동하고 있다는 사

실을 들었다. 종남도 움직이고 있을 것이고, 화산에서의 내응과 초씨세가의 도움이라면 이번 일에 어느 정도 승산이 있을 것이라는 판단에 화산행을 결심한 것이었다.

두드드드!

"모두 멈추십시오."

하루를 넘게 달린 후, 서린은 일행을 모두 멈추게 했다.

"이제부터는 말을 버리고 경공으로 섬서까지 들어갑니다. 이미 무림맹에서 연락이 갔을 테니 관도로 간다는 것은 위험하니 말입니다."

서린의 말에 모두 말에서 내려 말들을 풀어주었다. 그러고는 관도를 벗어나 산을 타기 시작했다. 이미 어느 정도 여정에 대해 서린에게 설명을 들은 터라 그들의 행동은 일사불란했다. 중간에 말을 버린 것은 무림맹과 혈교의 시야를 흐리기 위해서였다. 산을 타며 경공을 발휘해 섬서로 향하는 일행은 다행히 무림맹과 혈교의 추적을 피할 수 있었다. 닷새가 되지 않아 영강에 도착할 수 있었던 것이다.

"다행히 예상이 적중해 그들의 시야를 벗어날 수 있었소. 아마도 그들은 우리가 섬서로 들어서는 줄 알고 섬서 전역에 천라지망을 펼쳤을 것이오. 하지만 우린 소수로 움직이기에 그들의 추적에 쉽게 걸려들지는 않을 것이란 것이 내 판단이오."

"그럼 이제부터가 문제군요."

"그렇소. 이제부터는 몇 사람씩 조를 이루어 흩어진 후, 여산으로 향해야 하오. 여산에서 화음은 지척이니, 그곳에 모인 후 다음 일을 시작해야 합니다. 그때쯤이면 혈루비의 명단 대부분이 밝혀질 테니 말이오."

성도를 떠나기 전, 윤상호를 통해 암호로 된 혈루비의 명단을 북경으로 보낸 바 있었다. 자신이 알고 있는 서웅의 능력이라면 분명 도착할 즈음이면 해독해 보낼 것이 분명했다.

"자, 이제 각자 흩어집시다."

일행은 영강으로 들어서기 전에 모두 흩어졌다. 그리고는 각자 여산을 향해 움직이기 시작했다.

서린은 초씨 남매와 같이 움직였다. 삼영의 영주인 금수주와 장민석, 그리고 육모곤 백거준이 각기 다른 조를 이루었다. 세 사람은 다른 이들과는 달리 대파산맥을 넘어 종남으로 향했다. 우선 종남을 살피려는 서린의 생각 때문이었다. 관주련의 말대로라면 지금쯤 종남파에 잠입한 혈루비들은 모두 제거되었을 것이 분명했다.

'종남에서 어떻게 혈루비의 존재를 알았는지부터가 무척이나 의심이 간단 말이야. 한 번 가보면 알게 되겠지. 만약 관주련의 말대로 일이 벌어졌다면, 놈들의 움직임도 바빠질 테니까.'

서린은 종남에서의 일이 마음에 걸렸다. 종남에서의 일

을 확신하는 관주련의 표정에서 자신이 알지 못하는 무엇인가 있다는 생각을 떨쳐 버릴 수 없던 것이다. 또한 관주련의 말대로 되었다면 혈교의 움직임이 있을 것이기에 한 번 살펴보려는 뜻도 가지고 있었다.

서린을 비롯해 초씨 남매는 열흘간의 여정을 거쳐 종남에 도착할 수 있었다. 종남 인근에 도는 소문은 무척이나 흉흉했다. 텅 비어버린 종남은 너무도 을씨년스러워 귀신이 돌 것이라는 소문이 파다하게 퍼져 있었다. 어느새 종남의 문인들이 하나도 보이지 않고, 죽은 시신들만 남아 있다는 이야기가 퍼진 탓이었다. 당가의 혈사에 이어 텅 비어 있는 종남까지, 민심은 너무도 흉흉해져 있었다.

"아무래도 종남에서 혈교의 간자들을 처리하고 떠난 모양 같은데, 한 번 들러보는 것이 좋을 것 같습니다. 혹시 혈교에서 종남을 감시하고 있을지도 모르니 말입니다. 감시자들이 있다면 잡아서 그간의 사정을 알아보는 것도 좋을 테고 말입니다."

"감시하는 자들이 있을지도 모르겠습니다만, 한 번 가보는 것이 좋을 것 같군요."

서린은 초쌍쌍의 의견대로 종남산에 가보기로 했다. 인근 마을에서 얻어들은 이야기로는 아무것도 알 수 없기 때문이기도 하고, 운 좋게 혈교의 감시자들을 잡을 수만 있다면 저간의 사정을 알 수도 있을 것 같아서였다.

세 사람은 서둘러 종남파로 향했다. 여산으로 가야 하기에 빠른 시간 안에 종남을 둘러보기 위해서였다. 종남에 올라가서는 아무런 것도 볼 수가 없었다. 종남에 오르면서 서린은 혈혈기감을 펼쳐 인기척을 살폈지만, 아무것도 발견할 수 없었다. 비어 있는 전각만이 그들을 반길 뿐이었다.

"역시 비어 있군요. 그럼 일단 여산으로 가야겠습니다."

전각을 돌며 흔적을 살폈지만, 약간의 싸운 흔적 말고는 아무것도 발견할 수 없자 서린은 곧장 여산행을 택했다. 종남의 움직임을 모르는 이상 다음 일을 기약해야 하기 때문이었다.

"가시죠."

아무것도 확인하지 못한 세 사람은 빠르게 종남을 내려와 여산 쪽으로 경공을 발휘하기 시작했다.

여산으로 향하는 여정은 무척이나 순조로웠다. 이틀이 지나지 않아 여산에 당도한 세 사람은 약속된 장소로 향했다. 이미 모든 사람들이 여산에 당도해 있었다. 조를 이루어 섬서를 지나오는 동안 몇몇이 무림맹의 촉각에 걸려들었지만, 워낙 치밀한 계획하에 움직였기에 추적을 뿌리칠 수 있었다. 이들이 당도한 곳은 화청지가 멀지 않은 산자락 한 곳에 초씨세가에서 예전에 비밀리에 만들어놓은 안가였다.

"그들이 어째서 우리를 잡지 않는 것인가요? 마치 우리의 여정을 도와주는 것처럼 생각되니 말입니다."

백거준을 비롯해 모든 사람들이 이상해했다. 이미 무림
맹의 촉각에 걸려들리라는 것은 예상한 일이었다. 하지만
너무 손쉽게 빠져나왔다는 것에 다들 의아스러워하는 빛이
역력했다.

"그물을 치기 위해 아마도 혈루비가 움직였을 겁니다.
그들은 무림맹으로 흘러 들어가는 정보를 차단하고 우리를
없애려 할 겁니다. 사천혈사의 진실을 우리가 알고 있을지
도 모른다고 생각할 테니까요."

"일부러 우리를 잡지 않았다는 것입니까?"

"그럴 겁니다. 대신 화산에 혈교의 주축이 되는 주력이
와 있을 겁니다. 놈들은 우리를 화산 인근까지 끌어들인 후
일거에 없애려고 할 겁니다. 무림맹의 이목이 있으니 우리
의 여정을 지우는 일도 병행하겠지요."

"으음, 이제 얼마 안 있으면 놈들을 직접 볼 수 있겠군."

백거준은 본격적인 싸움이 얼마 남지 않았다는 것에 흥
미로운 듯했다.

"예상한 일이기는 하지만, 만만하게 볼 자들이 아니니
이제부터는 조심해야 할 겁니다."

"천 공자, 우리가 가진 전력으로 놈들을 상대할 수 있을
까요?"

지금 가지고 있는 전력으로 혈교를 치는 것이 타당하냐

는 의견이었다.

"적정하지 마십시오, 초 소저. 놈들은 초 소저의 가문에
서 나오신 분들이 우리와 합류한다는 사실을 모를 것입니
다. 무엇보다 우리가 화산을 치기 위해 왔다는 것은 짐작하
지 못할 것이 분명합니다. 설사 안다고 해도 화산 안에서
내응이 있을 것이라는 것은 상상하지 못할 겁니다. 덕분에
현재로서는 우리가 조금은 유리한 국면입니다."

"그렇지만 놈들도 이번에 최선을 다할 것이 분명할 겁니
다. 놈들은 우리가 눈엣가시 같을 테니까요."

"그럴 테지요. 관건은 종남의 합류입니다. 관 소저의 말
을 들어보면, 분명 종남의 문인들은 섬서로 온 것이 맞는
것 같습니다. 그들을 빨리 찾아내 합류해야 피해를 최대한
줄일 수 있을 텐데, 관 소저가 그들과 연락이 닿을 수 있을
지 걱정이군요."

"자신하고 갔으니 그들의 소식을 알아 가지고 올 겁니다.
관 소저의 행동을 보면 종남파는 이미 섬서에도 상당한 기
반을 구축해 놓은 것 같으니 말입니다."

"그런데 초씨세가의 분들은 언제 오시게 됩니까?"

"아마 내일쯤 오시리라 봅니다."

"큰 힘이 될 테니 다행입니다. 초씨세가에서 그분들을
그토록 감쪽같이 감추고 있었다니, 정말 의외입니다."

"어쩔 수가 없었습니다. 가세가 기울기 시작한 순간, 전

대 가주셨던 할아버님의 판단으로 그분들은 하나하나 모습을 감추었지요. 가문의 몰락이 누군가의 음모일지도 모르는 일이라 훗날을 위해서 대비를 한 것이었습니다. 이십팔수께서 이곳으로 오시면 분명 화산을 치는 데 상당한 도움이 될 것입니다."

"그렇겠지요."

초씨세가를 대표하는 것은 여러 가지가 있지만, 그중 당연 압권인 것은 이십팔수라는 절정고수들이었다. 초씨세가가 본의 아니게 몰락이라는 길을 걷게 된 것도 전대 가주가 그들을 감추었기 때문이다. 자신들을 압박하는 암중 세력의 종적을 찾을 수 없어 취한, 어쩔 수 없는 조치였다.

'그분들이 도움이 되기는 하겠지만, 그동안 암약해 온 혈교의 저력으로 볼 때 그리 쉽지는 않을 것이다.'

준비한 것도 있고, 서린의 설명이 있었지만, 초쌍쌍은 불안한 마음을 지울 수 없었다. 그것은 다른 일행도 마찬가지여서 약간은 불안한 마음으로 관주련이 돌아오기를 기다렸다.

시간이 늦은 저녁 무렵, 서린이 도착하자마자 종남의 소식을 알아보러 나갔던 관주련이 돌아왔다. 그녀의 표정은 상당히 밝아 보였다.

"연락이 닿은 모양이로군요?"

"예. 아버님이 직접 나서신 모양입니다. 지금 그분들은 화음현에 잠입해 계신 상태입니다."

"좋군요. 화산의 턱밑에 세력을 감추신 것을 보면 종남에서도 상당 기간 준비하신 모양입니다."

"오랫동안 준비를 해왔지요."

"그럼 초씨세가에서 사람들이 도착하는 대로 우리도 화산 인근으로 옮겨야겠군요. 일단 화산에 도착하면 사정을 알아본 후 그에 맞게 대처하는 것으로 하겠습니다."

다음 날 아침. 기다리고 있던 초씨세가의 사람들이 도착하기 시작했다. 모두들 따로 온 듯 도착하는 시각이 제각각이었다. 서린을 비롯한 일행은 도착하는 초씨세가의 이십팔수를 보면서 상당한 전력임을 알 수 있었다. 이십팔수 모두가 절정 급을 상회하는 고수로 보였기 때문이다. 이십팔수 전원이 도착하자 일행은 지체 없이 화산으로 향했다. 모든 준비를 마친 이상 시간을 지체하면 전력이 노출될 우려가 있기 때문이었다.

*   *   *

화산파의 장문인 처소 뒤편에 마련된 비밀 장소에 몇 사람이 모였다.

"뇌신(雷神) 인드라께서 오셨으니 그들에 대한 처리는 확실히 이행될 것이오, 일좌."

"다행히 아그니 님이 나서신 덕분에 황가의숙을 급습한 놈들과 탈취당한 혈루비의 명단이 불길 속에 사라져 한시름 덜었습니다. 그렇지만 얼마 안 되기는 하나 이번에 화산으로 오는 놈들을 한 놈도 놓치면 안 됩니다. 만약 놈들 중한 놈이라도 무림맹에 당가의 일을 알리기라도 하면 고약한 일이 벌어질 것이 분명하니 말입니다."

"하하하, 걱정하지 말게. 놈들은 이번 일이 왜 벌어졌는지 모를 테니까. 당가의 일을 알린다고 해도 지워 버리면 그만이니까. 하지만 놈들을 잡을 준비는 철저히 하게. 분명 당가와 연관을 가지고 있을 테니 말이야. 명심해야 할 것은 놈들을 잡아야 파산검은 물론 당문을 완전히 멸문시킬 수 있네. 그래야 차후 대계에 지장이 없네."

"알겠습니다. 그 점은 염려하지 마십시오."

"알겠네. 그런데 비원각에서 뭔가를 알리러 공혜에게 사람을 보낸 모양인 것 같은데, 어떻게 됐나?"

"그 계집의 소식은 공혜에게 당도하지 못할 것입니다. 이미 손을 써놓았습니다."

"그 계집도 반드시 처리하도록 하게. 사좌를 추적하는 모양이니 말이야. 사좌는 중요한 사람이니 결코 잃어서는 안 되네."

"걱정하지 마십시오. 팔좌와 구좌라면 충분할 겁니다."

"그렇다면 안심이로군."

"그래, 사천에서의 일은 어떻게 진행되었는가?"

"걱정하지 마십시오. 당가의 식솔들을 찾지 못한 것이 마음에 걸리기는 합니다만, 그들은 대세에 영향을 주지는 못할 겁니다. 오좌와 육좌, 그리고 칠좌가 마무리하고 있으니 사천에서 무림맹은 가지고 있는 세력의 삼분지 일을 잃게 될 것입니다."

"좋아. 그럼 사천 건은 마무리된 것 같고, 북경의 일은 어떻게 진행되고 있나?"

"아직 천잔도문의 실체를 파악하지 못하고 있습니다."

"그것이 무슨 소리인가?"

"삼류 흑도 방파에서 어떻게 지금과 같은 성세를 이루게 됐는지 도무지 알 수가 없습니다."

"어찌……."

"장백파의 도움이 있었다고는 하지만, 그것은 이치에 맞지가 않습니다. 설명이 안 되는 부분이 너무 많아 판단하기가 어려운 곳입니다."

"그토록 철두철미하다면 대륙천안과의 연계 가능성이 있는 것이 아닌가?"

"거의 없는 것으로 파악되고는 있습니다. 그러나 혹시 모르는 일이라 감시의 눈길을 늦추지 않고 있습니다."

"잘했네. 천잔도문의 성세가 심상치 않으니 배후가 있다면 최대한 빨리, 그리고 완벽하게 파악을 해야 되네."

"알겠습니다, 쿠베라 님."

"좋아. 난 이만 본 교로 돌아갈 것이니, 모든 것은 일좌에게 맡기겠다. 급한 일은 인드라 님과 의논하도록 해라."

"그럼 살펴 가십시오."

쿠베라는 일좌의 배웅을 받으며 방을 나섰다. 그곳은 오직 화산의 장문인만 드나들 수 있는 곳이었다.

*　　　*　　　*

서린 일행은 화산 인근에 도착해 있었다. 등하불명이라는 생각 아래 아그니에 의해 불타 버린 비밀 장소가 일행이 머물 임시 장소였다. 여산에서 각자 흩어졌다가 다시 모인 터라 흔적이 발견되지는 않았다. 곳곳에 감시의 눈길이 있지만, 다들 절정을 넘은 고수들이라 들키지 않을 수 있었다.

잿더미로 변한 계곡 안 이곳저곳에서 사람들이 쉬고 있었다. 초씨세가의 남매를 비롯한 이십팔수와 비무 대회에 참가한 참가자들이었다. 이동하는 동안 바짝 신경을 곤두세우다 긴장이 풀리니 피곤한 모양이었다. 비록 완전히 폐허가 된 곳이지만 쉬기에는 충분해 보였다.

'으음, 이곳을 보면 두르가는 완전히 부활한 것이 틀림없다. 두르가가 완전히 부활하지 않는 한 그녀의 날개들이

라고 할 수 있는 신장이 이 정도의 힘을 발휘하지는 못했을 테니까.'

서린은 주변을 살피며 상당히 놀랐다. 아그니가 보여준 파괴적인 힘의 위력을 충분히 알 수 있었기 때문이다. 사사 밀교의 십신장 중 하나인 아그니의 힘을 보며 두르가의 부활이 얼마나 십신장의 힘을 상승시켰는지 새삼스레 느낄 수 있던 것이다. 아그니가 보여준 힘을 관찰하던 서린의 뒤로 관주련이 다가왔다.

"무엇을 보십니까?"

"아닙니다. 그런데 연락이 갔습니까?"

"아버님께서 오실 겁니다."

"그분이 오시면 이번 일에 대해 의논을 나눈 후 곧바로 움직이도록 하겠습니다."

관주련은 이미 화음현에 들러 밀마를 남겨놓은 상태였다. 발견하는 즉시 자신들이 있는 곳으로 와달라는 밀마였다.

"화산의 광풍자 어르신과는 어떻게 됐습니까?"

종남의 일이 확인되자 서린은 조혜령에게 화산에서 내응이 되어줄 사람들에 대해 물었다.

"아마도 밤이 깊으면 이곳으로 오실 겁니다. 저 또한 밀마를 남겼으니 말입니다."

"됐습니다. 그럼 이제 기다리는 일만 남았군요."

서린은 관후량과 광풍자가 오면 전반적인 계획을 세우고

화산에 대한 일을 정리하기로 했다. 제일 급선무는 서웅의 연락이었다. 서린이 아는 한 서웅은 천재 중의 천재였다. 대를 이어가며 전해지는 호연자의 지식을 전수 받는 존재였기에 명단을 해석하는 것에는 문제가 없을 것이라 확신하고 있었다. 지금쯤 혈교의 간자들인 혈루비의 명단이 해석되어 자신이 있는 곳으로 오고 있을 것이 틀림없었다.

"일단 쉬고 계십시오."

"예, 공자."

관주련과의 대화를 마친 서린은 금수주와 장민석이 있는 곳으로 향했다. 이곳으로 오기 전, 두 사람에게 별도로 이야기해 놓은 것이 있기 때문이었다.

"쉬시는 데 불편한 것은 없으십니까?"

"괜찮습니다. 그나저나 말씀하신 대로 준비는 하도록 했습니다만, 앞으로 어떻게 하실 생각이십니까?"

"일단 화산파에 있는 혈루비들을 모두 제거하고 혈교를 흔들 생각입니다. 우리가 그들을 흔드는 동안 무림맹에서 모든 것을 처리할 것입니다."

"무림맹과 교감이 있었군요. 하지만……."

금수주는 무림맹과 같이 움직인다는 것이 상당히 껄끄러운 모양이었다. 무림만큼이나 세상의 움직임이 수상한 탓이었다.

"금 영주님과 장 영주님도 아시다시피 저와 여러분은 사사밀교의 인물을 상대해야 합니다. 사사밀교의 누군가가 화산에 있을 것이 분명하니 말입니다."

"그러리라 예상이 가기는 하지만, 그것도 확실한 것은 아니지 않습니까?"

"사밀혼 어르신들이 아그니에게 당한 것을 보면 틀림없습니다. 누군가 화산에 있지 않고서야 그가 이곳에 나타날 이유가 전혀 없으니 말입니다."

"그렇다면 어쩔 수 없이 같이 싸워야 하겠군요."

"맞습니다. 다른 것은 걱정이 없습니다만, 문제는 화산의 인물 중 혈루비들이 얼마나 되느냐 하는 것입니다. 놈들이 이번에 노리는 것이 무림만이 아닌 것이 분명한 이상 최소한의 피해만으로 이번 일을 끝내야 합니다. 그렇지 않으면 놈들의 의도대로 끌려가는 것이 될 수 있을 테니까요."

"그 점은 염려하지 마십시오. 각 영의 군사들이 대령상회의 일을 조사하고 있으니 뭔가 나올 겁니다."

"그래야겠지요. 당가가 사천을 떠났다고는 하지만, 상계의 특성상 놈들도 본격적으로 무력을 투입하지는 못할 겁니다. 그러니 당가의 상단을 철저히 보호하도록 하세요."

"염려하지 마십시오. 세격영주가 암중에 상단을 철저히 보호할 겁니다."

서린은 화산으로 오기 전에 이미 금수주를 통해 사천 상권의 동태를 살피는 것은 물론, 암중으로 당가의 상단을 보호하도록 했었다.

"세격영이 보호한다고는 하지만, 사사밀교가 관련되어
있다면 아마도 암중에서 처절한 싸움이 벌어질 겁니다."

"태 영주도 그리 말하더군요. 그러면서도 자신감을 잃지
않았으니, 문제는 없을 겁니다."

"그래야겠지요."

이미 당가주와는 비밀리에 어느 정도 의논을 끝낸 터라
안심이 되기는 하지만, 이십여 년을 넘게 준비해 온 사사밀
교의 음모를 모두 막을 수 있을지는 의문이었다.

*   *   *

밤이 늦은 시각, 일행이 쉬고 있는 곳에 일단의 사람들이
들어왔다. 광풍자 일행이었다.

"오랜만이네."

"오랜만에 뵙습니다."

오랜만이라는 인사로 서두를 꺼낸 광풍자의 표정은 자못
심각했다.

"자네 말대로 간자들이 확실하더군."

광풍자는 사천에서 비무가 시작된 후 서린의 부탁으로
화산으로 돌아가 그간 제자들의 움직임을 관찰해 왔다. 화
산의 분위기가 전과는 다르다는 것에 불만을 가져오던 그였

기에 아주 조심스럽게 움직였다. 부술을 이용해 사람을 완전히 바꾸어 버린 후 간자들을 침투시킨 사정을 들었기에 면밀히 살폈고, 서린의 말이 사실임을 확인할 수 있었다.

"역시 그렇군요."

"화산은 암중에 누군가에 의해 장악된 상태네. 일대 제자의 상당수와 장로급들 중 다수, 그리고 장문인마저 그들의 주구일 가능성이 농후하네."

"걱정하지 마십시오. 예전의 화산으로 정화될 것이니 말입니다."

침중한 광풍자의 얼굴을 보며 서린은 위로의 말을 건넸다.

"그렇지만 걱정이네."

"무엇이 말입니까?"

"얼마 전 누군가 큰 부상을 당한 것 같았는데, 그자가 떠나고 얼마 안 있어 다른 자가 온 것 같네. 그런데 그자의 기세는 나로서도 짐작을 할 수 없을 정도로 강했네. 이번 일에 승산이 있겠는가?"

"걱정하지 마십시오. 누가 오든 화산의 매화는 제빛을 찾을 겁니다. 대신 얼마나 빨리 예전의 화산으로 되돌릴 수 있느냐가 관건입니다. 놈들은 무림뿐만 아니라 상계 또한 장악하려 하고 있으니 말입니다."

"상계도 놈들의 손길이 닿았다는 말인가?"

"그렇습니다. 놈들의 목적은 아마도 상계일 가능성이 높습니다. 무림보다는 상계를 통해 백성들을 혼란으로 몰아넣는 것이 더 유리하니 말입니다. 혹시, 대령상회라고 아십니까?"

"알고 있네. 대령상회는 화산의 속가제자 중 하나가 운영하는 곳이네. 자네가 말한 대로라면 그곳 또한 혈교와 무관하지 않겠군."

"그럴 겁니다. 이번에 화산의 일을 끝내고 나면 다음 목표는 대령상회가 될 겁니다. 그런데 화산 내부에서 우리에게 협조할 사람들은 구해놓으셨습니까?"

"쉽지가 않았네. 누가 혈교의 간자인지 모르는 마당에 섣불리 접근하기 힘들었지만, 천상이를 끌어들였네. 천상이는 자네와 도 무관하지가 않은 사람이지."

"오매검 말씀이십니까?"

조천상은 서린이 머물고 있는 곳이 잿더미로 변하는 것을 발견했었다. 그랬기에 그는 조혜령이 죽은 줄 알고 있었다. 광풍자도 조혜령이 죽은 줄 알고 있었기에 그를 위로하며 저간의 사정을 설명해 주었다. 조혜령이 무슨 일을 했으며, 그녀의 죽음에 화산에 침투해 있는 자들이 관련되어 있다는 사실을 알려주었던 것이다. 조천상도 처음에는 그 말을 믿지 않았지만, 화산에서 벌어지고 있는 삼상치 않은 사태를 보며 광풍자의 말이 사실임을 알 수 있었다.

"그렇다네. 그 아이는 미령이의 조카이니, 자네와는 사촌지간이 될 것이네. 지금 민호와 함께 화산파에 남아서 장문인의 동태를 살피고 있네."

"잘됐군요. 오매검이라면 화산의 후기지수 중 제일로 꼽는 분인데 말입니다."

"잘된 일이지. 그나저나 령아가 살아 있다는 것을 알면 그 아이도 무척 기뻐할 텐데."

광풍자는 이곳으로 와서 이미 조혜령을 만나본 터였다. 자신을 만나자는 밀마를 보고 설마하며 왔는데, 조혜령이 살아 있는 것을 볼 수 있어 무척이나 기뻤다.

"조금 있으면 종남의 장문인도 올 것입니다. 그러면 그분과 함께 이번 일을 의논하고 화산과 종남이 협력하여 놈들을 상대해야 할 것입니다. 이미 무림맹에서도 움직이고 있으니 얼마간 혈교의 일을 방해한다면 놈들에게 대대적인 반격을 가할 수 있을 겁니다."

"그렇게 되어야 할 것이네. 이대로 혈교가 승세한다면 지난날 그들의 행적을 살펴볼 때 무림은 물론이고, 백성들 또한 도탄에 빠질 것이 분명하네."

"그렇게 안 되게 해야지요."

서린과 광풍자는 앞으로 벌어질 일에 대해 의논을 했다. 우선 화산을 정리하고 혈교가 반격을 시작하면 아무리 종남과 연계를 한다고 해도 지금 화산의 힘으로는 막는 것이 여의치 않기에 기문진을 치고 봉문하기로 했다. 그 사이 서린 일행이 대령상회 등 혈교와 관련이 있는 자들을 공격하여 혈교의 시선을 돌린다면 시간을 벌 수 있을 것이고, 무림맹 과 연계하면 화산을 위험에서 구할 수 있을 것이라는 의논 이 오갔다.

그렇게 앞으로의 일을 의논하는 사이, 종남파의 장문인 인 관후량이 도착했다. 관후량은 이미 종남에 도착하여 백 방으로 화산의 연계를 모색했으나 유일한 끈인 조혜령이 사 라지는 바람에 암중에서 기회를 보고 있던 중이었다. 그랬 기에 관주련의 연락을 받고 서린이 있는 곳으로 오면서도 별반 기대를 안 하고 온 상태였는데, 사람들의 면모를 보고 생각이 달라졌다.

'이만한 전력이면 승산이 있다. 특히나 저 청년은⋯⋯.'

잿더미로 변한 계곡 곳곳에서 쉬고 있는 초씨세가의 이 십팔수와 비무 참가자들을 보면서 상당한 전력이라는 것을 알 수 있었다. 특히 서린을 본 후로 그의 놀라움은 더욱 커 졌다. 서린의 능력은 자신조차도 쉽게 파악할 수 없었기 때 문이다.

'정말이지 놀라운 청년이다. 저 나이에 나조차 파악할 수 없다니. 천잔도문의 성세가 우연만은 아닌 것 같군.'

한참을 살피던 관후량은 서린에 대해 파악하는 것을 포 기했다. 그로서도 쉽게 파악할 수 있는 사람이 아니라는 것을 깨달은 까닭이었다. 거기다 광풍자 또한 서린에 대해 신뢰의 빛을 보이고 있는 것을 보면 자신이 알지 못하고 있는 뭔가가 있음을 느꼈기에 관후량은 화산의 일에 대해 운을 띄웠다.

"관후량일세."

"천잔도문의 천서린이라고 합니다."

"딸아이로부터 말은 들었네. 화산에서의 일을 어떻게 할 생각인가?"

"바로 공격을 하기보다는 혈루비의 정체를 파악하는 것이 급선무입니다."

"혈루비의 정체를 파악하는 것이 쉽지만은 않을 것이네. 나 또한 종남에 숨어든 그놈들의 정체를 파악하는 데 십 년이 넘게 걸렸네. 그런데 지금 당장 그들의 정체를 파악할 수 있다는 말인가?"

"얼마 안 있어 이곳으로 연락이 올 겁니다. 그러면 놈들의 정체를 알 수 있을 것입니다."

"그게 정말인가?"

관후량은 놀라지 않을 수 없었다. 자신이 알기에 서린이 혈루비의 정체를 알 수 있는 방법은 없기 때문이었다.

'이상한 일이로군. 사사묵련의 힘으로는 그놈들의 정체를 알기가 어려울 터인데…….'

"걱정하지 마시게. 우리는 연락이 오면 놈들을 없애기만

하면 되네."

광풍자는 의혹이 서린 관후량을 안심시켰다.

"정말입니까, 어르신?"

"믿으시게, 관 장문. 연락이 오기만 한다면 화산에서 암약하고 있는 놈들은 물론이고, 다른 놈들까지 모두 없앨 수 있을 것이니 말이네."

"그렇다면 걱정을 덜겠습니다만……."

무슨 일인지 알 수 없는 일이었다. 전폭적인 신뢰를 보내는 광풍자나 자신 있다는 표정을 보이고 있는 서린을 보며 관후량은 자신이 알고 있는 것보다 많이 다르다는 것을 알수 있었다.

'어르신이 저 아이에 대해 잘못 판단하고 있는지도 모를 일이다. 혈루비의 정체를 알아낼 수 있다는 것은 저 아이의 뒤에 사사묵련이나 천잔도문 말고 다른 세력이 존재할지도 모른다는 뜻이니까.'

관후량은 가슴이 답답해 옴을 느꼈다. 자신의 예상과는 달리 일이 진행되고 있기 때문이었다.

'당신이 아무리 머리를 굴려봐야 서웅이의 존재를 눈치챌 수는 없겠지. 혈루비의 정체를 알고 있으면서도 십 년이나 감추었다는 것은 당신도 무엇인가 꿍꿍이가 있는 것이겠지. 하지만 그게 잘되지는 않을 것이다.'

서린은 서늘한 눈으로 관후량을 지켜보았다. 저간의 사

정으로 볼 때, 관후량의 배후에 누군가 있다는 것을 느낄
수 있기 때문이었다. 비록 지금은 혈루비를 상대하기 위해
협력을 하고는 있지만, 이곳으로 오는 동안 생각해 본 결과
종남의 일을 생각해 볼 여지가 많았다. 그리고 관후량을 보
는 순간, 그가 자신과는 생각이 다르다는 것을 느꼈다. 그
에게서 예전에 본 어떤 기운을 느낀 탓이었다.

서린은 두 사람과 더불어 앞으로의 일을 의논했다. 화산
의 일을 처리한 후 벌어질 혈교와의 접전은 무림맹과의 연
계 후에 본격적으로 진행하기로 하고, 그전에는 혈교의 세
력을 각개격파하는 것으로 결론을 지었다. 그 부분은 관후
량도 대체로 공감하는 것 같았다. 이미 종남의 문인 대부분
을 하남성으로 이동시켰고, 이곳에 남은 인원들은 종남의
정예로서 그 또한 그동안 자신이 파악해 놓은 섬서성의 혈
교 무리들을 없애려 했기 때문이다. 대략적인 의논을 끝낸
후, 세 사람은 혈루비의 정체를 알려줄 연락을 기다리기로
하고 헤어졌다.

3장. 종남혈우(終南血雨)

관후량은 화음현으로 향했고, 광풍자는 안에서 내응하기 위해 화산으로 갔다. 속절없이 시간이 흐르다 북경으로부터 연락이 온 것은 세 사람이 헤어진 지 이틀 후였다. 소식을 가져온 것은 천잔도문의 영물인 창천웅이었다. 창천웅만이 냄새를 맡을 수 있는 향낭을 서린이 가지고 있었는데, 그런 탓에 목적지인 화산에 도착하자 곧바로 비지로 찾아올 수 있었다.

"어서 오너라. 고생이 많았다."

꾸르르르!

서린의 위로에 가죽으로 덧댄 팔 위에 내려앉은 창천웅이 기분 좋은 울음을 흘려냈다. 서린은 창천웅의 머리를 쓰다듬은 후 다리에 묶인 천을 끌러 살폈다. 천에는 물에 젖어도 번지지 않는 특수한 안료로 깨알 같은 글이 써져 있었다.

"역시, 서웅이가 해독하는 법을 찾아냈구나."

서린은 명단의 암호를 해독하는 방법을 알아내 각 문파에 잠입해 있는 혈루비의 정체를 기록한 명단을 볼 수 있었다. 글자 한 자, 한 자가 깨알 같았으나 서린이 못 알아볼 정도는 아니었다.

"으음……."

명단을 확인한 서린은 놀라지 않을 수 없었다. 화산의 경우, 대부분의 일대 제자와 장로들이 혈교에서 심어놓은 간자였던 것이다. 특히 화산의 장문인이 혈교의 십좌 중 최고지위에 있는 일좌라는 사실은 놀라움을 더했다.

"혈교의 저력이 무섭구나. 일단 필사를 하도록 해야겠다. 너는 그만 돌아가 보도록 해라."

용무가 끝났기에 서린은 창천웅이 앉은 팔을 떨쳤다.

꾸르르르!

창천웅은 날개를 펴고 날아오르더니, 알아들었다는 듯 맑게 울더니 창공을 헤집었다. 서린은 이미 준비하고 있던 지필묵을 이용해 명단 네 부를 필사했다. 제일 먼저 명단 중 하나를 초쌍쌍에게 주었다. 혹시나 나중의 일을 대비하여 이십팔수 중 한 명으로 하여금 명단을 사천에 있는 문인혜에게 전달하기 위해서였다.

나머지 명단은 관후량과 광풍자에게 주기로 했다. 관후량이 이끄는 종남파와는 따로 떨어져 혈교를 상대할 것이기에 주는 것이고, 하나는 광풍자가 보관하고 있다가 무림맹에서 오는 사람에게 줄 예정이었다.

서린은 사람들을 불러 모았다. 연락이 오면 어떻게 할지이미 이야기를 끝낸 상황이기에 관주련은 서린이 준 명단을가지고 화음현으로 향했고, 조혜령은 화산으로 연락을 취하기 위해 밖으로 향했다. 그렇게 두 사람이 떠나자 서린은남아 있는 사람들에게 자신이 알게 된 사실들을 알려주었다.

"혈루비를 알아냈지만, 너무 예상 밖이군요."

"그렇습니다. 생각하지 못한 자들도 있었으니 말입니다.이번 일은 매우 중요합니다. 명단에서 밝혀진 것처럼 미처생각지 못한 강자들이 혈루비에 속해 있을 수도 있으니 말입니다."

"화산에 있는 자들은 어떻게 하실 겁니까?"

"광풍자께서 오시면 화산에 숨어든 혈교의 간자들이 있는 곳을 세세히 알려줄 것입니다. 단숨에 놈들을 제압해야큰 피해가 없을 것이니, 다들 놈들의 거처를 숙지하시고 이번 일에 만전을 기해주시기 바랍니다."

서린의 당부에 모든 이들이 광풍자가 보내온 지도를 숙

지하며 화산의 지리를 익혔다. 제거해야 할 자들이 있을 것이라 예측되는 전각의 위치를 파악해 어떻게 공격할지 생각하기 위해서였다.

관후량과 광풍자가 온 것은 연락이 가고 두 시진이 흐른 후였다. 두 사람은 서린에게서 혈루비의 명단을 건네받았다. 혈루비의 간자들의 수가 광풍자의 예상보다 훨씬 많았다. 장문인을 포함한 대다수의 장로들도 혈루비에 들어 있다는 사실을 보며 경악을 금할 수 없었다.

그러나 관후량의 놀라움은 다른 데 있었다. 나름대로 화산에 대해 조사해 온 관후량이었다. 그동안 조사해 온 것과 비교해 서린이 작성한 명단이 더욱 세밀하고 자세했다. 자신이 파악하지 못한 자들도 상당수 있었기에 놀라지 않을 수 없던 것이다.

"일단 두 군데로 접근해 들어갈 것입니다. 광풍자께서 화산을 경계하는 자들을 맡아 제압해 주시고, 저와 관 장문인께서는 빠른 시간에 거점을 확보하고 그들을 제거하는 것으로 하겠습니다. 광풍자께서는……."

일시에 뿌리를 뽑아야 하므로 서로 간의 연계가 가장 중요했다. 서린은 이번에 화산에서 진행될 계획에 대해 차분히 설명을 해주었다.

"그럼 혈교의 주력으로 보이는 자들은 어떻게 할 생각인가?"

"그들은 제가 상대합니다. 그러니 관 장문인께서는 화산의 장문인으로 화신한 자를 제압해 주십시오. 그동안 조사한 것으로 봐서는 그자가 중원에서 혈교와 관련된 일들을 주관하는 것 같으니 말입니다."

"그렇게 하겠네."

'그자들과는 아직 부딪칠 때가 아니니 다행이로군. 거기다 만약 그들 중 하나라도 이곳에 와 있다면 나로서도 감당하기 곤란하니……'

관후량은 혈교의 주력이 어디인지 알고 있었다. 그들과 부딪치는 것은 아직 시기상조였다. 화산에 머물고 있는 자가 십신장 중 하나라면 그로서도 감당할 자신이 없기도 했기 때문이다.

"그런데 천 공자."

"왜 그러십니까, 어르신?"

"화산의 일반 제자들은 이번 일을 모르고 있는데, 혹여 우리를 적도라 오해하는 것이 아닌지 모르겠네."

광풍자는 이번 일로 인해 아무것도 모르는 화산 제자들의 희생을 우려했다. 그들은 혈루비들을 화산의 문인이라 알고 있기 때문이었다.

"저도 그 점이 우려됩니다. 많은 이들에게 알릴 수 있는 일도 아니고 말입니다. 그러니 그들의 행적을 최대한 파악해 전격적으로 처리해야 합니다. 소란이 나기 전에 처리하지 못한다면 뜻밖의 희생이 있을 수 있을 겁니다. 광풍자께서는 그들의 위치를 다시 한 번 확인해 주십시오. 그리고 명단이 확인된 이상 몇몇 믿을 만한 자들을 확보해 그런 일이 없도록 해주십시오."

"알았네. 힘든 일이지만, 내 최선을 다하겠네."

"좋습니다. 이번 공격은 내일 저녁 인시로 하겠습니다. 표시해 드린 곳을 각자 맡기로 하고, 준비에 만전을 기해주시기 바랍니다."

세 사람은 의논을 끝낸 후 헤어졌다. 광풍자는 떠나기 전에 혈루비의 간자들이 머무는 곳을 다시 한 번 확인해 주었다.

스르릉!

두 사람이 돌아가고 난 뒤 서린은 자신의 검을 꺼냈다. 사사묵련에 들어오며 지금 받은 검이지만, 아직까지 이 하나 나가지 않고 예기를 흘리고 있었다. 힘든 싸움이 될지도 몰랐다. 알고 있는 정보를 종합해 보면 십신장 중 하나인 아그니는 이곳에 없는 것이 분명했다. 그렇다면 그보다 더욱 강한 자가 와 있을 것이 분명했다. 혈왕의 전설을 찾아 헤매다가 아그니의 힘을 직접 겪어본 서린이었기에 그들의 힘이 얼마나 강한지는 잘 알고 있었다. 두르가가 부활했다면 그 힘은 몇 배로 커졌을 것이 분명했다. 하지만 전과는 달리 두려움 같은 것은 없었다. 무공과는 차원이 다른 힘을 구사하는 그들에 맞서야 하는데도 담담한 마음만 있을 뿐이었다.

검을 살펴보던 서린은 천우신경을 꺼냈다. 언제 봐도 비밀이 많은 물건이었다. 혈왕기를 온전히 만들어준 물건이고, 세상에서 제일 단단한 물건이었다. 서린은 혈왕기를 천우신경에 흘려 넣었다. 요즈음 와서 가능한 일이었다.

처음 천우신경으로부터 혈왕기를 얻은 후 다시 집어넣는 것이 불가능했으나 천세혈왕삼극결의 조화십이단 중 구단인 조화단(造化壇)을 넘어서자 가능해졌다. 서린은 계속해서 혈왕기를 천우신경에 집어넣었다. 강렬한 힘이 손을 통해 들어가는 듯 서린의 얼굴은 상당히 굳어 있었다.

지이잉!

이내 천우신경이 울리기 시작했다.

찰칵!

거의 모든 혈왕기를 천우신경에 집어넣자 옆면으로 무엇인가가 튀어 나왔다. 천장비고에서 찾아낸, 천우신경과 짝을 이루는 금강저가 모습을 드러낸 것이다.

"휴우, 힘들군. 혈왕기를 계속해서 유지하기 힘들 정도라면 상당한 기물일 텐데, 아직도 어떤 용도로 쓰이는 것인지는 모르겠으니……. 하지만 분명 중요한 것임에는 틀림없다."

서린은 혈왕기를 거두어들였다. 아직 완전한 조화단을

이룬 것이 아니기에 계속 유지한다는 것이 힘들었기 때문이다.

찰칵!

금강저가 다시 밀려 들어가고 천우신경은 원래의 모습으로 돌아왔다. 방금 전의 모습이 마치 거짓말인 것처럼 아무리 찾아보아도 금강저가 나온 구멍을 찾을 수 없었다. 천우신경을 통해 자신의 성취 정도를 알아본 서린은 밖으로 나와 금수주와 장민석을 찾았다. 아그니 대신 화산에 온 자를 상대하기 위해서였다.

"우리 셋은 사사밀교에서 온 자만 상대할 겁니다. 다른 사람들이 조금 위험해지기는 하겠지만, 종남의 장문인이 실력을 발휘해 준다면 괜찮을 겁니다. 하지만 사사밀교에서 온 자를 놓친다면 이번 일은 의미가 없습니다. 일단 그들의 기세를 꺾어놓으려면 반드시 그를 제거해야 하니까요."

"천 공자, 그럼 전면전으로 가는 겁니까?"

"아마도 조만간 전면전이 벌어질 겁니다. 사사밀교에서 분명 중원 진출을 위한 준비를 끝낸 것 같으니 말입니다."

"그럼 우리도 준비를 해야겠군요."

"금 영주님 말씀대로 일단 최대한 준비를 해놓는 것이 좋겠지요. 그들을 상대하려면 말입니다. 그러니 전면전이 벌어지는 것은 우리에게 좋을 것이 없습니다. 어느 정도 준비할 시간을 벌어야 하니까요. 만약 우리가 이번에 사사밀교에서 이곳에 온 십신장 중 하나를 제거한다면, 시간을 벌수 있을 겁니다. 그들이 꾸미는 음모가 무엇인지 모르지만, 십신장 중 하나가 제거된다면 일단 관망하는 자세로 돌아설 겁니다. 그 이후에는 무림맹의 대대적인 반격이 시작될 거구요."

"그럼 무림맹이 반격할 시간을 벌어주는 것이 이번 일의 중요한 관건이겠군요."

"그렇지요."

"일단 연락이 갔으니 무림맹의 비원각주가 움직일 겁니다. 그녀가 움직일 만한 시간을 벌어주지 않는다면 무림맹이 타격을 받겠지요."

"알겠습니다. 련주님께 연락을 드리지요. 드디어 전쟁이 시작되었다고 말입니다."

"그렇게 하세요."

금수주와 장민석과 대화를 끝낸 서린은 명상에 잠겼다.

이제부터는 자신이 본격적으로 나서야 할 때인 것이다. 당가에서의 비무 대회에서도 모든 것을 보여주지 않았다. 자신이 상대할 자들은 무림인이 아니기 때문이었다. 대륙천안을 비롯해 세상을 암중으로 지배하는 천외천의 존재들이 서린의 상대였다.

다음 날, 새벽이 되어갈 무렵, 서린은 한 통의 서신을 조혜령으로부터 건네받을 수 있었다. 그의 오빠인 조천상이 보내온 서신이었다. 그 안에는 화산 제자들의 희생을 줄이며 간자들을 제거하기 위한 방법이 적혀 있었다.

'위험하기는 하겠지만 지금쯤 그들도 이상한 점을 느끼고 있을지도 모르니, 이 방법으로 하는 것이 좋겠군. 우리의 전력을 속일 수 있다면 충분히 성공 가능한 일이다. 일단 한 놈을 잡아야겠군. 우리를 추적하기 위해 화산을 내려온 놈에게 역정보를 흘린다면 예상외의 성과를 거둘 수 있을 것이다.'

서린은 서신을 확인한 후 초쌍쌍에게 예정보다 일찍 공격한다는 것과 관후량에게 일찍 합류할 것을 알리도록 한 후 계곡을 빠져나갔다.

"관 장문인에게 연락을 취해 일찍 합류하도록 하다니, 무슨 일이 있는 것인가? 놈들이 눈치를 챈 것은 아닌 것 같은데. 일단 연락을 먼저 해야겠군."

초쌍쌍은 의문을 접고 이십팔수 중 한 명을 화음현으로 향하도록 했다. 관후량에게 작전이 변경되었음을 알리려는 것이다. 서린은 해가 저물 무렵, 계곡으로 돌아왔다. 서린이 상당히 지친 표정으로 돌아온 것을 보며 초쌍상은 의문이 들었다.

"무슨 일이 있었던 겁니까?"

"화산 제자들의 희생을 줄일 방법을 만들었소. 난 운기조식을 취해야 하니, 나중에 설명을 드리겠소."

"그렇게 하세요."

무슨 일인지는 모르지만, 자신이 봐도 상당히 지친 기색이었다. 얼마 안 있어 서린이 운기조식을 마치고 나왔다. 서린은 초쌍쌍을 비롯해 이십팔수들과 백거준 등을 불렀다. 자신이 계곡을 나가 준비한 일을 설명해 주기 위해서였다. 그들은 서린으로부터 변경된 작전에 대해 간단하게 설명을 들을 수 있었다. 그들이 생각하기에도 화산의 전력을 보존하기 위한 것이라면 위험을 감수할 만했다.

"말씀하신 대로 하는 것이 향후 놈들과의 전면전을 위해서라도 좋을 것 같군요."

초쌍쌍은 화산에서 알려온 계책에 찬성을 표시했다. 그만한 작전이 없기 때문이었다.

"그거 괜찮군. 놈들이 그렇게 알고 있다면 화산파는 물론, 우리도 피해를 상당히 줄일 수 있을 것 같소."

백거준을 비롯해 모든 사람들이 괜찮은 작전이라 찬성을 표시했다. 이제 얼마 지나지 않아 화산을 점거하고 있는 혈루비를 친다는 사실에 다들 투기가 일기 시작했다. 다들 절정을 넘어선 고수들이라 비처 안의 기운이 무겁게 가라앉았다.

날이 저물 무렵, 계곡 안은 소리 없이 분주해졌다. 섬서와 산서, 그리고 사천을 암중 장악한 자들이었다. 그런 자들이 녹록할 리 없다는 것을 다들 잘 알고 있기에 준비에 만전을 기했다.

자시가 넘자 모두들 떠날 준비를 했다. 칠흑처럼 검은 야행복으로 갈아입은 이들은 조심스럽게 화산파를 향해 다가갔다. 화산파로 가면서 서린은 이미 다른 방향으로 올라온 관후량과 종남의 문인들을 볼 수 있었다. 합류하기로 약속한 때보다 이른 시간이었다.

"어째서 일찍 오라고 연락을 보낸 것이오?"

"오해로 인해 화산의 문인들과 싸움이 벌어지지 않을 방도를 찾아냈습니다. 화산에서 방법을 알려왔더군요. 그러니까……"

관후량은 서린으로부터 조천상이 알려온 방법을 들을 수 있었다. 그리고 이어 서린이 준비한 일을 들었다.

"으음, 위험하기는 하겠지만, 그렇게 하는 편이 희생을 훨씬 줄일 수 있을 것 같군. 그렇게 하도록 합시다."

서린의 설명을 들은 관후량은 상당히 괜찮은 방법이라는 생각이 들었다. 그렇지만 한편으로는 마음이 상당히 무거웠다.

'도대체 어떤 능력이 있기에 짧은 시간 동안 그런 준비를 한 것인지. 보면 볼수록 알 수가 없는 자로구나.'

서린의 능력에 대해서는 도무지 파악이 안 되었다. 서린이 손을 쓴 자는 화산에서도 최고수에 속하는 자였다. 그런

자를 감쪽같이 속여 넘겼다는 것은 이미 자신의 실력을 뛰어넘는다는 것을 반증했다. 관후량은 서린이 손을 쓴 자가 자신도 감당하기 벅찬 자라는 것을 알고 있었다. 그렇기에 서린의 능력에 대해 의구심이 일지 않을 수 없었다.

"지금쯤 놈들이 우리의 습격을 알고 있을 테니, 빨리 가시죠."

"으음, 그래야겠지. 자신들이 속고 있다는 것을 모를 테니."

관후량은 서린의 말에 갈수록 무거워지는 마음으로 화산을 향해 발걸음을 옮겼다.

화산파는 너무도 조용했다. 당연히 있어야 할 경계 인원이 보이지 않았다.

"광풍자와 오매검이 이미 손을 쓴 모양이로군요."

"그런 것 같습니다. 이삼대 제자들은 이미 피신을 한 것 같으니 이제 놈들만 상대하면 될 것입니다. 장문인과 저희들은 놈들이 있는 곳으로 가시죠."

서린을 비롯한 일행은 소리 없이 자신들이 맡은 곳으로 향했다. 관후량은 이십팔수와 종남의 문인들이 각자 맡은 곳으로 향하는 것을 본 후 서린과 함께 화산 장문인의 처소로 향했다.

소리 없이 담장을 넘었다. 화산파 경내에는 경계하는 자가 몇 사람밖에 보이지 않았다. 일행은 소리 없이 경계하는 자들을 제압했다. 경계를 서는 자들 대부분이 이대 제자들이라 손쉽게 제압할 수 있었다.

"장문인은 저와 함께 가시죠."

"알았네."

서린은 관후량과 함께 화산 장문인의 처소로 향했다. 그들의 뒤에는 초쌍쌍을 비롯한 비무 대회 참가자들이 긴장된 표정으로 따르고 있었다.

—다른 이들은 걱정할 필요가 없지만, 이곳에 있는 자들은 빠져나가면 곤란합니다. 그리고 상당한 실력을 소유한 자들이니 모두 조심하기 바랍니다.

서린은 사람들에게 전음을 보내 주의를 준 후, 관후량과 함께 화산 장문인의 처소로 들어섰다. 화산 장문인의 처소는 이중으로 된 전각이었다. 장문인이 머무는 전각과 회랑으로 이어진 전각이 연이어 서 있는 곳이었다. 초쌍쌍을 비롯한 백거준들이 서서히 화산의 장문인이 머물고 있는 처소를 포위하기 시작했다. 이들이 맡은 일은 단 하나, 화산에 머물고 있다는 혈교의 주력들이 도주하지 못하도록 하는 일이었다.

"후후후!"

장문인의 처소를 포위하는 이들의 귀로 웃음소리가 들렸다. 공력을 실은 웃음소리에 다들 내력을 끌어 올려 귀를 보호했다.

"으음!"

예상은 하고 있었지만, 들려온 웃음소리에 실린 내력이 심상치 않았기에 관후량이 신음을 흘렸다.

"이제야 오는 건가? 이거, 기다리기가 지루해서 말이야."

문이 열리고 사람들이 나왔다. 화산의 장문인으로 화신한 청풍자(淸風子)를 비롯해 화산에 잠입해 있는 혈루비들이었다. 청풍자는 관후량을 비롯한 서린 일행을 싸늘한 눈으로 바라보았다.

"알고 있었나?"

"그렇게 부산하게 움직이는데 모르고 있다면 귀먹고 눈먼 병신이지. 감히 화산을 넘보다니……."

비웃는 청풍자의 말과 동시에 관후량의 귀로 전음이 파고들었다.

―후후후! 종남에서의 일을 우리가 모르고 있다고 생각했는가 보군. 우린 네놈들이 오기를 기다리고 있었다.

청풍자는 오늘 밤 기습이 있을 것이라는 것을 이미 알고 있었다. 화산의 장로로 있는 혈루비로부터 이미 내용을 전해 받았기 때문이다. 장로는 화음현을 일대로 움직이는 수상한 무리들을 추적해 그중 하나를 붙잡아 오늘 밤 종남파에 공격해 올 것이라는 것을 알아내고는 자신에게 전했다.

자신을 비롯해 혈루비에 소속된 장로 몇몇을 암살하기 위해 급습한다는 내용이었다. 어떻게 자신과 장로들이 혈루비인지 알게 되었는지 모르지만, 일단 제거하는 것이 나을 것 같았기에 나름대로 준비를 하고 기다리고 있던 것이다. 이들을 섬멸하는 작전에 대해서는 자신의 직전 제자인 조천상이 맡았다.

"만만치 않다, 이거로군."

"지금쯤 화산에 침입한 놈들은 저승길을 달리고 있을 것이다. 네놈들의 일은 이미 간파하고 있었으니까 말이다. 하하하!"

화산 장문인 청풍자는 광소를 터트리며 서린 일행을 다시 한 번 노려보았다.

"상황은 변하지 않을 것이다. 네놈들이 이미 알고 있었다고 해도 말이다."

"무슨 말이냐?"

"후후후!"

비웃는 관후량의 웃음에 화산의 장문인인 청풍자로 화신한 천혼자는 기분이 나빠졌다. 자신이 알던 것과는 조금은 달랐다. 복면을 하고 비밀리에 암습을 할 것이라는 것과는 달리 야행복이기는 하지만 모두 얼굴을 드러내 놓고 있었다.

'저토록 자신에 찬 표정들이라니……'

순간 불안감이 엄습했지만, 일이 어려워지면 뒤쪽에서 준비 중인 인드라가 나설 것이기에 그는 이내 불안감을 지웠다. 화산을 쳐들어온 자들이 어떤 실력을 지녔는지 모르지만, 살아 돌아갈 수는 없을 것이 분명하기 때문이었다.

＊　　　＊　　　＊

　청풍자와 관후량들이 대치한 시각. 화산 곳곳에서는 비슷한 상황이 벌어졌다. 화산의 일대 제자인 구인회도 자신의 처소 앞에서 화산을 습격한 자들과 맞서고 있었다. 구인회의 주변에는 많은 수의 화산 제자들이 있었다. 구인회가 이끄는 매화검대의 사람들로, 그들은 한밤에 화산을 습격해 온 사람들을 포위하고 있었다.

　"네놈들은 누구기에 화산을 습격한 것이냐?"

　매화검대를 이끌고 있는 구인회는 싸늘한 눈으로 종남의 문인들을 노려보았다.

　"우리가 습격하는 것을 어떻게 알았는지 모르겠지만, 네놈들의 정체는 모두 파악되었다."

　"이놈들, 별 미친 소리를 다하는구나. 한밤중에 화산의 담을 넘다니. 본 문을 업신여기는 자들의 말로가 어떤 것인지 알려줘야 하겠구나. 화산검대는 준비하라!"

　이미 습격할 줄은 알고 있었지만 자신을 노려보는 종남

문인들의 눈초리에 구인회는 매화검대와 함께 이십사수매
화검법을 펼칠 준비를 했다. 이미 절정의 초입에 든 자신이
공격을 시작하면 화산의 문인 중 최강의 검력을 보유하고
있는 매화검대의 대원들이 일제 공격을 개시할 것을 알고
있기 때문이었다. 자신의 정체를 정확하게 알고 있는 것을
보면 다른 말이 새어 나오기 전에 확실히 처리해야겠다는
생각을 가졌기에 먼저 공격을 해 입을 막기로 한 것이다.

"모두들 화산을 넘본 놈들을 쳐…… 컥!"

제자들을 재촉하려던 구인회의 입에서 비명이 튀어 나왔
다. 동시에 그의 가슴을 뚫고 검첨이 튀어 나왔다.

휘이익!

"컥!!"

"크윽!"

"윽!!"

비명이 터진 것은 구인회에게서만이 아니었다. 몇몇 일
대 제자의 입에서도 비명이 흘러나왔다. 구인회와 마찬가지
로 그들도 누군가로부터 암습을 받은 것이다. 갑작스러운
사태에 화산의 제자들은 어리둥절해했다. 등 뒤로부터 구인
회의 가슴을 찌른 자가 다름 아닌 추운신검 종민호였기 때
문이다. 또한 구인회와 같이 검에 가슴을 뚫린 일대 제자들
의 등 뒤에는 그들의 사형이거나 사제들이 검을 들고 서 있
었다.

"누가 화산을 넘본다는 말이냐! 화산을 넘본 것은 너희들이 아니더냐!"

"크윽! 어, 어떻게?"

"화산에 숨어든 너희들의 정체를 모를 줄 알았더냐! 네 놈들이 감히 화산을 능멸하고도 무사할 성싶었더란 말이다!"

"크으, 알고 있었다는 말이냐?"

"물론이다. 너희들의 정체는 이미 다 밝혀졌다. 우리 화산파뿐만 아니라 모든 문파에 잠입한 놈들의 정체가 말이다. 잘 가거라."

쑤욱!

"컥!"

종민호의 검이 빠져나왔다. 검으로 인해 막혀 있던 상처를 통해 핏줄기가 뿜어졌다. 핏줄기를 따라 구인회의 몸에서 생기가 급속도로 빠져나갔다.

"화산의 제자들은 들어라! 이자는 나의 사형인 구인회가 아니다! 어린 시절부터 구인회로 변신해 숨어든 혈교의 간자다! 너희들도 잘 알고 있을 것이다! 사천당가의 혈사를 말이다! 이놈도 사천당가의 혈사에 관련된 놈들 중 하나였다! 오늘은 수십 년 동안 본 파에 잠입한 놈들을 솎아내는 날이다! 그러니 모두 마음을 가라앉히고 자중하라!"

"그, 그럴 리가?"

"어떻게 이런 일이……."

매화검대의 제자들은 모두가 믿을 수 없다는 표정이었다. 화산의 삼검대 중 하나인 매화검대를 이끄는 수장인 구인회가 적의 간자라는 사실을 믿을 수 없던 것이다. 그러나 구인회가 죽어가며 마지막으로 남긴 말은 종민호의 말이 사실이라는 것을 말해주고 있었다.

"그게 사실입니까, 종 사형! 구 사형은 종 사형과 같이 입문하지 않았습니까?"

"나도 믿을 수 없지만, 사실이다. 그동안 우리 화산파는 이놈들에게 철저히 농락당하고 있던 것이다. 아직도 간자들이 남아 있다. 너희들도 종남파 사람들을 돕도록 해라. 저 사람들이 바로 종남파의 사람들이다. 숨어 있던 간자들을 모두 제거해 낸 진짜 종남 문인들이다. 그리고 이번에 우리를 돕기 위해 화산으로 온 것이다. 우리 화산뿐만 아니라 구대문파 곳곳에 혈교의 간자들이 숨어들어 있다. 혈교 놈들에 대한 모든 것들은 광풍자어르신께서 설명해 주실 것이다. 그러니 모두들 종남파와 합세해 남아 있는 간자들을 제거해야 할 것이다."

종민호는 차마 화산의 장문인인 청풍자가 혈교의 간자라는 말은 할 수 없었다. 그렇게 된다면 매화검대원들이 동요할 것이 틀림없기 때문이었다.

"종 사형의 말씀이 사실이라면, 놈들을 쓸어버려야지요."

화산의 제일가는 어른 중 하나라고 할 수 있는 광풍자가 주관한다는 말에 매화검대원들은 오늘의 일이 진정 사실임을 알 수 있었다. 아울러 그토록 오랜 세월 동안 간자들이 마음껏 활동해 왔다는 사실을 상기하며 검을 고쳐 잡았다.

종민호가 매화검대의 간자들을 제거하는 사이, 오매검(澳梅劍) 조천상(曺穿尙) 또한 화산의 삼검대 중 하나인 구궁검대(九宮劍隊)의 간자들을 제거하고 있었다. 그 또한 구궁검대를 안정시키고 남아 있는 화산의 간자들을 제거하기 위해 초씨세가의 이십팔수들과 함께 분주히 움직였다.

화산파의 제자는 모두 칠백여 명이었다. 주력이라고 할 수 있는 삼검대 중 낙영검대(落英劍隊)는 무림맹의 은하검룡단으로 파견을 나가 있었기에 화산에 남아 있는 주력들을 모두 장악한 것이다. 화산의 주력을 장악한 이상 화산은 빠르게 안정을 되찾을 것이 분명했다.

이미 모든 간자들을 파악해 놓은 상태였기 남아 있는 자들을 상대하는 것은 어려운 일이 아니었다. 간자 중 화산에서 지위가 높은 자들은 이미 장문인의 거처에 있을 것이 분명했다. 화산을 습격하는 종남의 주력 모두가 장문인의 처소로 향할 것이기 때문이었다.

*　　　*　　　*

"소란이 가라앉은 것을 보면… 이제 끝난 모양이로군."

"응?"

자신이 할 말이었다. 천혼자는 자신이 해야 할 말이 관후량의 입에서 흘러나오자 뭔가 일이 잘못되었다는 것을 알 수 있었다. 점심 무렵, 종남파의 행적을 파악할 수 있었다. 종남이 오늘 밤 화산을 급습해 자신들을 제거할 것이라는 소식도 들을 수 있었다.

다른 이라면 다시 한 번 생각을 해보겠지만, 소식을 가져온 이는 자신이 가장 믿고 있는 자였다. 화산에 잠입한 혈루비 중 자신을 제외하고 가장 지위가 높은 장로가 가져온 소식이었다. 그런데 그것이 역정보였을지도 모른다는 생각이 슬며시 고개를 쳐들었다.

"이제 눈치챘는가?"

"이놈이!!"

관후량의 비웃는 표정에 천혼자는 자신이 역정보에 당했음을 확실히 깨달을 수 있었다.

"후후후, 제법 머리를 굴린 모양이로구나. 어쩐지 너무 쉽게 네놈들의 행적이 드러났다 했다. 하지만 너희들이 이곳에서 죽는다는 것은 변함이 없을 것이다. 어차피 화산파도 지우려고 했으니까."

"말이 많군. 그럼 시작해 볼까?"

스르릉!

—부탁하네.

관후량은 자신의 검을 꺼내며 서린에게 전음을 보냈다. 천혼자의 뒤편에서 일기 시작한 가공할 기운을 느낀 것이다.

—뒤쪽에 있는 자는 걱정하지 마십시오. 곧 있으면 사람들이 이곳으로 올 것입니다. 이자들이 절대로 빠져나가서는 안 됩니다. 당분간은 화산의 일이 비밀로 부쳐져야 하니까요.

서린은 전음을 보내며 뒤로 빠졌다. 뒤쪽에서 느껴지는 인드라의 기세를 서린도 느끼고 있던 참이었다.

스스슥!

서린이 금수주와 장민석을 데리고 뒤로 빠져 인드라가 있는 곳으로 향하자 사람들이 장내에 나타났다. 초씨세가의 이십팔수였다.

"으음!"

천혼자는 일이 심상치 않다는 것을 느꼈다. 종남에서 아무리 많은 고수들을 보유했다고 해도 지금 나타난 이들에 비할 바가 아니었다. 이미 지긋한 나이들에 차가운 안광을 지닌 이십팔수의 기세는 화산의 장로급에 버금갔다.

'저들은 대체 누구라는 말인가? 삼장로가 알려준 바로는 오늘 화산을 급습하는 자들은 종남파뿐이었건만……'

자신이 보고 있는 이들은 종남파의 문인들이 아니었다. 섬서성 인근에서 저만한 고수들을 보유한 문파는 존재하지 않았다. 지난 이십여 년 동안 섬서와 산서 인근 문파들의 세력을 암중으로 약화시켜 온 그였기에 누구보다 잘 알고 있었다.

또한 자신에게 소식을 전한 삼장로가 서린의 혈왕기에 당해 심령을 조종당했다는 것을 몰랐기에 벌어진 일이었다. 서린은 삼장로를 제압한 후 오늘 계획에 필요한 역정보만을 넘겼던 것이다.

"믿는 구석이 있었군. 그러나 다시 한 번 말하지만, 너희들이 죽는다는 것은 변함이 없을 것이다."

"하하하! 뒤쪽에 있는 자를 믿는 모양인데, 네놈의 믿음이 얼마나 헛된 것인지를 금방 알게 될 것이다."

"방금 전 뒤로 간 애송이들 말이냐? 후후, 웃긴 일이로군. 천하의 천류검이 그런 애송이들을 믿다니."

"후후후, 그럴까? 하지만 말이야, 네놈이 애송이라고 말하는 사람에게 내가 두려움을 느낀다면 어떻게 하겠나?"

"으음!!"

천혼자는 관후량에 대해 잘 알고 있었다. 그가 관후량의 무위를 본 것은 딱 한 번이었다. 십 년 전, 검파들의 회합 시에 보여준 그의 무위는 상당한 것이었다. 그 당시 이미 검강을 발현할 정도의 고수였던 것이다. 종남파에 잠입해 있는 자들의 보고로 폐관수련을 했다고 들었다. 그동안 얼마나 실력이 늘었을지는 그도 모르는 터였다. 자신이 상대한다고 해도 자신이 없지는 않지만, 관후량은 분명 뒤로 돌아간 애송이들을 두려워한다고 말했다.

'그놈들이 대체 누구기에……. 분명 반로환동한 자들은 아니었다. 어미 뱃속에서부터 무공을 익히고 나왔다고 하더라도 인드라 님은 어쩔 수 없을 것이다.'

"시간을 벌려고 하는군. 하지만 그렇게 되지는 않을 것이다. 우린 그리 만만하지 않으니까."

천혼자는 관후량이 시간을 벌기 위해 그런다고 생각했다. 뒤로 돌아간 서린 등이 인드라를 막으며 시간을 버는 동안 자신들을 제거하려 한다고 생각한 것이다.

스르릉!

천혼자를 비롯해 혈루비들이 검을 뽑아 들었다. 비록 간자지만 스스로의 실력으로 장문인과 장로의 직위를 차지한 자들이었다. 검공으로는 무당과 비견된다는 화산이었다. 그들은 화산의 검공으로 이미 경지에 이른 자들이었다. 그들의 몸에서 삼엄한 검기가 피어올랐다. 이미 정체가 밝혀진 이상 화산을 쓸어버리는 일만 남은 것이다. 그들은 오늘 화산이 피에 젖을 것임을 의심치 않았다. 뒤편에서 일어나는 가공스러운 기세가 그들의 기운을 더욱 끌어 올려주었다.

                    *   *   *

"음……."

뒤편으로 돌아간 서린은 인드라의 기세를 느낄 수 있었다. 전각 안에서 일어나는 기세가 심상치 않았다. 인드라는 이미 화산에서 벌어지는 상황을 모두 파악한 것 같았다.

"사방천맥의 약속을 잊지는 않았을 것이라 믿는다."

서린의 입에서 나직하지만 힘 있는 음성이 흘러나왔다.

─누구냐?

인드라의 심령이 서린에게 의식을 전달했다.

─나 또한 사방천맥 중 하나를 이은 몸. 네가 이 자리에서 약속을 어기면 봉인이 풀린 것이라 간주할 것이다.

서린 또한 혈왕기를 이용해 심령을 전달했다.

─대륙천안인가?

─그건 추후 알아보면 될 일이다. 따라와라.

스스슷!

서린의 신형이 사라졌다. 그와 동시에 전각 안에서 몰아치던 기세도 순식간에 사라져 버렸다.

'으음, 인드라 님의 기운이 사라졌다.'

서린이 인드라와 함께 사라지고 난 후 천혼자를 비롯해 화산의 장로들로 화신해 있는 혈루비들은 신색이 변했다.

뒤에서 느껴지던 인드라의 기세가 소리 없이 사라졌음을 느낄 수 있었기 때문이다. 관후량의 말대로 뒤로 돌아간 서린이 아무리 실력이 출중할지라도 이렇게 갑자기 사라질 리는 없기에 천혼자의 눈에는 의혹이 가득했다.

"이상한가 보군. 하지만 네놈에게 가장 급한 것은 네놈의 목을 보전하는 것이다."

"으음!"

상상치 못한 전력이었다. 이 정도의 고수들이 있다는 것조차 믿을 수가 없었다. 인드라가 사라진 이상 자신들만의 힘으로 포위한 자들을 상대한다는 것은 어불성설이었다. 얼마 전까지만 해도 인드라 외에 상당한 혈교의 전력이 화산에 있었다. 그러나 지금은 혈교의 전력 대부분을 쿠베라가 이끌고 떠난 상태였다. 사천에서의 일을 마무리하기 위해서였다.

─어차피 우리의 목적은 다 이루어졌다. 저놈들과 대적하다가 기회를 봐서 빠져나가도록 해라.

천혼자는 전음을 보내며 검을 고쳐 잡았다. 어차피 계획했던 일은 모두 끝나가고 있었다. 지금쯤 계획하고 있던 일들은 착착 진행되고 있을 것이 분명했다. 자신을 포위하고 있는 자들을 뚫고 벗어나기만 하면 되는 일이었다. 천혼자의 검에 분홍빛을 띤 흰 기운이 어리기 시작했다.

매화삼십육신검형(梅花三十六神劍形)!

화산이 자랑하는 이십사수매화검법을 발전시킨 검법이 천혼자의 손에서 피어나기 시작했다.

"으음……."

백색의 검강이 천혼자의 검에 서리자 관후량의 입에서는 신음이 흘러나왔다. 검에서 은은히 매화향이 풍겨 나오는 탓이었다.

'화산의 절기가 타인의 손에서 꽃피워지다니. 예전의 나였다면 검 한 번 섞어보지 못하고 당할 뻔했군.'

처음이었다. 천혼자가 시전하는 종류의 검형을 대하는 것이 관후량으로서는 처음이었던 것이다. 관후량이 익힌 것은 천하삼십육검, 다변을 위주로 한 검이었다. 반면, 천혼자의 검은 변화 속에 또 다른 무엇인가가 있었다. 관후량의 검에서도 검강이 어리기 시작했다. 천혼자와 자신이 시전하려는 검법의 초식 수는 같았다. 누가 얼마만큼 수련했느냐에 따라 승패가 결정되리라는 것을 관후량도, 천혼자도 알고 있었다.

휘이익!

천혼자의 검에서 매화 한 송이가 날았다.

뒤이어 나타나는 매화 송이들!

천혼자가 시전하는 검초에서는 살기 같은 것은 전혀 느껴지지 않았다. 그저 매화의 향이 짙게 배어 있는 자연의 흐름만이 전부였다. 날아오는 매화에 맞는 순간, 자신의 오장육부가 산산이 찢기리라는 것을 관후량은 알고 있었다.

촤르르!

산검(散劍)이었다. 푸른 검강이 어린 관후량의 검이 수십 겹으로 펼쳐지며 일 장 앞에 푸른 장막을 형성했다. 검강으로 펼쳐진 검막은 일 장 앞에서 매화 송이들을 맞았다. 매화 송이들은 나풀거리며 날아와 푸른 검막을 가볍게 두드렸다.

콰―과―쾅!!

강렬한 폭음이 장내로 터져 나왔다.

휘리리릭!

거센 경풍이 사방으로 비산하며 두 사람의 검력이 사방으로 내뿜어졌다. 둘의 대결을 지켜보고 있던 사람들의 옷이 휘날렸지만, 누구 하나 시선을 떼는 이가 없었다.

4장. 전신조우(電神遭遇)

천혼자와 함께 화산에 잠입해 있던 혈루비들은 쉽게 빠져나갈 수 없음을 느꼈다. 천혼자의 실력을 믿고 있던 그들은 관후량의 실력을 과소평가했다는 것을 깨달은 것이다.

휘이익!!

천혼자와 관후량과의 접전이 본격적으로 시작되자 그들은 포위망을 벗어나기 위해 검진을 이루며 전면으로 나서기 시작했다. 어차피 각자 빠져나가야 하는 상황이었다. 쉽지는 않겠지만, 화산에 잠입한 이후 이십여 년 동안 동심(同心)으로 익혀온 육합광풍검진(六合狂風劍陣)이라면 어떻게 될 것 같았다. 각자 장로의 직위에 오른 것은 누가 보더라도 공평한 실력의 결과였다. 그만큼 그들의 검력은 남달랐기에 포위망을 벗어날 수 있을 것이라 생각했다.

스스슥!

여섯 명이 검진을 이루며 다가서자 포위하고 있던 이십
팔수의 움직임도 달라졌다. 이십팔수 중 일곱 사람이 묘하
게 꼬리를 이어가며 혈루비들을 상대하기 위해 나섰다. 그
들이 나서자 이십팔수의 다른 사람들도 각자 방위를 바꾸어
가며 기묘한 진을 형성해 갔다. 진의 형태가 천혼자를 비롯
한 장내의 모든 사람들을 포위하는 형상이었다.

휘이잉!

육합을 이룬 검진에서 돌연 광풍이 불기 시작했다. 각자
일 갑자가 넘어서는 내력이 검진과 맞물려 바람을 일으킨
것이다.

끼기기긱!

이십팔수도 진을 형성한 것인지 그들이 내뿜는 진세가
허공에서 부딪쳤다. 진세와 진세의 대결이었다. 서로 간의
내력 대결과 다름없는 형세가 펼쳐지자 장내에는 삼엄한 기
운이 감돌기 시작했다.

스스슥!

혈루비들이 빠져나갈 길을 모색하기 위해 나름대로 움직
이는 가운데, 천혼자도 다시금 공세를 펼치기 시작했다. 자
신의 검초가 관후량의 검막에 막히자 천혼자는 구궁보(九
宮步)를 밟으며 다시금 검초를 시전했다. 그의 검끝에서는

매화 송이들이 무더기로 피어올라 눈이 날리듯 검막을 향해 내려앉았다.

퍼—퍼퍼퍽!

처음과는 달리 터질 것 같은 폭발음이 들리지는 않았지만, 훨씬 강력한 공격인 듯 둔탁한 소리와 함께 검막이 조금씩 옅어져 갔다.

퍼퍼퍽!

우우웅!

천하밀밀(天河密密)로 펼쳐진 검막이 옅어지자 관후량의 검초가 변했다. 그의 검에 의해 펼쳐진 천하도사(天河倒瀉)는 천하를 향해 물이 쏟아지듯 폭포수가 되어 매화를 향해 맞서 나갔다.

콰—콰—콰콰쾅!!

사방으로 경력의 폭풍이 일었다. 두 사람 다 전력을 다하는 듯 격돌이 있은 후 안색이 창백해졌다.

"으음, 제대로 익힌 화산의 검이로군. 화산에서 당신만큼 검을 익힌 자가 그 누가 있을까. 안타까운 일이다. 화산의 명운을 바꿀 수도 있는 실력이건만……."

안타까운 마음이 들었다. 자신이 익힌 본래의 천하삼십육검으로도 어쩔 수 없을 정도의 실력을 지닌 천혼자였다. 혈루비가 아니었다면 화산의 명성은 더욱 높아졌을 것이 분명했다.

"나야말로 놀랍구나. 종남의 검이 이 정도라니 말이다."

천혼자도 관후량의 검에 놀라고 있었다. 자신이 실력을 감추고 있었다면, 관후량 또한 마찬가지였다는 것을 새삼 느낄 수 있었다.

'어쩌면 오늘 이곳에 뼈를 묻을 수도 있겠구나.'

벗어나기는 힘들 것 같았다. 자신도 문제지만, 혈루비의 속한 수하들도 문제였다. 검진을 형성한 채 빠져나갈 기회를 노리고 있지만, 쉽지 않아 보였다. 그들을 엄밀히 포위한 자들 또한 육합광풍검진에 전혀 뒤지지 않는 검진을 형성하고 있던 것이다. 자신이라 해도 빠져나갈 수 없을 만큼 강력한 검진이었다.

"후후, 이젠 끝내야겠지."

"그렇군. 끝내야 할 때인 것 같다."

어느 정도 상대방의 실력을 가늠한 두 사람은 비장의 절초를 펼칠 준비를 했다.

'이미 혈루비들은 틀린 것 같으니, 저자와 격돌한 후 뒤로 빠져야겠구나.'

천혼자는 기세를 끌어 올리는 관후량을 보며 이제는 화산을 떠날 때임을 느꼈다. 화산 장문의 처소에는 화산을 벗어날 수 있는 비밀 통로가 있기에 관후량과의 격돌 후 적절한 시간에 빠져나갈 생각이었다.

"음?"

그렇게 빠져나갈 생각을 하며 공력을 끌어 올리던 천혼자는 자신의 전신을 압박하는 기운에 관후량을 다시 보았다. 관후량의 몸에서 뿜어지는 기세가 지금까지 방어만 하던 때와는 달리 자신도 감당하기 힘들 정도로 가공하게 느껴진 것이다.

'으음!'

관후량의 검에서 아지랑이가 피어오르기 시작했다. 종남의 후대를 이어가는 사람들이 익히는 육합귀진신공(六合歸眞神功)은 아니었다. 육합귀진신공은 천혼자도 종남의 태행자를 통해 한 번 겪어본 바가 있었다. 지금 관후량이 흘리는 기운은 육합귀진신공의 기세와는 달리 훨씬 패도적으로 보였다.

'아직 완성된 것은 아니지만, 매화만리향이 아니면 위험하다.'

관후량이 자신의 예상과는 전혀 다른 기운을 흘리자 내심 긴장한 채 화산제일신공으로 장문인에게만 전해 내려오는 자하신공(紫霞神功)을 끌어 올렸다.

─당신이 어디서 왔는지는 잘 알고 있다. 혈교가 당신이 온 곳에서 만든 괴뢰라는 것도 알고 있고.

"으음!"

천혼자는 관후량의 전음을 듣고 놀라지 않을 수 없었다. 관후량이 전음이 뜻하는 바는 이미 자신들의 의도가 어느 정도 간파되었다는 의미였기 때문이다.

―당신의 실력만큼은 인정해 주겠다. 잘 가라!

번쩍!

검이 사라졌다.

'뭐지?'

관후량이 검이 갑자기 사라져 버렸다. 자신의 눈을 피하는 검이 있으리라고 천혼자는 한 번도 생각하지 못했다. 자하신공은 이미 극성으로 끌어 올린 상태였다. 자신의 몸에 두르고 있는 호신강기를 믿었다. 이미 자신의 검에서는 매화향이 피어오르고 있었다. 관후량의 검이 자신을 찌르는 순간 매화향도 관후량을 감쌀 것이고, 그것은 최소한 동귀어진을 의미했다.

'저런 실격자와 같이 가는 것도 나쁘지는 않군.'

푹!

"큭!!"

천혼자의 답답한 비명이 입에서 흘러나왔다. 어느새 심장을 뚫고 들어와 요악스럽게 살기를 뿌리고 있는 검인이 눈에 들어왔다. 푸른 검강을 흘려내던 검이 순식간에 사라지고 난 뒤 동귀어진은 가능하리라 생각했건만, 매화만리향이 시전되기도 전에 관후량의 검이 자신의 심장을 관통한 것이다.

'크윽, 이, 이 기운은……'

관후량의 검을 통해 자신의 심장으로 아련히 전해지는 기운의 정체는 뜻밖이었다. 자신이 수도 없이 보고 느껴온 기운이었다.

'어, 어떻게…….'

흐려지는 시야에 의문이 떠올랐지만, 천혼자는 더 이상 생각을 이어갈 수 없었다. 심장을 통해 전해진 기운이 심장을 박살 낸 후 전신 혈맥을 갈가리 찢어버린 탓이었다.

콰—콰쾅!

청풍자가 관후량의 검에 의해 숨을 거둔 후, 대치하던 두 개의 검진이 거친 굉음과 함께 충돌했다. 천혼자가 숨을 거두자 남아 있던 혈루비들이 최후의 공격을 시도했다.

파—파파—파파팟!

여섯 명의 인영이 허공을 갈랐다. 진력이 부딪친 여파로 인해 나머지 이십팔수가 펼치는 진세에 틈이 생기자 저마다 도주하는 것이었다.

번쩍!

"컥!!"

쿵!

새하얀 빛줄기가 번쩍거리고 난 후, 담을 넘어 도주하려 던 혈루비 하나가 곤두박질치듯 바닥으로 떨어져 내렸다. 혈루비에게 검을 쓴 사람은 초쌍쌍이었다. 그녀의 섬전연환도(閃電連環刀)가 어느새 빛을 뿌리며 혈루비의 심장을 갈라 버린 것이다.

퍼퍼퍽!

"크윽!"

그와 동시에 둔탁한 소리와 함께 혈루비 중 하나가 바닥으로 쓰러졌다. 인드라가 있던 뒤편으로 향한 자가 백거준의 곤에 이마가 그대로 내려앉으며 함몰되어 버렸다. 나머지 인물들도 별반 다를 바가 없었다. 초일민에 의해 한 사람이 허리에서부터 두 쪽이 나버렸고, 다른 세 사람은 초씨세가의 이십팔숙에게 죽임을 당했다. 화산에서 장로의 지위까지 오른 자들이라 다들 만만한 실력이 아니었다. 그러나 진세끼리 부딪칠 때 이미 상당한 내상을 입고 있었기 때문에 그들은 속수무책으로 당할 수밖에 없었다.

"모두 모이시게."

혈루비들이 모두 처리되자 관후량은 사람들을 불러 모았다. 서린이 화산 장문 처소의 뒤편에 있던 강자를 유인해 간 이상 뒤를 쫓아야 했기 때문이다. 일은 거의 끝난 것 같았다. 화산의 내응으로 인해 밖에서의 일도 손쉽게 끝난 것으로 보였다. 초쌍쌍을 비롯한 이십팔수와 사람들이 관후량에게로 모여들었다.

"일단 천 공자를 쫓아야겠네. 천 공자가 위험할지도 모르네."

"왜 그러십니까?"

방금 전 뒤쪽으로 돌아간 것은 보았지만, 초쌍쌍은 서린이 위험하다는 말에 놀랐다.

"천 공자가 혈교의 강자를 유인했기에 일이 이렇게 쉽게 끝날 수 있던 것이네. 그러니 빨리 쫓아야 하네."

"큰일이군요. 그럼 빨리 쫓아가야겠군요."

"그러실 필요는 없습니다."

초쌍쌍이 서린을 쫓으려 하자 금수주가 나섰다. 인드라와 서린의 결전은 누구도 보아서는 안 되기 때문이었다.

"천 공자가 위험한데, 무슨 말이죠?"

"그자에게 당하실 분이 아닙니다. 일단 화산부터 안정을 시키는 것이 중요합니다."

"실력이 뛰어난 것은 알지만……."

"정 염려가 되신다면 천 공자께는 저희들이 가보겠습니다. 마침 저기 광풍자 어른께서 오시니 화산을 수습한 다음, 혈교의 일에 대비해 주시기 바랍니다. 화산에서의 일이 알려진다면 혈교의 반격이 있을지 모르니까 말입니다."

"자네들만으로 괜찮은 건가?"

"걱정하지 마십시오, 장문인. 별다른 일은 없을 겁니다."

관후량의 물음에 금수주가 자신 있게 대답을 했다.

"으음……."

"알겠어요. 그럼 부탁드려요. 천 공자는 이제 혈교를 상대하기 위해 없어서는 안 되는 분이니까요."

관후량의 고민스러운 신음에 옆에 있는 관주련이 대신
대답하고 나섰다.

"알겠습니다. 그럼."

금수주와 장민석은 인사를 하고는 곧바로 뒤편으로 향했
다. 서린이 인드라를 유인한 장소를 알고는 있지만, 화산에
남아 있는 자들에게 행적을 들켜서는 안 되기 때문이었다.

'쫓아가서 서린이란 자의 진실한 실력과 정체를 파악해
야 하는데……'

서린의 정체를 파악할 수 있는 좋은 기회였지만, 관후량
은 아쉬움을 삼켰다. 화산의 최고 어른이라 할 수 있는 광
풍자가 자신에게 다가오고 있었기 때문이다.

'할 수 없지. 나중에 알아보는 수밖에.'

                    *   *   *

서린은 화산의 협곡으로 인드라를 유인해 갔다. 협곡 안
으로 들어선 서린은 신형을 멈추고는 자신의 뒤를 따라온
인드라를 맞이했다.

"으음, 이곳은 아그니의 화염창이 꺾인 곳이로군."

협곡에 도착한 인드라는 곳곳에서 아그니가 남긴 것으로
보이는 법력의 흔적을 읽을 수 있었다. 협곡을 천천히 살펴

본 인드라는 시선을 서린에게 돌렸다.

'저런 기운을 가진 자가 있다니. 역시 오랜 세월 동안 우리 일을 방해해 온 자들이었던가? 그런데 어찌 저자가 사방천맥에 대해 언급한 것인지 모르겠군.'

인드라는 서린의 몸에서 지난날 사사묵련의 존재들과 싸웠을 때의 기세를 읽을 수 있었다. 오랜 세월 동안 중원으로의 진출을 가로막은 중원의 비밀결사가 이번에도 가로막았다는 사실을 알 수 있었다. 그러나 한 가지 의문은 남아 있었다. 서린이 사방천맥의 존재에 대해 언급을 했다는 것이다.

"대륙천안에서 이번 일에 개입한 것인가? 화산파에서는 사방천맥을 이었다고 이야기하던데, 그것은 날 유인하기 위해 거짓으로 한 말인가?"

"그럴 수도 있고, 아닐 수도 있다."

"그것이 무슨 말이냐?"

애매모호한 대답이었다. 대륙천안이라면 사방천맥과는 상극인 중원의 비밀결사였기에 자신을 놀리는 것 같은 기분이 든 인드라가 인상을 찌푸렸다.

"대답하기 전에 우선 한 가지 물어볼 것이 있다."

"내 대답을 바라는 일이라?"

"두르가가 완전히 부활한 것이냐?"

"글쎄, 그럴 수도 있고, 아닐 수도 있지……."

인드라는 서린의 대답처럼 애매모호하게 말을 흐렸다.

"흥, 괜한 질문이었군. 부활하지 않았다면 혈교를 통해 중원에서 음모를 꾸미지는 않았을 테니까."

"상당히 많은 것을 알고 있는 것 같구나. 하지만 이 자리에서 죽을 놈이니 그것은 상관없는 일이고. 쓸데없는 일에 신경을 쓰기보다는 네놈의 목숨이나 걱정하는 편이 좋을 텐데? 사방천맥을 이은 자가 아닌데도 사방천맥의 존재를 알고 있다면 죽여야 하는 것이 율법이니까."

인드라의 기세가 변했다. 서린이 자신의 생각보다 많은 것을 알고 있다는 것이 확실해지자 죽이기로 결심한 것 같았다.

"역시 봉인을 푼 모양이로군. 하지만 이상한 일이로군. 봉인을 풀었더라도 아직은 힘을 드러내서는 안 될 텐데 말이야. 전에는 아그니가 신왕(神王)의 힘 중 하나를 드러내더니 이번에도 마찬가지로군."

"도, 도대체 넌 누구냐?"

사방천맥에 이어 두르가의 진정한 신분인 신왕에 대해 언급하자 인드라는 서린의 정체가 궁금하지 않을 수 없었다.

"신왕이 힘을 드러내면 다른 천맥의 힘도 나타나게 되어 있지. 신왕이 부활했다면 다른 한쪽도 부활해야 하는 것이 정상 아닌가?"

"미친 소리!!"

서린의 말에 인드라는 강하게 부정했다. 서린이 한 말은 그야말로 불가능에 가까운 일이었기 때문이다. 사방천맥 중 천하의 서쪽을 관할하는 신왕혈맥(神王血脈)에는 두 가지 힘이 존재했다. 하나는 두르가라 불리는 신왕(神王), 그리고 나머지 하나는 사왕(死王)이었다.

혈교의 난 당시 신왕은 완전히 부활했건만, 사왕은 나타나지 않았다. 그로 인해 사왕의 맥은 완전히 끊어진 것이라 단정 지어졌다. 그런데 대륙천안에 있는 자가 사왕을 언급한다는 것은 그로서도 믿지 못할 소리였다.

"후후후, 미친 소리가 아니다. 신왕이 부활했다면 사왕 또한 부활해야 하니까."

"그, 그럼… 네가 사왕이라는 소리냐?"

"직접 겪어보도록. 두르가가 부활해 봉인을 깬 이상 사왕의 봉인도 깨어진 것이니까."

'봉인이 풀린 것을 그토록 철저히 비밀로 했건만, 이자가 알고 있다는 것은 무슨 뜻인가? 이자가 진정 사왕이라면… 설마 다른 팔왕도 봉인을 깨트린 것인가?'

지금 자신의 눈앞에 있는 서린을 제외하고는 다른 팔왕에 대한 소식을 듣지 못한 인드라였다. 신왕 두르가가 완전히 부활해 봉인을 깨트리면 사방천맥의 다른 구왕들은 완전히 부활하지 못했다 해도 봉인을 깨트릴 수는 있었다. 그것이 봉인에 대한 약속이었다.

쏴아아!!

인드라가 갈팡질팡하는 사이, 서린의 전신에서 뭉클거리며 사사밀혼심법이 일으키는 기운이 흘러나왔다.

"으음, 이 기운은……."

인드라는 사사밀혼심법에 숨어 있는, 존재감이 전혀 다른 또 하나의 기운이 느낄 수 있었다. 그것은 신이 가진 생명력에 반하는 죽음의 기운이었다. 자신의 가슴을 떨리게 할 만큼 강력한 죽음의 기운은 오직 하나뿐이었다.

신왕 두르가가 생명의 빛을 뿌리는 존재라면, 사왕은 그에 맞서 죽음의 빛을 뿌리는 존재였다.

'사실이었군.'

서린이 말한 대로 오직 사왕의 기운뿐이었다.

"사왕의 맥을 이었다는 것이 사실이로군. 하지만 아직은 완성된 것이 아닌 것 같으니, 너에게는 안된 일이다."

파지지직!!

인드라의 몸에서 뇌전이 일기 시작했다. 완전히 부활한 사왕이라면 상대가 되지 못할 자신이었다. 그러나 서린의 몸에서 일고 있는 사왕의 기운은 아직 미약했다. 완전히 부활한 것이 아니라면 충분히 제거할 자신이 있었다.

"두르가가 남긴 진정한 뇌전의 힘을 끌어 올리는 것을 보니, 이제 내가 사왕이라는 것을 믿는 모양이로군."

"네놈이 사왕의 힘을 이었다는 것은 인정하마. 하지만 네놈 이곳에 잘못 나타났다."

"잘못 나타났다고?"

"신왕의 힘은 영원무궁하다. 사왕은 언제나 신왕 두르가 님의 그늘일 뿐! 나는 신왕 두르가 님을 대변하는 날개로서 오늘 이 자리에서 네놈의 죽음을 선언한다!"

콰지지직!

인드라의 몸에서 이는 뇌전을 따라 지표가 뒤집혔다. 인드라는 이 자리에서 사왕의 최후를 볼 생각이었다. 완전히 부활한다면 신왕에게는 가장 무서운 적이 되기에 사전에 싹을 자르기로 마음먹은 것이다. 내공과는 판이한 법력의 기운이 협곡 전체로 밀려들었다. 사방에서 뇌전이 일기 시작했다. 암천에서 내리꽂히는 뇌전과는 다르게, 대지로부터 올라오는 백색의 뇌전은 협곡 전체를 아우르고 있었다. 전날 서린이 당했던 힘과는 비교도 되지 않을 만큼 강력한 기운이었다.

'으음, 대지의 전격이 전혀 안 통하고 있다.'

인드라는 자신의 힘을 일으키면서 놀라지 않을 수 없었다. 자신이 뿌린 대지의 뇌전 중 오직 한곳만은 뇌전의 기운이 미치지 못했다. 서린을 중심으로 반경 삼 장여는 대지로부터 끌어 올린 뇌전의 기운이 무엇인가에 가로막혀 있었다. 그것은 죽음의 사기였다. 무저갱 같은 기운이 서린의 주변을 감돌고 있었다.

'저자의 말이 사실이었군.'

대지의 뇌전이 완벽하게 가로막혀 있었다. 이토록 자신의 힘을 막을 수 있는 자들은 오직 사방천맥의 십왕뿐이었다. 인드라는 자신의 공격을 완벽하게 막아내는 모습을 보며 서린이 진정 사왕임을 다시 한 번 확인했다.

"다 했나? 그럼 내 차례로군. 그런데 좀 아플 거야. 난 빚지고는 못 사는 성미거든."

"무슨 말이냐?"

"일전에 말이야, 당신이 내뿜은 뇌전이 무척 아팠거든. 오늘 내가 아팠던 만큼 대가를 치러주려고."

"무엇이라?"

서린은 혈왕의 유진을 얻기 위해 칸 텡그리로 향했을 때, 인드라가 뿜어낸 광전추살(光電追殺)에 당한 것을 잊지 않고 있었다. 그러나 인드라는 서린의 말이 무슨 뜻인지 알 수가 없었다. 한 번도 본 적 없는 서린이 마치 자신을 아는 것처럼 말을 하자 의아할 뿐이었다. 서린의 몸에서 스멀거리며 죽음의 기운이 흘러나왔다. 밝음과 어둠, 그리고 뜨거움과 차가움을 동반한, 무척이나 무거운 기운이었다.

'심상치 않다!'

인드라는 서린의 몸에서 흘러나오는 기운이 자신의 힘을 밀어내는 것을 느낄 수 있었다. 서린이 흘려내는 기운은 사사밀혼심법의 사단계인 사방투(四方鬪)였다. 무기를 가리지 않고 사방에 기운을 쏘아내 적을 격살시킬 수 있는 단계로, 이번에 서린이 깨달은 사방의 모든 기운이 함께 뻗어 나오고 있었다.

"역시 사왕이라는 것인가? 후후!"

파지지직!!

말이 끝남과 동시에 인드라가 가지고 있는 금강저가 푸른 뇌전에 휩싸였다. 금강저의 끝이 서린을 향하자 대지에서 치솟아 오른 백색의 뇌전들이 꼬리를 물고 금강저에 달라붙었다.

"가라!!"

인드라는 대지의 뇌전[地電雷擊]을 펼치며 본신의 힘을 보탰다. 거대한 뇌전이 소용돌이치며 일직선으로 서린을 향해 뻗어 졌다.

"폐(閉)!"

서린의 압에서 기합성이 터져 나왔다. 그와 동시에 서린의 몸을 중심으로 검은색의 둥그런 막이 호신강기처럼 펼쳐졌다.

콰—콰쾅!!

푸른 뇌전과 뒤따라온 백색의 뇌전이 검은 막에 부딪친 후 사방으로 비산하며 대지를 강타했다. 땅이 뒤집히고 바위가 부서지며 흙과 파편들이 허공으로 비산했다. 서린이

쳐놓은 것은 서암폐정(西暗閉睒)의 기운이었다. 어둠으로 모든 것을 감싸 자신에게 집중되는 공격을 막아버리는 사방투의 기운이었다.

피슛!

기운이 충돌한 직후, 인드라는 자신에게 다가오는 차가운 한기를 느낄 수 있었다. 서린 내뿜은 북빙한령(北氷寒翎)의 기운이었다. 모든 것을 얼려 버리는 차가운 기운은 허공중의 수분을 응결시켜 얼음의 비전(飛箭)을 만들어냈고, 흰빛 강기에 휩싸여 인드라를 향해 날아들었다.

"엇!!"

차가운 한기는 내공으로 만들어진 것이 아니었다. 자신과 같이 신성으로 만들어진 것은 아니지만 죽음의 기운을 바탕으로 한 법력의 결집체였다. 중원인들이 말하는 내공이 아닌, 순수한 법력의 힘은 인드라를 당황케 했다. 사왕의 힘을 처음 상대해 보는 그로서는 막을 방도를 찾지 못했다. 거기다 얼음의 화살들은 자신이 발출한 뇌전의 기운을 이끈 채 날아오고 있었다.

부웅!!

인드라의 손에서 금강저가 떠나며 허공에서 회전했다. 금강저의 회전 반경을 따라 급속하게 백색과 청색의 뇌전이 얽히며 뇌전의 방패가 만들어졌다.

콰아아앙!!

"크윽!"

치지지직!

뇌전의 방패와 얼음의 화살들이 부딪치며 주변이 뇌전의
폭풍에 휩싸였다. 폐허로 변해 파헤쳐진 대지 위로 방향을
잃은 뇌전의 잔재들이 스며들었다.

"크으, 뇌전의 힘을 역이용하다니……."

인드라는 자신에게 타격을 입힌 것이 바로 자신이 쏟아
낸 기운임을 확실히 알 수 있었다. 대지에서 치솟아 오른
뇌전의 기운들이 얼음 화살에 모두 끌려 들어가 집중되었기
때문이다.

스르릉!

인드라가 주춤거리자 서린은 검을 꺼내 들었다. 검은색
의 검에서는 투명해 보일 정도로 광채를 발하는 검은빛의
떠올랐다. 묵광을 발하는 강기였다.

휘이이익!

파—파팡!

촤르르르르!

서린은 자신의 검을 사방으로 쳐냈다. 마치 목표가 없는
듯 전후좌우 사방으로 검을 뿌린 것이다. 그에 따라 검에
맺혀 있는 묵광의 검강들이 검세를 따라 수없이 떠올랐다.

'이것 역시 심상치가 않다.'

인드라는 직접 공격하지 않고 사방으로 강기를 뿌리는

서린을 보며 긴장했다. 손바닥에 차오르는 흥건한 땀이 그가 얼마나 긴장하고 있는지를 알려주고 있었다. 서린이 뿌린 것은 이제 막 초입에 들어선 사사밀혼심법의 오단계, 팔령야(八嶺野)의 힘이 담겨 있었다.

우뚝!

사방으로 쳐낸 강기가 일순 허공에 정지했다. 어떻게 그런 현상이 가능한지 인드라로서는 의아할 뿐이었다.

'무서운 자다.'

점점 더 거세지는 기운의 여파는 인드라에게 불안감을 심어주었다.

"팔령야의 힘이 대지를 누른다. 가라!!"

쐐애애액!!

허공에 머물던 수십 개의 검강들이 일제히 허공으로 비산했다. 치솟아 오른 검강은 마치 목표가 없는 것처럼 무질서한 모습이었다.

'일단 뇌전륜(雷電輪)으로 막고, 바로 하늘의 뇌전인 창천뇌격(蒼天雷擊)을 불러야 한다.'

인드라는 점점 더 자신을 옭아매는 답답한 기운에 법력을 있는 대로 끌어 올려 주변에 뇌전의 강막을 치기 시작했다. 서린의 공격을 막은 후 곧바로 반격할 생각을 하며 암중으로 법력을 최대한 끌어 올렸다.

번쩍!

허공으로 비산했던 묵광의 검강들이 마치 벼락처럼 눈으로 쫓을 수 없는 속도로 인드라를 향해 내리꽂혔다.

'이런!!'

일방적으로 하늘에서 떨어지는 것과는 차원이 달랐다. 위에서만 떨어지는 것이 아니었다. 살아 있는 듯 각자 알아서 전후좌우, 사방에서 몰아치며 두들겨 댔다.

파지지직!

인드라는 최후의 공격을 위해 준비 중인 법력을 돌려 뇌전의 강막에 더욱 집어넣었다. 이 상태로는 자신에게 날아오는 서린의 공격을 감당할 수 없다고 판단했기 때문이다. 법력이 더해지자 백색의 뇌전과 청색의 뇌전이 뒤섞이며 마치 원형의 구(球)처럼 단단하게 인드라를 감쌌다.

콰—콰콰쾅!!

콰—자—지—직!!

거대한 폭발음과 함께 묵광을 발하던 대부분의 검강이 튕겨져 나갔다. 그러나 몇몇 검강은 인드라가 펼친 뇌전의 강막을 일부분 찢어버렸다.

"차앗!!"

자신이 친 강막이 찢어지자 인드라는 기합을 지르며 준비해 놓은 법력을 모두 짜냈다.

콰—콰콰쾅!

하지만 이미 서린이 펼친 팔령야의 힘을 막을 수는 없었다. 팔방에 기운을 뿌려 자신만의 기운이 지배하게 만드는 팔령야는 또다시 인드라의 기운마저 자신의 것으로 만들어 가며 공격해 댔다. 강막이 찢어지며 자신의 의지에 반한 뇌전의 기운이 인드라의 몸으로 내려꽂혔다.

퍼퍼퍽!

"크—으윽!"

휘이익!

털썩!

비명성과 함께 인드라의 신형이 날아올라 내동댕이쳐졌다.

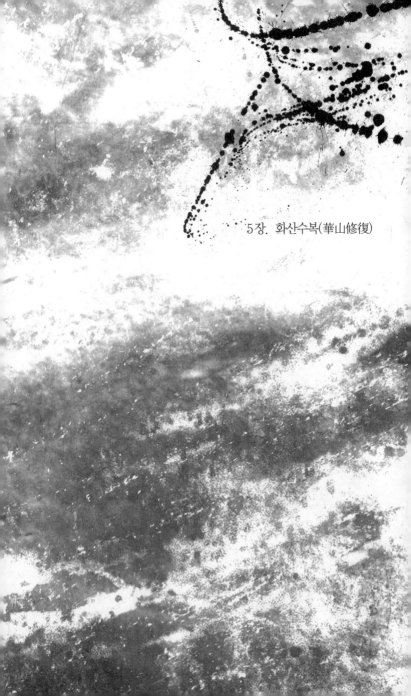

5장. 화산수복(華山修復)

치지지직!

여운이 남은 듯 쓰러진 신형 위로 뇌전이 스쳐 지나가자 인드라의 몸이 떨렸다.

"크윽!!"

신음과 함께 인드라는 신형을 일으켰다. 여기저기 그을린데다 입가로는 선혈을 흘려내는 모습이, 그가 상당히 심각한 부상을 당했음을 말해주고 있었다.

"크윽! 이, 이것이 사왕의 힘이냐?"

서린의 몸에서는 아직도 뭉클거리며 위압스러운 기운이 흘러나오고 있었다. 인드라는 단 두 번의 공방으로 죽음의 기운이라는 사왕의 힘이 어떤 것인지 실감할 수 있었다.

"물론 너의 말대로 아직 완전한 것은 아니다. 하지만 신왕 본인도 아니고, 그의 예하라면 감당할 수 없는 힘이기도 하지."

"크으, 그럼 이로써 나의 생도 끝이로군."

신왕 두르가로부터 부여 받은 힘도 대부분 소진된 상태였다. 그러나 자신의 눈앞에 있는 서린에게서 뿜어지는 힘은 처음보다 더 강대해 보였다. 마지막으로 생명력을 포함해 자신의 모든 것을 짜낸다 하더라도 자신으로서는 서린을 상대할 수 없다는 것을 인드라는 느끼고 있었다. 어째서 사왕의 힘이 신왕과는 상극인지 절실히 느끼는 순간이었다.

"돌아가라."

"……?"

생을 포기한 인드라는 서린의 입에서 흘러나온 말이 무슨 뜻인지 의아했다. 사왕은 신왕과 상극의 힘이다. 거기다 세월을 헤아리기 어려운 오래전부터 사방천맥의 십왕 중 제일 많이 다퉈온 것이 바로 사왕과 신왕이었다. 눈에 띄는 대로 소멸시켜야 정상이건만, 자신을 살려준다는 서린의 의도를 알 수 없었다.

"무슨 뜻이냐?"

"별거 아니다. 중원에서의 일을 접고 그냥 돌아가란 뜻이다."

"어째서냐?"

인드라는 서린의 말이 진실이라는 것을 알 수 있었다. 방금 전 자신을 공격할 때도 마지막에 힘을 줄였다. 그렇지 않았다면 자신은 그 자리에서 소멸했을 것이 분명했다. 이유가 석연치 않기에 인드라는 자신을 돌아가라 하는지 이유를 묻지 않을 수 없었다.

"사사밀교의 힘이 중원으로 들어온다면 제일 먼저 대륙천안에서 알았어야 했다. 하지만 이십여 년이나 지난 다음에 알게 되었다는 것은 결국 하나뿐이다."

"대륙천안이 더욱 큰 것을 노리고 있다는 것이냐?"

인드라가 인상을 찌푸리며 말했다.

"알아야 하는데 모른 척한다는 것을 보면 모르겠나? 그리고 그것은 한 가지 가정을 가능케 하지. 너희들의 움직임을 완벽하게 알고 있지 않았다면 대륙천안은 벌써 움직였을 것이라는 뜻이다."

"대륙천안의 간자가 본 교에 들어와 있다는 것이냐?"

"그렇다. 사방천맥을 이은 신왕이 엉뚱한 자의 힘에 놀아난 것이지. 너 또한 두르가를 추종하는 날개이니 십왕의 약속은 알고 있겠지?"

"으음, 알고 있다. 십왕이 자웅을 겨룬 후, 최후의 승리자가 천하를 접수하는 것이 십왕의 약속임을."

"그리고?"

"십왕과 관련된 일 이외에는 그 이전에 천하와 관련하여 어떤 일도 관여해서는 안 된다고 알고 있다. 그것이 십왕 사이의 약속이며, 반드시 지켜져야 한다는 것도."

"잘 알고 있군. 그것 이외에도 한 가지가 더 있다."

"무슨 말이냐?"

인드라가 성을 내며 물었다.

"만약 관여한다면, 그것에 대한 책임은 전적으로 관여한 쪽이 진다는 것이다. 책임을 지지 않을 경우, 나머지 십왕 이 나서서 그 맥을 완전히 끊어버린다는 절대의 약속이었 지."

"물론 그것도 알고 있다. 그렇지 않았다면 벌써 침공을 개시했겠지. 그런데 넌 도대체 누구냐? 사왕의 힘을 이어 받은 자라면 결코 대륙천안에 몸을 담고 있지 않을 터."

"대륙천안에 몸을 담고 있지만, 그렇지 않기도 하지."

"무슨 말인지 모르겠군."

"어차피 그것은 따질 필요 없는 일이다. 그것보다 문제 인 것은 두르가의 날개 중에 대륙천안의 팔야야 중 하나가 숨어 있다는 것이다."

"으음……."

"후후후, 아직도 믿지 못하는 모양이군. 그 정도의 위치 가 아니면 가짜 혈교를 내세우는 것도 그렇고, 이런 음모는 꾸밀 수도 없었을 것이다. 그것도 이십여 년 전부터 말이 야."

"도대체 무엇 때문에……."

"그가 무엇을 노리는지는 잘 모르겠지만, 하나는 분명하다. 세상을 혼란으로 몰아가고 있다는 것이지. 십왕이 있음을 알고 있을 텐데도 말이야."

"처, 천하혈난인가?"

"그럴 가능성이 높을 것이다. 그만큼 자신이 있다는 뜻일 테고. 그자의 농간으로 인해 어쩌면 천년전쟁이 일어날 수도 있는 일이다. 어찌 됐든 천하를 관장하는 사방천맥의 일원으로서 신왕은 분명 이번 일에 책임을 져야 할 것이다. 비록 그것이 다른 이의 농간에 의한 것이라 하더라도 말이다. 만약 책임을 지지 않는다면 십왕의 약속을 어긴 것이라 간주하고 영원히 신왕의 맥을 끊어놓을 것이다."

'신왕의 맥을 끊는다고? 말이 되지 않는 소리다. 그렇게 하려면 적어도 십왕 중 세 명이 합세해야 가능한 일이다.'

신왕을 응징하고 맥을 단절시킨다고 하는 것이 허장성세 같아 보였다. 신왕의 맥을 단절시키려면 적어도 십왕 중 세 명의 힘이 필요했다. 두 명이면 십왕에 필적하는 힘을 가진 두르가의 날개가 존재하기에 힘의 균형이 이루어지기 때문이다. 사사밀교에서는 그동안 십왕의 존재를 계속해서 추적해 왔건만 단 한 명도 발견할 수 없었다. 사왕이 나타났다는 것도 오늘 서린을 보고서야 알았다. 십왕끼리 연계가 있다는 것도 어불성설이었다. 결코 양립할 수 없는 이들이니 말이다.

"그따위 헛소리를 믿을 것 같으냐? 고작 사왕의 힘으로 신왕의 맥을 어떻게 할 수 있다고 보느냐?"

서린의 말에 인드라가 분노를 드러냈다.

"후후후후, 믿지 못하는 모양이군."

인드라의 말에 서린은 품에서 천우신경을 꺼내 들었다. 그러고는 천우신경 안에 혈왕기를 집어넣었다.

지이이잉!

혈왕기가 스며들자 서린의 손바닥 안에서 천우신경이 울기 시작했다. 전보다 커진 울음소리였다.

우우웅!

서린의 공격에 인드라가 손에서 놓쳐 버린 금강저가 천우신경의 우는 소리에 맞추어 공명하듯 진동하기 시작했다.

지이이잉!

천우신경의 울음소리는 더욱 커졌고, 그에 맞추어 금강저의 진동도 더욱 커졌다. 진동이 너무 거세 마치 놀란 개구리마냥 펄쩍거리며 튀어 오를 정도였다. 공명이 끝났는지 천우신경의 우는 소리가 잦아들었다. 그에 따라 인드라의 금강저도 진동을 멈추었다.

"너의 무기를 두르가에게 보여줘라. 그러면 두르가는 내 말이 무엇을 뜻하는지 알게 될 것이다. 그리고 혈교는 모르겠지만, 사사밀교의 힘은 중원에서 다 거두어 돌아가라. 그렇지 않으면 내가 용서하지 않을 터이니."

휘이익!

서린은 말을 마치고 신형을 날렸다. 인드라와의 볼일은
모두 끝났기 때문이다.

"으음, 방금 전 그자의 몸에서 나온 기운은 정말 무서운
것이었다. 그런데 그자가 봉뇌저(封雷杵)에 무슨 짓을 한
것인가?"

서린이 떠나고 협곡에 홀로 남은 인드라는 의문스러운
표정으로 조심스럽게 자신의 봉뇌저를 살폈다.

치이익!

"크윽!"

봉뇌저를 움켜잡은 그의 손에서 흰 연기가 피어올랐다.
강력한 뇌전의 힘에도 달아오르지 않던 자신의 봉뇌저가 서
린의 힘에 달아오른 것을 확인할 수 있었다.

"크으, 기운을 보면 사왕이라고 할 수 없는 자다. 진
정 누구란 말인가?"

천지간에 가장 강력한 힘인 뇌전을 담고도 아무런 변화
를 보이지 않는 봉뇌저다. 단지 기운을 쏘였을 뿐인데 막대
한 열기를 내뿜으며 달아오른 것을 확인한 인드라는 서린의
정체가 더욱 궁금해졌다.

"정체를 감추기 위해 그런 것 같지만, 분명한 것은 사왕
과 관련이 있는 놈이라는 것이다. 그나저나 이렇게 되면 천

하 쟁패가 시작된 것인가? 재미있어지는군. 계획을 앞당겨야 할 것 같으니 말이야."

십왕의 행보가 드러나기 시작했다. 일단 돌아가 이번 일을 알려야 했다.

"후우, 마지막 힘을 사용했더라면 돌아가기는커녕 자칫 이곳에서 뼈를 묻을 뻔했군. 내가 가진 힘을 알아차렸다면 가만히 놔두지는 않았을 테니까. 일단 놈이 떠난 것 같으니……."

인드라는 서린과의 결전에서도 마지막까지 숨겨둔 힘을 꺼냈다. 천하쟁패가 시작되기 전까지 꺼낼 수 없는 것이지만, 이제는 그럴 필요가 없었다.

파지지직!

인드라가 봉뇌저를 잡고 있던 손에 힘을 주자 뇌전이 사방으로 튀어나왔다. 조금 전과는 차원이 다른 뇌전이 발생하며 봉뇌저에 담겨 있던 혈왕기가 바스러지며 사라졌다. 봉뇌저에서 뻗어 나온 뇌전이 인드라의 전신을 감쌌다. 하얗게 다 죽어가던 인드라의 신색이 붉은 기운을 되찾았다. 신형을 일으킨 인드라는 전보다 더 강한 기세가 흘려내고 있었다.

"후후후, 가볼까?"

인드라는 폐허로 변해 버린 협곡을 떠났다.

                    *   *   *

  한참을 달려 화산 인근에 다다른 서린은 멈추어 섰다.

  "우웩!!"

  창백한 안색의 서린은 울혈을 토했다. 사왕 김천후가 물
려준 기운을 무리하게 끌어 올려 내상을 입었기 때문이다.
인드라에게 압도적인 힘의 차이를 보여주어야 했기에 김천
후가 전해 준 사왕의 힘을 끌어냈지만, 사사밀혼심법의 오
단계인 팔령야를 시전하기에는 아직 무리였다.

  '내상이 깊다.'

  서린은 울혈을 토해낸 후, 근처에 있는 동굴을 찾았다.
주변에 기문진을 친 후에 동굴로 들어선 서린은 곧바로 천
세혈왕삼극결(天洗血王三極結)을 운용했다. 혈왕기가 몸
안을 돌며 무리했던 혈맥들을 급격하게 안정시켰다.

  "그나마 인드라가 눈치를 채지 않아서 다행이다. 빨리
화산으로 가봐야겠군. 이제부터는 시간 싸움이 될 테니. 문
인혜가 어느 정도 해주느냐에 따라 달라지겠지만, 우선은
관후량을 제어하는 것이 문제다."

  반 각 정도의 시간이 지나자 어느 정도 몸이 회복됐음을
느낀 서린은 빠르게 화산으로 이동했다. 광풍자로 하여금
화산의 전력을 최대한 보존토록 할 계책을 세워야 했다. 관
후량의 뒤에 있을, 정체 모를 자의 존재가 마음에 걸렸다.

최대한 빨리 화산에서의 일을 정리하고 사천으로 가야 했다. 먼저 이십팔수 중 한 명이 문인혜에게 혈루비의 명단을 전달한 것이 어떻게 됐는지 확인해야만 했다.

화산에 도착하자 술렁이는 분위기가 여실했다. 장문인이 죽고 장로들과 주요 고수들이 혈교의 간자들로 밝혀져 죽은 탓이 컸다. 광풍자는 화산에 남아 있는 고수들을 시켜 제자들을 안정시키기 위해 분주했다.

"이제 왔는가?"

서린이 화산파 경내로 들어서자 제자들을 독려하던 광풍자는 기쁜 표정으로 서린을 맞았다.

"무사하셨군요."

"자네 덕분에 화산이 무사히 정화될 수 있었네."

"별말씀을 다 하십니다. 당연히 제가 해야 할 일이었습니다."

"하하하! 그럼! 그럼!"

광풍자는 무엇이 그리 기쁜지 연신 너털웃음을 흘렸다. 따지고 보면 화산과 깊은 인연을 가진 서린이었다. 자신이 아끼던 비연선자 조미령의 자식이 아니던가. 냉철해 보이는 판단력과 추측이 불가능한 무공을 가진 서린은 그야말로 화산에 있어 구원의 존재나 다름없는 사람이었다.

그런 광풍자의 모습을 보면서 화산의 제자들은 서린의 존재에 대해 궁금해하지 않을 수 없었다. 언제나 경직된 안색으로 제자들을 대하는 광풍자였기 때문이다. 특히 조천상은 동생으로부터 이번 일을 주도한 사람이 바로 서린임을 들었기에 무척이나 궁금해했다.

"조용히들 해라. 궁금한 점이 많을 것이니 설명을 해주겠다. 이 사람이 바로 이번에 화산파에 오랫동안 잠입해 암약하던 간자들을 색출하고 제거하는 데 큰 힘을 보탠 사람이다."

"저 사람이 말입니까?"

"그렇다. 이 사람이 도와주지 않았다면 화산은 멸문지화를 당했을지도 모른다."

"도대체 누구입니까?"

"북경에 있는 천잔도문의 소문주인 천서린 공자다."

북경이라면 상당히 멀리 떨어진 곳이었다. 그런데 어째서 자신들을 도울 수 있었는지 알 수가 없는 화산의 제자들이었다.

"또한 천 공자는 화산파와 무관하지 않은 사람이다."

"화산파와 무관하지 않다니요?"

나선 사람은 조천상이었다.

"비연선자 조미령이 누구더냐?"

"실종되신 제 고모님 아니십니까?"

"그렇지 너에게는 고모가 되는 미령이가 천 공자의 모친이 되느니라."

"그렇다면……."

조천상은 서린을 다시 보았다. 조미령은 자신의 고모였다. 이십여 년 전 실종되는 바람에 자신의 부친이 얼마나 노심초사했는지 누구보다 잘 알고 있는 조천상이었다.

'얼굴에 고모님의 모습이 있다.'

어릴 적에 본 고모의 모습을 서린의 얼굴에서 찾을 수 있었다.

'저 아이가 사문의 암운을 몰아내는 데 도움을 줬다니…….'

화산파의 촉망 받던 기재이자 자신의 고모인 조미령의 자식이 이번 화산에서의 일을 주도했다는 사실이 믿기지 않으면서도 한편으로 다행이라는 생각이 들었다. 광풍자는 사실 약속대로 서린의 정체에 대해 당분간 말을 하지 않을 예정이었다. 하지만 이렇게 공개적으로 서린의 정체를 밝힌 데는 이유가 있었다. 이번에 종남의 도움으로 화산파의 위기를 넘긴 것은 사실이지만, 이대로 지나가면 대대로 종남에 빚을 지고 사는 셈이 되기 때문이었다. 섬서 땅에서 화산과 종남은 특별한 위치였기에 그런 상황은 향후 화산의 앞날에 좋을 것이 없다는 생각으로 서린의 정체를 밝힌 것이었다.

"인사들 해라. 천 공자가 비밀로 해달라고 해서 지금까지 말은 안 했지만, 너와는 사촌지간이니 말이다."

"형님, 처음 뵙겠습니다."

서린도 광풍자의 의도를 눈치챘다. 관후량의 배후가 의심스러운 마당에 광풍자가 의도한 대로 따르는 것도 나쁘지는 않겠다는 생각이 들었기에 조천상에게 인사를 했다.

"하하하, 이건 화산파의 복일세. 고모님의 보살핌으로 자네가 본 파의 위기를 구한 셈이니 말이야."

조천상도 반가이 서린을 대했다. 천잔도문이라면 지금 막 욱일승천하는 기세를 자랑하는 문파였다. 종남이 대부분의 세력을 보존한 반면, 화산은 그야말로 세력의 반을 잃은 셈이었다. 앞으로 어쩔 수 없이 종남파에게 섬서에서의 주도권을 내주어야 하는 화산의 입장으로서는 든든한 후원자가 생긴 것이나 다름없었다. 화산파 사람들이 기뻐하는 것과는 달리 속이 좋지 않은 이가 있었다. 바로 종남의 장문인인 관후량이었다.

'으음, 어쩐지 화산의 일에 적극적이라 싶더니. 그나저나 큰일이로군. 화산을 아우르는 일은 그른 것 같구나.'

관후량은 서린의 정체가 화산파와 그리 밀접하게 관계되어 있는 줄은 처음 알았다. 화산파의 힘을 끌어들여 자신이 주도권을 쥐고 섬서에서의 세를 늘리는 것을 포기해야 한다는 것을 직감할 수 있었다.

"어떻게 되었는가?"

자신의 의도대로 되지 않았지만, 관후량의 표정에는 그

런 내색이 하나도 나타나지 않았다. 다만, 서린이 유인해 갔던 존재가 어떻게 됐는지 궁금하기에 인드라에 대한 일을 물었다.

"사실 그는 제가 상대할 수 없는 자였습니다. 이번 일에 대해 묻더군요. 사실대로 말해주었더니 화산에서의 일이 글러 버린 것을 알고는 그대로 떠나더군요."

"으음⋯⋯."

관후량은 침음을 흘렸다.

'말이 그렇지. 그것이 그렇게 가능한 일인가?'

서린의 말을 믿을 수가 없었다. 화산 장문인 청풍자의 처소 뒤에 머물던 자는 사사밀교의 십신장 중 하나일 것이 분명했다. 서린을 그냥 두고 떠났다는 것은 어불성설이었다.

'아니다. 아직은 놈들이 직접 나설 때가 아니니 그럴 수도 있겠구나.'

추적을 뿌리치지는 못했을 것이다. 마주쳤다면 접전이 있었을 테지만, 옷이 너무 깨끗했다. 서린이 일방적으로 인드라를 패배시켰음을 상상할 수 없는 관후량은 서린의 말이 사실일 수도 있을 것 같았다.

"그럼, 앞으로는 어떻게 할 생각인가?"

"우선은 이곳 섬서에서 혈교의 세력을 몰아내는 것이 주안점이 되겠지요. 광풍자 어르신과 의논해서 처리하시면 될 겁니다. 초씨세가와 다른 고수들은 이곳에 남아서 광풍자

어르신을 도울 것이니, 관 장문인께서도 전에 말씀하신 대로 하신다면 조만간 섬서에서 혈교의 잔재를 몰아낼 수 있을 겁니다."

관후량의 목표는 화산과 더불어 섬서 땅에서 혈교의 무리들을 몰아내는 것이었다. 어느 정도 혈교의 세력을 파악해 놓은 상태에다가 서린으로부터 명단을 건네받아 더욱 확실해졌기에 문제는 없을 것 같았다.

"알겠네. 광풍자 어른과 의논하여 일을 처리하겠네."

관후량의 목표는 섬서에서 종남의 입지를 크게 높이는 것이었다. 자신이 세운 계획대로라면 성공할 가망성이 높았지만, 지금은 많이 달라진 상태였다. 화산파의 주요 고수들이 혈교의 간자로 밝혀져 죽었지만, 초씨세가가 합세를 한다면 사정이 달라지기 때문이었다.

'당신이 섬서에서 입지를 넓히려는 것은 배후에 있는 자가 충동질했을 것이 분명하겠지만, 뜻대로는 안 될 것이다. 그자가 무엇을 노리는지는 모르지만, 이미 한차례 틀어졌으니 앞으로의 계획은 무리를 할 터. 그러다 보면 꼬리를 드러내게 될 것이다. 그렇게 되면 모든 것이 확실해지겠지.'

서린은 관후량의 일을 생각하며 어떻게 해서든지 배후를 끌어내야 한다는 생각을 가졌다. 관후량의 배후는 분명 대륙천안, 아니면 십왕 중 하나가 분명하기 때문이었다. 일단 이번 일을 계기로 관후량과 종남파가 섬서에서 독주할 염려는 덜었다. 이렇게 입지를 크게 줄일 수 있는 것만으로도 배후를 자극할 수 있음을 알기에 서린은 더 이상 관후량을 자극하지 않기로 했다. 배후에 있는 자를 끌어내기 위해서는 자연스럽게 일이 돌아가는 것처럼 꾸밀 필요가 있던 것이다.

"자네는 어떻게 할 생각인가?"

"전 이 길로 사천으로 갈까 합니다. 무림맹에서도 혈루비들에 대해 손을 쓰고 있을 것이 분명하니 말입니다.

"그렇게 하게. 그쪽의 일도 중요하니까 말이야."

"그럼 이곳의 일을 잘 부탁드립니다."

서린은 관후량에게 포권을 해 보인 후, 초쌍쌍에게로 다가갔다. 몇 가지 당부할 일이 있기 때문이었다. 서린은 초씨세가의 사람들에게 화산파에 힘이 되어줄 것을 당부했다. 백거준을 비롯한 비무 참가자들에게도 마찬가지였다. 다들 이번 일을 겪으면서 서로 신뢰하게 된 듯 서린의 뜻에 따라주었다. 그리고 초쌍쌍에게 따로 전음을 보내 한 가지 더 부탁을 했다. 관후량에 대한 일을 예의 주시해 달라는 부탁이었다. 초쌍쌍은 처음 전음을 듣고 의아해했지만, 이내 서린의 뜻을 따라주었다. 지금까지의 일을 지켜보면 종남에서의 일이 석연치 않음을 그녀도 느꼈기 때문이다.

서린은 오매검 조천상과 금수주를 데리고 가기로 했다. 장민석은 밀혼영의 영주인 만큼 암습과 세작에 관한 일은 탁월하기에 초쌍쌍을 보좌해 관후량의 일을 도와주도록 했다.

"그럼 이만 가보겠습니다, 어르신!"

"그러게. 시간과의 싸움이 될 것이 분명하니, 혈교에서 눈치채기 전에 놈들을 뿌리 뽑아야 하네. 천상이가 따라가니 낙영검대에 숨어 있는 놈들을 처리하는 것에는 문제가 없을 것이네. 낙영검대(落英劍隊)를 맡고 있는 사윤이는 천상이와 절친하고 능력 또한 출중한 아이니, 분명 이번 일을 잘 처리할 걸세."

"알겠습니다. 너무 심려 마시고 섬서에서의 일을 마무리해 주십시오. 자, 가시지요."

서린은 광풍자에게 인사를 한 후, 두 사람을 데리고 곧바로 화산파를 떠났다. 무림맹에 있는 혈루비들을 처리하면서 화산파 사람들인 낙영검대의 일도 해소하기 위해서였다.

세 사람은 화음현에서 말을 빌려 곧바로 사천으로 향했다. 경공을 시전하기보다는 말을 타고 관도를 달리는 편이 내력의 소진을 막고 자칫 벌어질 수 있는 긴급사태에 대비할 수 있기 때문이었다.

성도까지 가는 동안 별다른 일은 발생하지 않았다. 여분의 말을 가지고 출발했기에 세 사람은 열흘이 지나지 않아 성도에 도착해 당문으로 향했다. 당문에 당도했을 때는 분위기가 영 험악했다. 당문의 문 앞을 지키고 있던 무림맹의 무사들 또한 살기 어린 모습이었다. 무엇인가 일이 벌어진 것이 틀림없었다.

"무슨 일이오?"

무당의 일대 제자이자 양의검으로 유명한 천원검(天元劍) 도중원(淘中原)은 당문 앞에 멈추어 선 세 사람을 바라보았다.

"우린 화산에서 왔소. 비원각주를 만나려고 하오만……."

"그럼 당신이 천잔도문의 천서린 공자시오?"

당부를 받은 듯 수문위사가 물었다.

"그렇소. 이 사람은 화산의 오매검 조천상 대협이시고, 이분은 금수주라는 분이오."

"그러지 않아도 오시는 대로 모시라는 비원각주님의 전언이 있었소."

도중원은 이미 서린이 도착할 것을 알고 있었는지 바쁘게 안으로 안내했다.

"으음……."

당문으로 들어선 세 사람은 진한 피비린내를 맡을 수 있었다. 진득한 혈향이 당문 내에 감돌고 있었던 것이다.

"무슨 일이 있었던 겁니까?"

"그 이야기는 비원각주님께 들을 수 있을 거요. 워낙 흉

흉한 일이라 말이오."

"알겠습니다."

서린은 이곳에서도 혈교의 간자들에 대한 제거 작업이 있었다는 것을 느낄 수 있었다. 도중원의 태도로 보아 무림 맹 측도 많은 피해를 입은 듯 보였다.

얼마 지나지 않아 세 사람은 청란각에 이르렀다. 청란각 주변에는 상당한 고수들이 포진해 있었다. 마치 전투를 앞 둔 사람들 같아 보였다.

"무슨 일이오?"

청란각을 지키던 무사 하나가 도중원이 사람들을 이끌고 나타나자 막아섰다.

"각주님께서 기다리시는 천서린 공자시오."

"그랬군요. 어서 드시지요. 각주님께서 오시기를 학수고 대하고 계셨습니다."

서린은 무사의 안내를 받아 청란각 안으로 들어섰다. 안 에는 문인혜 말고도 여러 사람이 탁자를 둘러앉아 한창 격 론에 열중하고 있었다.

"천 공자님!"

서린의 등장을 제일 먼저 알아본 것은 문인혜였다. 그녀 의 반색에 모든 이의 시선이 서린에게로 돌아갔다.

"오랜만입니다, 각주. 그런데 무슨 일이 있나 봅니다?"

"그러지 않아도 오시기를 기다렸습니다. 어서 자리에 앉으시지요."

문인혜는 서린에게 자리를 권했다. 탁자에는 무림맹의 부맹주인 천수일권 황보무강을 비롯해 사자무적단주 소요검 남궁일산, 은하검룡단주 매화검 조천호, 창궁전륜단주 태화권 정무성 등이 자리에 앉아 있었다. 서린은 무림맹의 중추 무력을 담당하고 있는 사람들을 보면서 태연하게 자리에 앉았다. 서린의 뒤를 따라 들어선 조천상은 조천호를 향해 짧게 고개를 숙여 보인 후 서린의 뒤에 섰고, 금수주 또한 좌중을 향해 고개를 숙여 인사한 후 그 옆에 자리했다.

"보내주신 연락은 잘 받았어요. 덕분에 간자들을 색출할 수 있었지만, 피해가 만만치 않아요."

"피해라니요?"

서린은 피해를 입었다는 말에 의아하지 않을 수 없었다. 문인혜 정도라면 큰 피해 없이 일을 마무리할 수 있을 것이라 생각했기 때문이다.

"그들이 간자라는 사실을 믿지 않는 몇몇 제자들의 반항 때문이기도 하지만, 그자들은 이미 무림맹 내에서 자신만의 세력을 구축해 놓고 있었어요. 그리고 놈들은 우리가 자신들의 정체를 알고 있다는 사실을 간발의 차이로 먼저 알아낸 것 같아요. 우리가 놈들을 제압하려 했을 때는 이미 세력을 모아놓고 기다리고 있었으니까요. 간신히 제압하기는 했지만, 그로 인해 무림맹도 상당한 피해를 입었어요. 다행인 것은 각파에 잠입해 있는 자들을 제압하는 데는 별다른 피해가 없었다는 것이지만, 무림맹의 무력 중추인 삼단의 피해는 조금 심각한 편이에요."

"으음, 그랬군요."

서린은 혈교의 조직망이 의외로 빨리 돌아가는 것으로 보아 이번 일이 쉽지만은 않을 것 같다는 생각이 들었다.

"아, 내 정신 좀 봐. 인사를 드린다는 것이 워낙 상황이 안 좋아 소개를 못해 드렸군요. 여러분, 이분이 바로 혈루비들의 정체를 알려준 북경 천잔도문의 소문주인 천서린 공자세요."

문인혜는 황보무강을 비롯한 삼단의 단주들에게 서린을 소개시켰다.

"반갑네. 난 부맹주를 맡고 있는 황보무강일세. 여기는 삼단의 단주 직을 맡고 있는 사람들이고."

"남궁일산일세."

"조천호라고 하네."

"정무성이라고 하네."

세 사람이 서린에게 고맙다는 듯 포권을 해 보였다. 무림에서 명망이 드높은 삼단의 단주가 포권을 해 보였다는 것은 이번 혈교의 일에 대해 서린에게 진심으로 고마움을 표시한 것이었다.

"천서린이라고 합니다. 만나서 반갑습니다."

서린이 인사를 하자 모두들 고개를 끄덕이며 서린을 바라보았다. 잘 정제된 기품하며 자신들이 있는 자리임에도 기죽지 않는 서린의 모습에 이번 일을 주관했다는 사실을 확인할 수 있었기 때문이다.

　"그런데 화산에서의 일은 어떻게 됐나요?"

　"별다른 피해 없이 모두를 제거할 수 있었소. 물론 사로잡은 자들은 없었소."

　"다행이로군요. 어차피 사로잡아 봐야 피해만 클 뿐이니까요. 당신 말을 듣지 않고 놈들을 사로잡으려다가 이번에 큰 피해를 입었어요. 거기다가 몇몇 수뇌부로 보이는 자들은 기회를 틈타 빠져나가 버렸고요."

　문인혜는 자조하듯 자신의 실수를 자책했다. 나름대로 문파 내에서 세력을 구축한 이들이라 기회를 주면 반격할 여지를 주기에 전격적으로 제거해야 한다는 서린의 의견을 듣지 않은 탓이 컸다.

　"그런데 비원각주님의 말씀을 들어보면 중요한 자들이 빠져나간 것 같습니다만……."

　"천 공자님의 말씀이 맞아요. 꿩오 선사로 화신해 잠입한 자를 비롯해 세 명 정도가 빠져나갔어요. 모두가 혈교의 수뇌부들 같은데, 지금 그 일을 의논 중이었어요."

　"수뇌부가 빠져나간 이상 앞으로의 일을 대처하기가 쉽지만은 않겠군요. 혈교에 대해 밝혀진 것이라고는 무림맹과 각 문파에 잠입한 혈루비에 대한 것들뿐이니 말입니다."

"천 공자의 말씀대로예요. 우리들이 혈교에 대해 알고 있는 것들은 그것뿐이죠."

"으음……."

"하지만 한 가지 유추해 볼 수 있는 것은 그들의 목표가 무림맹과 각 문파들이 아닌 것 같다는 거예요."

"무슨 말이오?"

"혈루비의 명단을 우리가 알아냈다고는 하지만, 그러기에는 너무 쉽게 무너진 것 같아서 하는 말이에요. 무림맹과 각 문파가 목표였다면 전력이 대등하니 죽음을 각오하고 싸웠을 텐데, 수뇌부가 일사불란하게 도주한 것을 보면, 다른 목적이 있는 것이 분명해 보여요."

"으음, 나도 종남과 화산에서의 일을 겪으며 그들이 노리는 것이 결코 무림뿐만이 아니라는 것을 느꼈소. 혈교에서는 분명 다른 것을 노리고 있소. 내 생각에는 그것이 상권이라고 여겨지고 있소만."

"역시, 천 공자께서도 상권을 의심하고 있군요. 저도 그래요. 섬서와 산서에서도 그렇고, 대령상회라는 조직이 무척이나 빠른 속도로 커지고 있어요. 사천의 상권도 마찬가지고요. 당문이 몰락하자 기다렸다는 듯이 대령상회가 상권을 넓히고 있다는 것은 분명 혈교와 관련이 있을 거예요."

"아마도 그럴 것이오. 그리고 관이나 군부와도 연계가

되어 있을 것이 분명하오."

"관이나 군부와도요?"

서린의 말에 문인혜와 황보무강을 비롯한 삼단주도 놀랐
다. 관과 군부가 개입되어 있다면, 그건 보통 일이 아니었
기 때문이었다.

"혈교의 명단을 얻는 과정에서 우리는 놀라운 것을 목격
했소. 혈교의 명단은 사천당문의 장로들께서……."

서린은 사천당문의 전대 장로들이 황가의숙에서 혈교의
명단을 탈취한 일에 대해 소상하게 이야기해 주었다. 그 과
정에 화승총을 사용하는 자들이 있었음을 상기시켰다.

"으음, 그런 무기들이 사용되었다면 군부가 개입되어 있
는 것이 틀림없겠군요."

문인혜도 서역에서 전래된 화승총에 대해 알고 있었다.
명에서 사용하는 화기와는 달리 대인 살상력이 무척이나 뛰
어나 군부에서도 깊이 관심을 가지고 있다는 사실을 비원각
의 정보를 통해 알고 있던 것이다.

"도대체 화승총이 무엇이기에 그러는 것인가?"

황보무강은 문인혜가 화승총에 관해 이야기를 듣고 인상
을 찡그리자 궁금한 듯 물었다.

"부맹주님, 화승총이라는 것은 일종의 화기로, 호신강기
를 우습게 찢어발길 정도로 위력이 강한 것입니다. 거기다
무공을 모르는 자들도 혼자서 쉽게 다룰 수 있어 매우 위험

한 물건이지요. 서역에서는 전쟁에 많이 사용한다고 하는데, 군부에서는 서역에서 화승총을 들여와 연구 중인 것 같습니다. 만약 그들이 화승총을 사용했다면, 천 공자의 말대로 분명 군부와 연관이 있을 겁니다."

"으음……."

화포와 비슷한 것을 사용한다면 군부와 연관이 있는 것이 분명했다. 화기는 나라에서 엄히 금하는 금수품 중에 하나였기 때문이다.

"이번 일에 대해 뭔가 결정을 보신 것이 있으십니까?"

서린은 다섯 사람이 뭔가 의논을 해 결정 지은 것이 있는지 물었다.

"아니요. 아직은 어떤 결론도 못 내고 있었어요."

"그렇다면 빨리 움직여야겠군요. 혈루비들이 모두 제거된 이상 혈교에서도 뭔가 다른 움직임이 있을 테니까요. 어쩌면 이미 움직이고 있을지도 모르고 말입니다."

"천 공자님의 생각은 어떤가요?"

"일단 사천을 떠나는 것이 좋다고 생각됩니다만."

"사천을 떠나요?"

"아무래도 그들의 목표는 사천인 것 같으니 말입니다. 그리고 이십여 년 동안 철저히 준비를 해왔다면, 이곳에 있다가 놈들에게 허무하게 당할 수도 있습니다."

"우리가 당할 수도 있다니요?"

"놈들은 구대문파의 무공에 정통합니다. 어떤 자는 각 문파의 제자들보다 뛰어난 성취를 이루기도 했으니 말입니다. 놈들이 혈루비를 각 문파에 잠입시킨 것은 어쩌면 무공을 노린 것일 수도 있습니다. 화산에서 당문의 전대 장로 중 한 분인 삼수사 당문호 어르신께서 겪으신 일을 보면 그들은 구대문파에 못지않은 무공을 가지고 있는 것 같습니다. 거기다가 화승총을 그렇게 사용할 정도라면 사천에 있는 것은 무척 위험할 겁니다."

"화산에서 어떤 일이 있었기에 그러십니까?"

"그것은 제가 설명을 드리겠습니다."

문인혜의 궁금증에 조천상이 나섰다. 그도 현장을 본 적이 있고, 동생에게 이야기를 들은 터라 나선 것이었다.

"그래, 천상이가 이야기해 보거라."

자신의 조카가 나서자 조천호가 말했다.

"알겠습니다, 숙부님. 이것은 제 동생인 혜령이가 직접 겪은 일입니다. 화산의 심처에는 길이가 반 마장 정도 되는 협곡이 있습니다. 그런데 그곳에 혈교의 수뇌부가 삼수사 어르신을 쫓아서 나타났다고 합니다. 초절정고수로 보이는 천잔도문의 사람 네 분이 막아섰지만, 그를 완전하게 막아낼 수 없었다고 합니다. 그런데 그자가 뿌린 무공의 여파로 인해 협곡 전체가 불바다로 변했다고 합니다."

"그런 말도 안 되는!"

조천상의 말에 황보무강이 나섰다. 그런 무위는 무림맹의 공동 맹주라도 힘든 것이기 때문이었다.

"사실입니다."

황보무강뿐만이 아니라 모두가 못미더워하자 서린이 단호하게 말했다.

"사실이라고요?"

서린의 말에 문인혜가 의문을 던졌다.

"여러분은 혈교가 어떤 곳인지 잘 모르는 모양이로군요."

"혈교가 어떤 곳이라니요?"

"따지고 보면 혈교는 원래의 세력에서 반감을 품고 나온 반란의 무리들에 지나지 않습니다."

"반란의 무리라니요?"

"확실한 것은 아니지만, 오백여 년 전에 나타난 혈교는 서역에 있는 신비 문파의 교리에 반감을 가지고 중원으로 넘어온 자들입니다. 그런데 이번에 나타난 혈교는 그들이 중원의 눈을 속이기 위해 괴뢰로 내세운 것 같다는 것이 제 판단입니다. 화산의 협곡에 나타난 것은 분명 그 신비 문파에서 나온 자가 분명하고요. 믿지 못하시겠다면 화산으로 가보시면 될 겁니다."

"맞습니다. 제가 동생이 위험에 처해 있는 것을 알아차리고 협곡으로 들어가려 했으나 강력한 열기 때문에 들어갈 수 없을 정도였으니까요. 나중에 열기가 가라앉고 나서 제가 들어가 살펴본 바로는, 그 열기는 분명 사람이 만들어낸 것이었습니다."

"으음!!"

"그럴 수가!"

모두들 새로운 세력의 출현에 난감한 듯 신음을 삼켰다. 모든 국면이 새로워진 탓이었다.

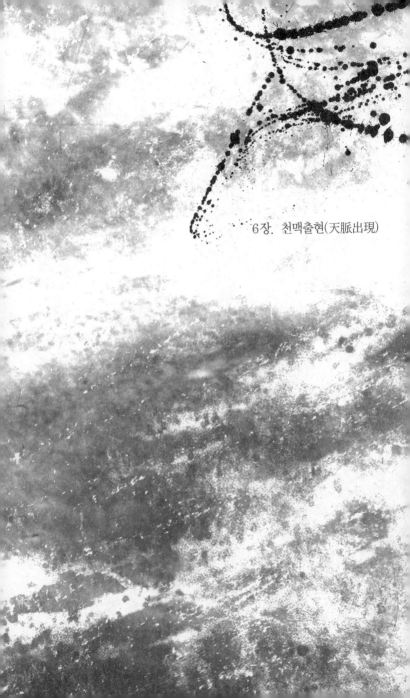

6장. 천맥출현(天脈出現)

급해진 상황이다. 가만히 있을 수 없는 일이었다.

"모두들 사천을 떠나야 합니다. 그들이 어째서 움직이지 않는 것인지는 모르지만, 이곳은 호랑이의 아가리나 다름없습니다. 놈들이 반격을 시작한다면 그들의 뜻에 반하는 사람들은 몰살당할지도 모릅니다. 그중에 무림맹이 최우선이 될 겁니다. 우리는 놈들에 대해 알고 있는 것이 아무것도 없으니, 일단 피한 후 전열을 가다듬는 것이 좋을 겁니다."

"그럼 어떻게 해야 하나요?"

"일단 화산으로 가는 것이 좋을 것 같습니다. 그곳에는 화산파와 종남파가 힘을 합쳐 혈교에 대한 반격을 준비 중이니 말입니다. 관후량 어른께서 혈교에 대해 나름대로 오랫동안 조사를 하신 모양이니, 그곳에서 앞으로의 일을 대비하는 것이 좋을 것 같다는 것이 광풍자 어르신의 판단입니다."

"사실이냐?"

서린의 말에 조천호는 조천상에게 사실 여부를 물었다.

"천 공자의 말대로 광풍자 어르신과 관 장문인, 그리고 섬서성의 초씨세가에서 반격을 준비 중에 있습니다."

"초씨세가?"

"장로급의 인물들로 구성된 이십팔수라는 분들이 화산에 와 계십니다."

"허어, 우리들만 전혀 모르고 있었구나. 하긴 종남에서 미리 알려줬다고 해도 쉽게 믿을 수 있는 상황이 아니었으니……."

조천상의 말에 조천호를 비롯한 무림맹의 인사들은 이번 일이 예사롭지 않다는 사실과 자신들이 위험에 노출되어 있다는 것을 확실히 알 수 있었다. 또한 화산과 종남에서 혈교에 대한 반격을 준비 중이라면 일단 물러나 다음을 준비해야 함을 알 수 있었다.

"이곳에 무림맹의 삼단이 모두 와 있다고 알고 있습니다만, 그들은 모두 어디 있습니까?"

"일단 당가로 모두 들어와 있는 상태입니다."

"그럼 모두 화산으로 가는 것이 좋을 것 같습니다. 사천을 비운다면 놈들의 행동을 개시할 것이 분명하니, 그때 가서 상대해도 늦지는 않을 것입니다."

"천 공자의 말씀대로 하는 것이 좋을 것 같은데, 부맹주님은 어떤가요?"

문인혜는 황보무강의 의견을 물었다. 맹주들이 없는 이상 이곳에서 최종 결정권자는 황보무강이었다.

"놈들에 대해 아는 것이 전무한 상태이니, 일단 그리하는 것이 좋을 것 같소. 화산에서 삼단을 추스르고 무림맹에서 사람들이 오면 놈들에 대해 본격적인 반격을 할 수 있을 테니 말이오. 그동안 비원각에서는 사천에서 놈들의 움직임을 파악하는 것이 좋겠소. 삼단주는 빨리 떠날 준비를 마치고 화산으로 갈 수 있도록 해주시게."

"알겠습니다, 부맹주님!"

삼단의 단주들이 자리에서 일어나 밖으로 나갔다. 가는 도중 혈교의 습격이 있다면 화산으로 가는 길이 어려울 수도 있기에 그들의 얼굴에는 짙은 그림자가 드리워져 있다.

"두 분도 무림맹이 떠나는 것을 도와주도록 하세요. 그리고 화산에 연락을 취해주십시오."

서린도 조천상과 금수주에게 삼단의 일을 도우도록 했다. 급한 일이 있으면 연락을 하기 위해 화산에서 전서구를 가지고 왔기에 무림맹이 사천에서 물러나 화산으로 간다는 연락을 취해야 했다.

"사천당가의 생존자들은 천 공자께서 다른 곳으로 대피시키신 것 같은데……."

두 사람이 나가자 문인혜는 사천당가에 대한 일을 물었다. 당가의 생존자들이 감쪽같이 사라진 것을 보면, 이번에 서린이 그들을 보호했다는 사실을 짐작했기 때문이다.

"지금쯤이면 산동성에 들어섰을지도 모르겠습니다."

"산동성이요?"

"배편을 통해 갔으니, 지금쯤 산동에 도착할 시간이 되었을 겁니다."

"으음, 그랬군요."

'천잔도문이 상당한 세력을 구축하고 있구나.'

혈교나 무림맹 모르게 배편을 이용했다고 하면 운남성으로 들어서서 광서성을 지나 해남도 인근에서 배를 이용하는 수밖에는 없었다. 그러기 위해서는 상당한 세력이 필요했다.

"천 공자께 한 가지 여쭈어볼 말이 있습니다."

"말씀하십시오."

"말씀하신 신비 문파 말이에요. 혹시 전설에 나오는 문파가 아닌가요?"

문인혜의 말투는 조심스럽기 그지없었다.

"나도 그 점이 궁금하네. 혈교라는 단체가 오백 년 전 사천 일대에서 엄청난 혈겁을 일으켰지만, 그들이 어디서 온 것인지는 밝혀진 것이 없네. 나도 이번 일을 겪으면서 전설 속에서 존재했던 문파들을 떠올렸네."

황보무강이 말을 이었다. 침묵하는 서린을 보며 무림맹의 부맹주나 되는 사람임에도 황보무강의 말투 또한 무척이나 조심스러웠다.

천지 사방을 관장하는 전설의 문파이자 무맥이라 기억되는 존재들. 전설이 전하는 문파들은 결코 알아서는 안 되며 입 밖으로 발설해서도 안 되는 존재들이었다. 세상을 주관하는 존재들 사이에서만 은밀히 전해져 오는 전설의 문파였기에 두 사람은 조심스럽게 서린에게 묻고 있는 것이었다.

'으음, 이들도 알고 있었던가? 하긴, 무림맹의 수뇌부들은 어느 정도 알고 있을지도 모르지.'

떠올리는 것조차 금기시되어 세인들의 뇌리에서는 잊혀졌지만, 고대 무림과 세상을 지배했던 존재들을 무림맹의 수뇌부들은 어느 정도 알고 있던 것이 분명했다. 동쪽을 관장하는 봉황천맥(鳳凰天脈), 서쪽의 신왕혈맥(神王血脈), 남방을 관할하는 천룡신맥(天龍神脈), 그리고 마지막으로 북쪽의 지배자 창천신맥(蒼天神脈)이 바로 그들이었다.

명멸해 갔던 수많은 황조와 왕조들이 그들의 입김에 의해서 세워지고 무너져 갔기에 무림은 물론 각 황조에서조차 떠올리기 싫은 존재들이 바로 사방천맥이었다. 세계의 반을 지배했다던 원의 성길사한조차 창천신맥 중 일부만 이었다는 전설이 전해지는 만큼 두 사람은 조심스럽게 서린의 안색을 살폈다.

"제가 조사한 바로는 아마도 혈교의 배후에 있는 자들은 신왕혈맥을 이었을 가능성이 있습니다. 그래서 제가 여러분께 서둘러 사천을 벗어나기를 제의한 것입니다."

"으음……."

"역시!"

혹시나 했던 생각이 들어맞자 두 사람은 침음성을 흘렸다. 군부가 개입되고 무림과는 경계가 다른 상권마저도 혈교의 입김이 스며들었다면, 이것은 무림만의 일이 아니라는 생각이 들었던 것이다.

"일단은 의심이 가는 것뿐입니다. 아직은 그리 비약할 일은 아니지만, 최악의 경우를 생각해 준비는 해야겠지요."

"무슨 뜻으로 하신 말씀인지 알겠습니다. 말씀대로 준비는 해야겠지요. 정말 그들이 나타났다면, 이건 무림의 문제만은 아닐 것이니 말입니다."

문인혜는 어느 정도 확신을 가진 것 같았다. 무림맹에서 정보를 주관하는 사람답게 상황을 빨리 파악한 것이다.

'이 정도면 알아서 준비를 하겠지. 무림맹 쪽에도 그들 중 누군가의 입김이 스며들어 있을 테니까. 혈교 쪽에서는 사사밀교가 손을 때 상황을 파악하느라 무림맹에 대해 신경을 쓰기 힘들 것이니, 어느 정도 시간을 번 셈이군. 십왕들이 각자의 힘을 드러낼 시간을 말이야.'

서린은 이제 십왕의 출현이 머지않았음을 알고 있었다. 두르가가 완전히 부활한 이상 다시 한 번 십왕들의 쟁투가 시작되었기 때문이다. 사방천맥에 대해 알고 있기는 하지만, 이들은 십왕이란 존재에 대해서는 알지 못하는 것이 분명했다. 십왕에 의해 사방천맥이 탄생되었다는 것은 그야말로 하늘 속의 비밀이었다.

'그나저나 조선에서도 움직임이 있을 터인데. 서웅이는 그에 대한 언급을 하지 않으니, 시간이 나는 대로 한 번 알아봐야겠구나.'

화산에서 사천으로 오는 동안에 계속해서 생각해 왔던 것 중 하나였다. 자신의 사촌 동생인 서웅은 현왕과 관련이 있었다. 또한 조선이 창업하는 데 결정적인 역할을 한 것은 궁왕이다. 조선의 움직임을 주목하지 않을 수 없는 이유였다. 완벽하게 두르가가 부활한 이상 현왕과 궁왕 또한 움직임이 있을 것이 분명했다.

'십왕에 대한 운을 떼었으니, 나머지는 무림맹이 할 터.

이제 움직일 때다.'

이제는 움직일 시간이었다.

"갈 시간입니다."

"그러지."

황보무강을 비롯한 삼단주가 청란각을 나섰다. 빠른 시일 내에 화산으로 출발해야 했기에 그들의 발걸음은 분주했다. 조천상과 금수주 또한 삼단주를 돕기 위해 바삐 뒤를 따랐다.

"앞으로 어떻게 하실 예정입니까?"

모든 이들이 분주해지자 문인혜는 서린의 행보를 물었다.

"화산에 도착할 때까지는 함께하겠습니다. 하지만 저 또한 머지않아 북경으로 갈 예정입니다. 혼자서 움직이는 것도 한계가 있어서 말입니다."

"그러시면?"

"혈교의 일과 관련해 본 가에 도움을 요청할 생각입니다. 본 문으로 가신 당가주께 약속한 바가 있어서 말입니다."

문인혜는 서린의 약속이 사천당가의 재건을 돕겠다는 것임을 짐작할 수 있었다.

"그렇군요. 그러시면 사부님을 잘 부탁드려요. 사부님의 회복이 빨라지면 빨라질수록 혈교에 대한 응징이 빨라질 테니 말입니다."

"그건 걱정하지 마십시오."

그녀는 당가와 함께 있을 육기운에 대한 부탁을 잊지 않았다. 사람들이 화산으로 출발할 준비를 하는 동안 두 사람은 앞으로의 일에 대한 교감을 가졌다. 상권과 관부까지 개입되어 있는 이상, 철저한 준비만이 혈교의 도발을 막을 수 있다는 생각에서였다.

준비는 생각보다 빨리 끝났다. 이미 비상사태가 선포되어 모두들 전투태세를 갖추고 있었기 때문이다. 저녁 무렵, 무림맹의 일원들은 모두 사천당가를 떠났다. 이번 일의 심각성에 대해 이야기를 들은 듯 모두가 굳은 얼굴이었다. 빠른 시간 안에 도착하기 위해 각 단별로 움직이도록 했다. 무림인들이 대단위로 움직인다면 관에서도 촉각을 세울 것이 분명했기에 각 단별로 움직이도록 한 것이다. 그렇다고 거리를 벌린 것은 아니었다. 언제 혈교의 습격이 있을지 모르기에 유기적인 연락 체계를 형성했다.

사천에서 화산까지의 길은 무척이나 순조로웠다. 다들 어느 정도 경지에 든 무인들인데다 경공을 시전해 가는 길이라 빠른 속도로 화산을 향해 나아갔다. 그렇게 관도를 중심으로 길을 재촉한 무림맹의 삼단과 일행들은 사천을 벗어나 섬서의 석천에 이르렀다. 서북쪽으로 종남산이 있고, 관도를 따라가면 서안에 이를 터였다.

"서안으로 갔다가 곧바로 화산으로 갈 것이니, 길을 재촉하는 것이 좋겠습니다. 다들 피곤할 테지만 우리에겐 시간을 줄이는 것만이 놈들을 앞설 수 있는 일이니, 최대한 서둘러야 할 것입니다. 혈교 놈들의 움직임이 감지되지 않고 있으니 다행입니다만, 아직 놈들에 대해 파악이 안 된 이상 최대한 빨리 화산으로 가는 것이 좋을 것 같습니다."

경공을 시전하며 길을 재촉했지만, 열흘이 넘게 걸리는 거리였다. 다들 피곤한 기색이 역력했지만, 쉬는 와중에도 문인혜의 말에 귀를 기울이며 길을 재촉하고 있었다.

*　　　*　　　*

사천성의 한곳. 화산에서의 일로 인해 당혹스러워하고 있는 이들이 있었다. 바로 태령야 양영과 혈교를 막후에 지휘하고 있는 쿠베라였다.

"그것이 사실이오? 인드라가 교로 돌아가다니 말이오?"

양영은 쿠베라의 전언을 믿을 수가 없었다. 사천에 들어와 있는 무림맹 인물들을 처리하기 위해 나름대로 준비 중이던 그였다. 한데 느닷없이 인드라가 사사밀교로 돌아갔다는 전언은 그로서도 황당한 일이었다. 그가 계획하고 있는 일에 인드라가 반드시 필요했기 때문이다.

"사실인 것 같습니다. 섬서성 전역에 있는 본 교의 인물들도 모두 철수하라는 지시가 떨어졌으니, 지금쯤 모두 돌아가고 있을 겁니다. 아무래도 화산에서 무엇인가 사달이 일어난 것 같아 걱정입니다."

"그렇다면 큰일 아니오? 이번에 무림맹의 삼단을 제거하지 못하면 우리의 계획이 수포로 돌아가는 것이니 말이오."

"아닐 겁니다. 이미 계획은 예정대로 흘러가기 시작했습니다. 인드라 님이 비록 교로 돌아갔다고는 하지만, 이번 일을 추진하는 데는 크게 상관이 없을 것입니다. 그러니 너무 걱정하지 않으셔도 될 겁니다."

십왕에 대한 일은 비밀 중의 비밀이라 그로서도 함부로 발설할 수 없었다. 막후에서 벌어지는 일을 알려줄 필요성을 느끼지 않았기에 쿠베라는 좋은 말로 양영을 안심시켰다.

"무림맹의 인물들이 화산으로 향한 것이 분명한데, 혹여 인드라의 일과 관련이 있는 것은 아닌지 모르겠소. 그렇다면 우리의 계획에 차질이 빚어질 수도 있음을 명심하시오."

"그렇게까지는 되지 않을 것입니다. 이미 십만의 인원이 이번 일을 위해 준비 중입니다. 그리고 화산으로 향하는 무림맹의 인물들은 하나도 도착하지 못할 것입니다. 이미 그들을 저지할 자들이 쫓아갔으니 염려하지 않으셔도 될 겁니다."

"알겠소. 그렇다면 다행이오. 당신이 이번 계획의 주축이니 잘하리라 믿소. 만약 일이 틀어진다면 나로서도 어찌할 수 없음을 잘 알아야 할 것이오."

"걱정하지 마십시오. 원하시는 대로 잘될 것이니 말입니다. 그럼 전 이만!"

쿠베라는 다시 한 번 양영을 안심시킨 후, 그의 처소를 나왔다. 사천성 도지휘사사가 있는 곳이지만, 아무도 그를 발견하는 이는 없었다.

"계획이 묘하게 틀어지고 있다. 모두가 그 아이 때문이겠지."

양영은 이번 일에 상당한 기대를 걸고 있었다. 사사묵련의 팔야야라는 지위가 있지만, 그는 그것으로 만족할 수 없는 사람이었기에 약간의 모험을 한 것이다. 사사밀교의 중원 진출을 어느 정도 돕는 대신 자신이 원하는 것을 손에 넣기 위해 이번 계획에 동참한 것이었다.

대륙천안의 다른 팔야야들에게 알려진다면 상당히 곤란해지겠지만, 이번 일을 기회로 그것을 상쇄할 만한 이득은 이미 얻어놓고 있었다. 사천당가의 힘을 사천에서 몰아내는 순간, 그는 자신이 원하는 것을 얻은 것이다. 사사밀교에서는 가치를 모르고 있지만, 그들이 양영에게 준 것은 대륙의 판세를 좌우할 정도로 상당한 것이었다. 사천성 도지휘사사의 지위는 가볍게 버려도 될 만큼 그에게는 가치가 큰 것이었다.

"누구를 보냈기에 저리 자신하는지 모르지만, 그 아이를 만만히 보다가는 큰코다칠 터인데. 나야 상황을 지켜보다가 사라지면 그뿐이지만, 그자들이 어떻게 움직일지 궁금하군. 그 아이의 능력도 말이야."

양영은 서린의 능력을 지켜보기로 했다. 가지고 있는 능력을 보면 앞으로의 일에 반드시 끌어들어야 할 사람이었기에 사사밀교를 어떻게 상대하는지 보고 싶었던 것이다. 서린의 능력을 보고 싶은 양영은 도지휘사사를 나섰다. 수하들에게는 암행하에 사천성 인근을 순시한다는 말을 해놓고는 단출하게 그의 직속 호위와 함께 도지휘사사를 나온 후 화산을 향해 길을 재촉했다.

*　　　*　　　*

석천을 지나 화산으로 가는 길은 무척이나 순조로웠다. 처음 길을 떠날 때는 모두들 긴장한 안색이 역력했던 것이, 화산이 가까워 오자 이제는 많이 풀려 있었다. 그러나 서린은 화산으로 다가갈수록 기분 나쁜 느낌에 긴장을 풀지 않았다. 무엇인가 자신을 옥죄는 듯한 기분을 계속해서 느낀 것이다.

'혈교든 사사밀교든 무림맹의 사람들이 사천을 떠나 화산으로 향하는 것을 반기지는 않을 것이다. 사천에서 해결하려 할 것이라고 생각했는데, 그것이 아닌 모양이로군.'

성도를 떠나기 전, 화산으로 갈 동안 분명 제지가 있을 것이 분명하다고 생각했다. 혈교와 사사밀교에서 손을 쓴다면 자신들의 세가 공고한 사천성을 벗어나기 전에 쓰는 것이 제일 좋았을 것이 분명하기에 무척이나 긴장했다.

서린으로서는 사천성에서 일이 벌어지는 것이 나았다. 혈교와 사사밀교가 사천성에서 자신들을 제지한다면, 그만큼 그들이 급박하다는 것을 뜻하기 때문이었다. 그렇다면 사천에서 벌어질 그들의 음모를 제지할 시간이 있다고 생각했는데, 그것이 아닌 모양이었다.

'어쩌면 사천성에서 벌어지는 놈들의 음모를 막는 것은 어려울지도 모르겠군. 놈들이 원하는 것이 진정 무엇인지 모르겠구나. 아직까지 놈들의 제지가 없다는 것은 조만간 일이 벌어진다는 뜻인데…….'

이제 오백여 리밖에 남지 않은 길이었다. 그것은 이미 그들이 만반의 준비를 하고 자신들을 기다린다는 뜻이었다. 화산 근역에서 일을 벌이기는 어려울 것이다. 이미 화산파와 종남파가 손을 잡고 자신들을 상대하려 한다는 것을 알고 있을 것이기 때문이다.

'문인혜도 느끼고 있는 모양이로군, 결전이 임박했다는

것을 말이야.'

다른 사람들과는 달리 문인혜의 인상은 잔뜩 찌푸려져 있었다. 무엇인가를 곰곰이 생각하는 것 같은 표정으로 주위를 살피고 있었다.

"모두들 멈춰요. 잠시 이곳에서 쉰 뒤에 출발하겠습니다. 부맹주님과 삼단주들께서는 모두 이리로 모여주세요."

문인혜는 생각을 끝낸 후, 휴식을 취하도록 했다. 그리고 황보무강을 비롯해 삼단주를 자신에게 가까이 오도록 했다.

"왜 그러시오?"

황보무강은 화산이 머지않은 시점에 휴식을 취하고 자신들을 부른 문인혜의 표정이 심상치 않은 것을 보고 궁금한 듯 물었다.

"아무리 생각해 봐도 이상해서 그렇습니다, 부맹주님."

"뭐가 말이오?"

"놈들은 우리가 화산으로 향하고 있다는 것을 알고 있을 텐데, 아무런 움직임이 없어서 말입니다."

"하하하, 무얼 그리 걱정하시오? 명색이 무림맹 무력의 중추라는 삼단이 모두 여기에 있소. 놈들이 아무리 담이 크다고 해도 함부로 우리를 습격하거나 하지는 못할 것이오, 각주."

"그렇다면 좋겠습니다만, 삼단 전력의 반이라고 할 수 있는 사천당가를 거의 멸문지경까지 몰아넣은 그들입니다.

거기다 그들은 사종독인까지 보유하고 있는 것으로 확인되었습니다. 아무리 삼단이라고 해도 사종독인이 공격한다면 상당한 피해를 감수해야 합니다. 놈들은 그런 만큼 대단한 전력을 보유하고 있다고 봐야 합니다."

"으음……."

황보무강은 문인혜의 말을 듣고서야 혈교에서 자신들을 공격하지 않은 것이 이상하다는 생각이 들었다. 전해 들은 사종독인의 위력이라면 자신으로서도 두 구 이상 감당하기 힘들 것이라는 판단 때문이었다.

"그럼 놈들이 어떻게 나올 것이라고 보는 것이오, 각주?"

"놈들은 분명 화산에 당도하기 전, 우리를 습격할 것이 분명합니다. 화산 인근에서는 힘들 터이니 앞으로 이삼백여 리 내에서 우리를 습격할 가능성이 크지요. 그래서 대비를 하기 위해 지금 휴식을 취하도록 한 겁니다."

"각주께서는 어떻게 하실 요량이십니까?"

소요검 남궁일산은 오는 동안 문인혜가 계속 무엇인가 생각하고 있는 것을 보았다. 결론을 내리지 않은 이상 자신들을 부르지 않았을 것이기에 대비책을 물었다.

"일단 조 단주께서는 은하검룡단을 이끌고 외곽을 맡아 주세요. 각자 소속된 문파의 제자들로 무리를 이루도록 하시고, 언제라도 진법을 펼칠 수 있도록 준비해 주세요."

"알겠습니다, 각주."

은하검룡단주인 매화검 조천호는 문인혜의 말뜻을 알아들었다. 어떤 식으로 공격이 시작될지는 모르지만, 평소 자신의 문파에서 동고동락해 왔던 사형제들이 뭉쳐 있는 것이 좋았다. 은하검룡단에 선발되어 온 자들 대부분이 구대문파에서 합격진이나 검진 등을 이루어 연수해 온 자들이기에 적을 상대하는 데 효과적이었다.

"창궁전륜단은 후면에서 대기하다 은하검룡단원들 중에 밀리는 곳이 보이면 바로 지원을 해주세요. 진이 해체되면 난전이 벌어질 것이니, 난전에 능한 창궁전륜단이라면 크게 도움이 될 거예요."

"대부분 본산에 있을 때 진법을 연마하여 완전히 진이 해체되지 않는 이상 보강하는 데도 보탬이 될 테니, 그리하도록 하겠습니다, 각주."

창궁전륜단의 단주인 태화권 정무성은 무당의 속가였다. 그를 비롯한 단원들 모두 구파의 속가였으니, 아주 적절한 배치였다.

"이렇게 두 개 단이 유기적으로 뭉치면 놈들이 어떤 식으로 기습을 해와도 어느 정도 막아낼 수 있을 것이에요."

"그럼 사자무적단은 어떻게 해야 합니까, 각주?"

"사자무적단에서 제일 힘든 일을 해주셔야 할 것 같습니다."

"그럼?"

"그렇습니다. 사종독인이 나타나면 그들을 상대해야 합니다. 아마도 천서린 공자께서 도움을 주실 겁니다. 그렇지 않나요?"

문인혜는 남궁일산의 물음에 대답을 하며 서린을 돌아보았다. 혈교의 습격에서 제일 두려운 존재가 사종독인이기에 서린의 도움을 요청한 것이었다.

"도움이 될지는 모르겠지만, 그렇게 하도록 하지요."

옆에서 묵묵히 듣고 있던 서린은 문인혜의 제의에 승낙했다. 어차피 그렇게 할 생각이었기에 두말없이 승낙을 한 것이다.

"승낙을 해주시니 고맙군요. 그리고 사천당문에서 보여주신 활약은 이미 들어 알고 있으니, 분명 도움이 될 겁니다."

역시 무림맹의 비원각주답게 사천당문의 혈겁에서 서린이 사종독인을 상대했다는 것을 이미 자세히 파악한 모양이었다.

"이제 어느 정도 놈들을 상대할 방향을 정했으니, 그만 출발하도록 하지요. 아마도 무림맹과 혈교의 첫 번째 전쟁은 이번 길에서 시작될 모양이니, 각자 마음가짐을 단단히 하도록 단원들에게 주의를 당부해 주세요."

문인혜는 마지막 당부를 끝낸 후에 쉬고 있던 삼단의 인물들을 이동하도록 했다. 지속적으로 훈련을 받아온 인물들답게 진형을 갖춘 삼단의 단원들은 전투 대형을 갖춘 후, 조심스럽게 이동하기 시작했다.

"사종독인을 상대해 주겠다고 하셨는데, 어떤 식으로 하실 요량이십니까? 사자무적단이 그들을 상대하기에는 역부족일 텐데 말입니다."

금수주는 서린이 사종독인을 상대해 달라는 문인혜의 청을 승낙하자 우려의 표정을 지어 보였다.

"걱정하지 마십시오. 비원각주도 이미 눈치를 챈 모양입니다만, 전 이미 당가주에게서 놈들을 상대할 방법을 얻은 상태이니 말입니다. 그러니 이번 길에서 사종독인을 상대하는 것은 그리 문제가 되지 않을 겁니다."

"다행스러운 일이군요."

"하지만 문제가 있습니다."

"다른 문제라도 있는 겁니까?"

"혈교에서 포섭한 자들과 사종독인이라면 문제가 될 것도 없겠지만, 아무래도 이번 길에는 다른 존재들이 나타날 가능성이 많을 것 같습니다."

"다른 존재라고 하시면?"

"혈교의 배후가 나타날 가능성이 아주 높습니다."

"그럼!!"

금수주는 서린이 염려하는 바가 무엇인지 알 수 있었다.

서린의 생각대로 자신이 오랜 세월 동안 사사묵련에 몸담으며 상대해 왔던 자들이 나타날 가능성이 있던 것이다.

"맞습니다."

"비원각주는 그들의 존재에 대해서 모르고 있는 것 같으니 문제가 될 수도 있겠군요."

"그렇습니다. 변수라는 것이 전쟁의 향배를 가늠할 만큼 중요한 것인데, 비원각주가 그들을 염두에 두지 않았다면 우리라도 생각을 해두어야겠지요. 금 영주께서는 연락을 해 미리 대비를 하도록 해주세요. 삼단의 전력이 보존되어야만 그들이 중원으로 진출하는 것을 어느 정도 막을 수 있을 겁니다."

"알겠습니다. 미리 준비하고 있을 테니, 염려하지 마십시오."

"알겠습니다. 금 영주께서는 주변에 대한 경계를 강화해주세요. 놈들이 어떤 준비를 했는지 모르지만, 이번에 제대로 된 타격을 주어야 하니까 말입니다."

"알겠습니다."

금수주는 눈빛을 빛냈다. 화산파로 향하는 무림맹의 사람들도 모르는 암중의 싸움이 될 공산이 컸기 때문이다. 이제부터 본격적으로 싸움이 시작되는 것이기에 금수주의 몸에서는 지금까지와는 다른 묵직한 기운이 흘렀다. 사사밀교의 인물들이 나타날 것이라는 서린의 예상 때문인지 이전과는 달리 마음가짐이 달라진 것이다.

금수주는 서린과 대화를 끝낸 후, 자리를 이동해 일행의 뒤로 처졌다. 자신의 수하들을 비롯해 사사묵련의 사람들에게 연락을 하기 위해서였다.

'뭔가 있어.'

문인혜는 금수주가 움직이는 것을 보며 서린이 모종의 지시를 내렸다는 것을 알 수 있었다. 항상 느끼는 것이지만, 서린과 그의 수하로 보이는 사람들에게서는 묘한 기운이 느껴졌다. 항상 뭔가를 준비하며 향후의 일에 대해 대처하는 것 같았다. 지금도 두 사람의 모습을 보면서 문인혜는 뭔가 자신이 놓치고 있는 것이 있다는 생각이 들었다.

'혈교나 사종독인 말고 분명 다른 자들이 있다. 정찰을 보내야 하나? 아니, 잘못하면 각개격파당할 위험이 있으니 일단 저 사람을 믿어보자. 저 사람은 분명 암중의 인물들에 대해서도 대비를 하고 있을 테니. 그나저나 나를 비롯해 대부분의 사람들이 긴장하고 있는 반면에 저 사람과 저 사람의 수하로 보이는 사람들은 투기를 끓어 올리고 있구나. 도대체 어떤 훈련을 받았기에 저럴 수가 있는지…….'

관도를 따라 간다고는 하지만 주변 대부분은 산지였다. 멀리까지 정찰할 수 없는 여건이었다. 문인혜는 정찰대를 별도로 운용할 수 없다는 사실에 약간은 불안했지만, 삼단의 전력을 믿었다. 거기다 모종의 조치를 취하고 있는 서린을 보며 어느 정도 안심을 하고 있는 중이었다.

암중 인물들이 있다는 것은 불문가지였다. 정황이 그랬다. 아무리 혈교와 사종독인이라지만, 무림맹과 정면으로 부딪친다면 그것은 자살행위나 마찬가지였다. 삼단이 가진 전력이 그리 녹록하지 않은 까닭이다. 그럼에도 그들이 습격을 해온다면, 무엇인가 있다는 뜻이었다. 섬서와 사천을 아무도 모르게 손아귀에 넣은 자들이라면 예상치 못한 전력이 있을 것이다.

혈교를 앞세워 무엇인가 노리는 세력이 분명했다. 문인혜는 지금 그들이 자신들을 노리는 것보다 암중 세력이 진정으로 실행하고 있는 계획이 무엇인지가 더 궁금했다. 어느 정도 놈들의 속셈을 알아차린 것 같지만, 서린이 자신에게 이야기해 줄 가능성은 작아 보였다.

'이번 일이 끝나면 저 사람에 대한 조사가 제일 먼저 선행되어야 할 것이다. 천잔도문에 대해서도 그리해야 할 것이고. 일단 지금은 혈교에 대해서만 집중을 하자. 이번 위기만 넘기면 본격적인 반격이 시작될 것이니.'

지금 당장 급한 불이 있기에 서린의 일은 나중이었다. 이번 위기만 넘기면 알아보리라 생각하던 문인혜는 심각하게 안색을 굳히는 서린을 볼 수 있었다.

'무슨 일이지? 으음, 왔구나.'

서린의 심각한 표정에 기감을 집중한 문인혜는 심상치 않은 기세를 느낄 수 있었다. 그것은 거대하기 그지없는 살기였다. 비록 거리는 있지만 충분히 느낄 수 있을 만큼 강렬한 살기가 전방에서 흘러나왔던 것이다.

'기습이 아니라는 말인가?'

잠시 후, 황보무강을 비롯한 삼단주도 살기를 느낀 것인지 문인혜에게 눈길을 보냈다. 대놓고 살기를 흘리는 것으로 보아 그들도 적이 전면전을 벌이려 한다는 것을 느낀 것이다. 문인혜는 기습을 하리라는 자신의 예상과는 달리 전면전을 벌이려 하는 적의 의도에 일순 어쩔 줄 몰라 했다.

"모두들 전투태세를 갖추도록 하세요. 놈들이 전면전으로 나온다는 것이 의외지만, 진형은 변경하지 않습니다."

금방 정신을 차린 문인혜는 진형을 변경하지 말 것을 지시했다. 어차피 사종독인이 끼어들지 모르는 싸움이었기에 지금의 진형이 최선이었다. 문인혜는 사람들을 독려하며 진형의 허실을 살폈다. 오랫동안 훈련을 받아온 사람들답게 살기가 압박해 들어옴에도 흐트러짐이 없었다.

"이 사람이 어디 간 거지?"

황보무강과 삼단의 단주들을 바라보고 다시 진형을 살피던 문인혜는 어느새 서린이 사라진 것을 알 수 있었다. 바로 옆에 있던 사람들도 그가 사라진 것을 모르고 있는 것 같았다. 자신의 이목은 물론, 진형을 짜고 있는 모든 이의 이목을 속이고 자리를 이탈한 서린을 생각하자 등골에 식은 땀이 흘렀다. 만약 적이라면 서린만큼 무서운 자가 없을 것 이라는 생각 때문이었다.

"모두들 준비하세요. 옵니다."

백여 장을 격해 있던 살기가 점점 강해지며 가까워져 왔 다. 드디어 적이 다가오는 것이다. 대부분 실전 경험이 있 는 사람들이지만, 긴장이 되는지 장내는 순식간에 정적이 찾아들었다.

"저들은?"

황보무강은 장내에 나타난 자들을 보고 적지 않게 놀랐 는지 경호성을 터트렸다. 붉은 홍의 가사를 입은 자들은 그 도 익히 알고 있는 자들이었기 때문이다.

오동에 황동을 섞은 황금빛 비발을 들고 투구의 깃마냥 머리를 기른 자들은 오직 한곳밖에 없었다. 혈수팔불(血髓 八佛)이라 대변되는 혈밀교(血密敎)의 밀승들이 장내에 나 타난 것이다.

지난날, 암흑기라고 말할 수 있는 원나라 시절, 중원무 림을 공포로 몰아넣은 자들이 바로 혈밀교의 밀승들이었 다. 밀교의 법술과 기이한 무공으로 중원무림을 파죽지세 로 유린했던 그들을 보자 황보무강은 등골이 서늘해짐을 느꼈다.

황보무강의 놀람을 느낀 듯 삼단의 단주들은 문인혜를 바라보았다. 그런 단주들의 눈에는 낭패한 기색이 완연한 문인혜의 모습이 보였다. 그녀로서도 이렇듯 많은 혈밀교의 출현은 의외였던 것이다.

"각주, 어떻게 해야 하오?"

"진형은 지금 그대로 유지하세요. 저들의 무공이 편격괴이(偏格怪異)하기는 하지만, 당황만 하지 않는다면 지금 상태로도 충분히 상대할 수 있으니까요."

"알겠소. 모두들 진형을 유지하고 놈들을 대적한다! 놈들의 피부는 검이 들어가지 않는다! 병기를 피부가 물고 들어가니 모두 주의해라!"

혈밀교의 밀승들을 상대하는 것 중 제일 어려움 점은 그들이 익힌 무공의 괴이함에 있었다. 밀승들이 익히고 있는 것은 유가밀공(瑜伽密功)의 일종으로, 극유(極柔)의 성질을 가지고 있었다. 그로 인해 피부의 탄력성이 말할 수 없이 부드러워져 상대의 병장기가 자신을 베기 전에 물려 버리는 특성을 가지고 있기에 지난날 무림의 고수들이 어이없이 당한 경우가 많았던 것이다.

이미 가상의 적에 대해 특성을 나누고 수련을 해왔던 사람들이라 삼단의 인물들은 황보무강의 말뜻을 알아들었다. 병장기에 기를 실을 수 있는 충기(充氣)의 경지에 이른 자들이 전면으로 나서며 진형이 다소 변형되었다. 삼단의 움직임에 막아섰던 밀승들이 약간의 동요를 보였다. 그러나 그것도 잠시. 그들 사이에서 여덟 명의 승인이 나서자 이내 잠잠해졌다.

"키키키! 우리에 대해 아는 것을 보면 만만치 않은 자들이로군. 역시 무림맹이라는 것인가?"

기괴한 웃음소리와 함께 무림맹의 인물들을 바라보며 흥미로운 듯 말을 꺼낸 이는 혈밀교를 이끌고 있는 혈수팔불의 수좌 옥인승(玉印僧)이었다. 대수인(大手印) 계통의 혈옥수를 익힌 자로, 적이라면 아무리 어린아이라도 심장을 파괴시켜 죽이는 악랄한 무공으로 인해 중원에서도 악명이 자자한 자였다.

"호호호, 의외로군요. 혈밀교에서 이곳까지 나서다니 말입니다. 석년의 일을 잊어버린 모양이로군요."

"이년이!!"

문인혜의 비꼬는 말투에 옥인승의 얼굴이 있는 대로 구겨졌다. 원이 패망할 무렵, 중원무림의 연합 공격으로 일패도지하며 서역으로 쫓겨났던 것을 문인혜가 상기시켰기 때문이다. 그 당시 수많은 밀승들이 정사 무림 연합의 공격으로 죽으면서 위세가 크게 떨어져 겨우 명맥만 유지할 정도였기에 혈밀교에서는 치욕스럽게 생각하고 있었다.

"크크크, 어린년이 제법이구나. 본좌의 심기를 어지럽히

려 하다니. 석년의 일이 네놈들만으로 가능했을 것이라 생
각했다면 오산이다. 그놈들만 없었으면 아무리 정사가 연합
했다고 해도 그리 쉽게 본 교가 쓰러지지 않았을 것이다.
키키키, 하지만 오늘은 석년의 빚을 충분히 갚아줄 수 있으
니, 어디 한 번 재롱을 떨어보거라."

문인혜의 격장지계에 쉽사리 분노의 감정을 삭인 옥인승
은 서늘한 눈빛으로 무림맹의 인물들을 쳐다보았다. 사사밀
교의 도움으로 교세를 회복한 이후, 절치부심하던 중원무림
에 대한 복수를 할 수 있기에 옥인승을 비롯한 밀승들의 몸
에서는 피부를 찌르는 듯한 살기가 흘러나왔다.

'역시, 그토록 성세를 자랑하던 혈밀교가 쉽사리 쓰러진
데는 다른 세력이 개입이 있었구나. 으음, 어쩌면 오늘은
길보다 흥이 더 많겠구나.'

무림맹의 전사(戰史) 중 혈밀교와의 접전에 늘 의문을
품어오던 문인혜였다. 원의 비호를 받으며 세를 확장시킨
혈밀교는 당시 중원무림 전체와도 상대할 수 있는 전력을
보유하고 있었다. 하지만 웬일인지 중원무림의 반격이 시작
되었을 때, 혈밀교는 제대로 된 힘을 보여주지 못하고 지리
멸렬했다. 당시는 쓰러져 가는 원과 같이 혈밀교의 세도 꺾
여서 그렇다고 판단했건만, 옥인승의 말을 들어보면 누군가
혈밀교의 패망에 개입되어 있었다는 것을 뜻했다.

"그럼 지금부터 피의 축제를 시작해라! 석년의 원한을

풀 기회이니 모두 공격하라!"

문인혜가 잠시 의문에 잠긴 사이, 옥인승은 자신의 팔을 들어 올려 공격을 지시했다. 밀승들은 공격 신호에 맞춰 비발을 들어 올리며 혈수비발대진(血髓匕鉢大陣)을 펼치기 시작했다. 어른 손바닥보다 작은 비발을 든 밀승들은 팔십일 명이 한 조가 되어 진을 펼쳐냈다. 장내에 나타난 밀승들은 대략 이백여 명이었다. 삼단을 의식한 듯 밀승들은 세 개의 혈수비발대진을 운용하고 있었다.

"고전이 될 겁니다. 모두들 단단히 각오를 하십시오."

─은하검룡단은 천라은하대진(天羅銀河大陣)을 펼치도록 하세요. 그리고 창궁전류단원 중에서 검기를 사용할 수 있는 분들은 놈들의 진이 흩어지면 바로 그것을 날리세요. 그리고 사자무적단은 혹시 있을지 모를 적의 이차 공세에 대비하세요.

내공을 실어 삼단의 인물들에게 주의를 촉구한 후 문인혜는 연이어 단주들에게 전음을 보내 밀승들을 상대하도록 했다.

'충분히 연구를 하기는 했지만…….'

한때 문인혜는 혈밀교의 혈수비발대진에 대해 연구를 한 적이 있었다. 한 시대를 풍미했던 혈밀교의 쇠락이 의문스러웠기에 혹시나 하는 생각에 연구를 했던 것이다. 혈수비발대진은 아홉이 한 조가 되어 구궁을 돌며 한 쌍의 비발을 날리는 진이었다.

　그런 아홉에 아홉을 곱하는 팔십일 수에 구궁을 중첩하여 운용되는 진으로, 무섭기 그지없는 것이었다. 진세가 발동하면 천지가 비발에 가려 진세에 휩싸인 자는 자신도 모르는 사이에 허공을 난무하는 비발에 전신이 갈가리 찢겨 죽는 절진이었던 것이다.

　문인혜는 자신의 연구를 토대로 장막과 같은 혈수비발대진에 맞서 은하검룡대가 자랑하는 천라은하대진을 펼치도록 했다. 은하천라대진은 각파의 후기지수 중 검을 수련한 자들을 모아 창단된 은하검룡단이 펼치는 진이었다. 혈수비발대진이 아홉 개의 진을 운용하여 구궁을 밟는 것과는 달리, 일곱 개의 소검진이 칠성의 방위를 밟으며 적을 압박하고, 두 개의 소진이 칠성을 휘감으며 적의 기운을 끊는 진이었다.

　아무리 비발을 이용해 장막을 친다 해도 검막에 비견되는 검진의 위력이면 장막을 끊어낼 수 있으리라 판단한 것이다. 그렇게 된다면 숨겨둔 비장의 한 수로 밀승들을 처리할 수 있다는 생각에서 이미 창궁전륜단원들에게 지시를 내려두고 있었다.

　피리링!

　은하검룡단원들이 진세를 운용하기 시작하자 밀승들도 진을 운용하기 시작했다. 황금색으로 빛나는 비발들이 허

공으로 떠올랐다. 진세의 힘을 바탕으로 펼쳐지는 것이라
허공에 자유로이 떠다니는 비발이 밀승들을 휘돌며 감쌌
다.

티티팅!

강력한 진세로 인해 솟아 오른 작은 돌들이 비발에 부딪
치며 튕겨져 나갔다. 밀승들이 펼친 세 개의 진이 옆으로
퍼지며 품 자를 형성한 채 삼단을 노리기 시작했다.

"은하개천(銀河開天)!"

혈수비발대진이 펼쳐지자 문인혜는 천라은하대진을 발진
시켰다. 칠성의 방위를 밟으며 세 개의 진을 향해 돌진하는
모습은 마치 영활한 뱀이 먹이를 찾아가는 듯했다.

콰─콰쾅!!

진세와 진세가 충돌한 탓인지 대기를 찢어발기는 듯한
폭음과 함께 주변이 진기의 폭풍우에 휘말렸다. 진세로 발
해진 기운의 폭풍우로 인해 솟아오른 돌들이 어느새 가루가
되어 흩어져갔지만, 양쪽에서는 진의 운용을 멈추지 않았
다.

차차창!

티팅!

콰콰쾅!

진세가 부딪친 후, 각자 자신의 위치에서 검을 찔러 넣은
은하검룡단원들은 자신들의 검이 철벽을 치는 것 같은 느낌

을 받아야 했다. 검기를 실은 검이건만, 그들의 검은 너무도 간단하게 밀승들이 들고 있는 비발에 막혔다.

"혈천밀막!"

은하검룡단원들의 일검을 막은 밀승들의 입에서 장쾌한 음성이 흘러나왔다. 그와 함께 그들의 양손에 있는 비발들이 다시금 허공으로 비산하기 시작했다.

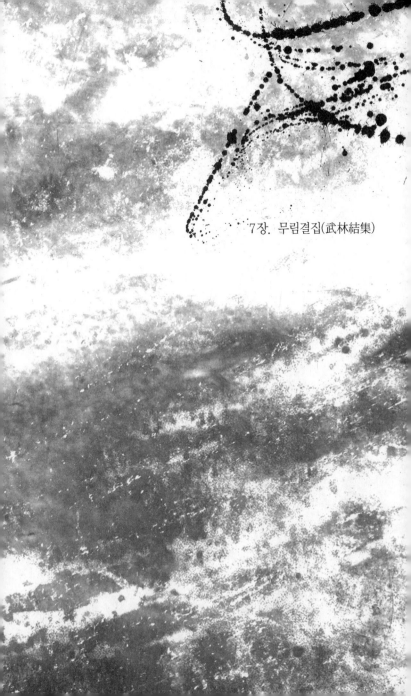

7장. 무림결집(武林結集)

치리리릭!

귀를 찢는 듯한 음향을 흘리며 허공을 난무하는 비발들이 은하검룡단원들을 덮쳤다. 자신들의 검이 막히자 일순 진세가 흐트러졌던 은하검룡단원들은 날아오는 비발들을 그대로 맞아야 했다.

퍼퍼퍽!

"크…윽!!"

"으윽!"

비발들이 휩쓸고 지나간 자리에는 여기저기 상처를 입은 은하검룡단원들이 쓰러져 있었다. 진세를 뚫고 들어오는 비발들을 간신히 검으로 쳐낸 탓에 죽은 이는 없었지만, 다들 심각해 보이는 부상이었다.

피—피피핑!

비발이 밀승들에게 돌아가는 찰나, 귀를 찢는 것 같은 파공음이 장내에 울려 퍼졌다. 은하검룡단의 일각이 무너지자 창궁전륜단이 나선 것이다. 앞으로 나선 창궁전륜단은 품에서 뭔가를 꺼내 들었다. 그것은 손바닥만 한 검은색 륜이었다. 그들이 들고 있는 작은 륜들이 은하천라대진의 일부가 깨어지자 일제 허공으로 날아올랐다.

퍼—퍼퍼퍽!

비발이 회수되는 틈을 타 그와 함께 날아간 륜들은 여지없이 밀승들의 미간에 박혀들었다. 대략 육십여 명의 이마에 묵빛의 륜이 박혀들었다.

"고작 그런 암수로 본 교를 상대할 수 있다고 생각했다는 말이냐? 크크크!"

유가혈밀공을 익힌 밀승들이라 웬만한 병장기로는 상처조차 낼 수 없음을 알기에 옥인승은 가소로운 듯 기괴한 웃음을 흘렸다. 그의 눈에는 창궁전륜단원들의 공격이 가소로워 보였다.

"웃기는 아직 이르다. 회륜(廻輪)!!"

옥인승의 웃음에 맞선 것은 태화권 정무성의 목소리였다. 그의 목소리를 따라 기이한 현상이 벌어졌다.

지이이잉!

격물이기(格物以氣)의 수법으로 밀승들의 이마에 박힌 륜들이 급격히 회전을 시작한 것이다.

"크…아악!"

"으악!"

처절한 비명이 밀승들의 입에서 흘러나왔다. 회전하기 시작한 륜들이 밀승들의 유가혈밀공을 무참히 뚫어버리고는 그들의 머리를 가른 탓이었다.

"이런!!"

옥인승의 입에서 낭패한 음성이 흘러나왔다. 방금 전 밀승들의 이마에 박힌 륜의 정체를 알아낸 것이다.

"어찌 법밀회륜이? 분명 당가는 멸문했거늘……."

옥인승의 입에서는 어이없다는 듯 허탈한 목소리가 흘러나왔다. 유가혈밀공을 익힌 밀승들에게는 천적이 되는 암기가 바로 법밀회륜이었다. 옥인승이 놀란 이유는 법밀회륜이 이곳에 있어서는 안 되는 물건이었기 때문이다.

법밀회륜은 원대 시절 사천당가에서 비밀리에 만들어진 금용 암기였다. 하지만 만들 수 있는 재료의 한계와 많은 시일이 소요되기에 제작이 거의 불가능하다고 알려졌는데, 이곳에서 나타나자 옥인승의 얼굴이 창백할 정도로 변해 버렸다.

옥인승으로서는 무림맹에서 이미 그것을 보유하고 있다는 사실이 뜻밖이 아닐 수 없었다. 사천제일세를 자랑하는 사천당가를 몰락시킨 이유는 당가가 법밀회륜을 제작할 수 있다는 것도 일정 부분 관여되어 있었다.

"네놈들이 법밀회륜을 어떻게 가지고 있는지 모르겠지만, 그렇다고 이곳에서 살아 나갈 수 있다고는 생각하지 마라. 해진(解陣)!"

분노의 찬 옥인승의 외침이 끝난 후, 살아남은 밀승들의 움직임이 급격히 변했다. 혈수비발대진이 곧바로 해체되고, 그 사이로 정체를 알 수 없는 자들이 나타났다.

"으음, 이십여 구나 있었다니……."

싸늘히 변해 있는 안색과 모든 것을 죽일 것 같은 기이한 기운이 그들 사이에서 감도는 것을 느낀 문인혜는 신음을 토할 수밖에 없었다. 가장 우려하던 사종독인이 드디어 나타난 탓이었다.

'사종독인이 나타났건만, 이 사람은 어디로 간 것인지…….'

법밀회륜은 혈밀교의 움직임이 포착된 후 무림맹을 출발하면서부터 준비된 것이었다. 하지만 예상보다 나타난 밀승들의 수효가 많았다. 쓰러진 자들은 겨우 육십여 명이었다. 지금 삼단의 인원은 모두 백팔십여 명. 밀승들을 막다가 부상을 입은 은하검룡단원을 제외하면 혈밀교의 밀승들을 막을 수 있는 숫자는 거의 비슷한 상태였다. 거기다 사종독인까지 나타나자 문인혜는 다급해지지 않을 수 없었다.

지금 상태로는 법밀회륜을 한 번밖에 사용할 수 없기 때문이다. 지극히 부드러운 밀승들의 살에 맞물려 있어 기를 이용해 빼낼 수가 없던 것이다. 그런 단점이 있었지만 문인혜는 사종독인을 막을 방법이 있다는 서린을 믿었기에 법밀회륜을 사용하도록 했다. 그러나 믿었던 서린이 장내 그 어디에도 보이지 않기에 급한 마음이 들 수밖에 없었다.

"사자무적단원들은 준비하세요."

그렇다고 가만히 있을 수는 없었다. 사자무적단이 나설 수밖에 없었다. 부상을 입지 않은 은하검룡단과 창궁전륜단원들이 진세를 구축할 동안 시간을 벌어야 했기에 문인혜는 피해를 각오하고 사자무적단을 나서도록 했다.

"모두 준비해라!"

문인혜의 명령에 따라 소요검 남궁일산은 사자무적단원들을 향해 소리를 질렀다. 남궁일산의 차가운 일성에 사자무적단의 검주인 남궁호와 황보혜령, 그리고 서문인이 앞으로 나섰다. 사대세가의 연합이 뭉친 사자무적단이 본격적으로 나서기 시작한 것이다. 앞으로 나서는 사자무적단원들의 표정은 굳어 있었다. 무림을 대표하는 사대세가의 정영들이었으나 그들도 당가에 머물면서 사종독인의 무서움을 똑똑히 전해 들었던 것이다.

"겁낼 것 없다. 어차피 칼밥 먹는 인생들이 언제 누울 자리를 보고 쓰러지는 것을 봤느냐? 오늘 이곳이 우리가 죽을 자리다! 사대세가의 정영들답게 후회 없이 싸우다 쓰러지면 그뿐!"

남궁일산은 소리를 질러 단원들을 독려했다. 그러자 사자무적단원들이 얼굴이 펴졌다. 자신들의 역할이 무엇인지 그제야 서서히 인식한 것이다. 사종독인들을 자신들이 상대하기로 한 것은 삼단 중 사자무적단이 실력이 제일 떨어지기 때문이라는 것을 그들도 잘 알고 있었다. 시간을 벌어주기 위한 존재에 불과하지만, 그래도 웃으며 죽을 수 있었다.

자신들이 사종독인을 막을 동안 은하검룡단원과 창궁전륜단원들이 준비하고 있는 진이 어떠한 것이라는 것을 알기에 그들은 웃으면서 죽을 수 있는 것이었다.

사자무적단원들은 사종독인을 맞서기 위한 진을 형성하기 시작했다. 네 명이 한 조로 이루어진, 죽음으로 향하는 진이 펼쳐진 것이다.

"으음, 역시… 뭔가 있구나?"

옥인승은 굳어졌던 표정이 풀어지며 웃음을 짓는 사자무적단원들을 보며 등골이 시린 듯한 느낌을 받았다. 사종독인을 상대하면 죽음뿐이라는 것을 분명히 알고 있을 테지만, 사자무적단원들의 표정이 결의로 차 있었다.

"놈들의 움직임이 심상치 않으니, 모두들 단단히 준비해라."

옥인승은 나머지 혈수칠불을 비롯해 밀승들에게 경고를 보냈다. 뒤편에서 새로운 진형을 짜는 나머지 두 단의 움직임으로 인해 사자무적단의 모습이 변했다는 것을 직감한 것이다.

밀승들은 옥인승의 경고에 다시금 혈수비발대진을 준비하기 시작했다. 비록 법밀회륜으로 인해 육십여 명이 운명을 달리했지만, 밀승들은 아직도 두 개의 혈수비발대진을 펼칠 수 있었다.

스스스!

사종독인들이 서서히 움직이기 시작했다. 사자무적단원들은 네 명이 한 조로 사상진을 형성한 채 사종독인들이 움직임에 맞추어 신형을 이동시켰다. 그리고 죽음을 향한 격전이 시작되었다.

차차창!

퍼퍽!

장내 여기저기서 격전이 벌어지기 시작했다. 진을 지휘하는 제갈세가 사람들의 지시에 따라 남궁가와 서문가의 사람들이 검으로 사종독인을 공격했다. 연이어 황보가의 사람들이 패력이 깃든 권세를 내질렀으나 사종독인은 아무런 타격도 입지 않는 듯했다. 뒤에 남아 옥쇄를 각오한 진을 펼칠 준비를 하는 사람들에게 시간을 벌어주기 위해 사자무적단원들은 그저 사종독인의 전진을 저지할 뿐이었다.

한 번 움직일 때마다 사방으로 퍼지는 독기에 진을 형성한 사자무적단원들은 곤란함을 겪었다. 사종독인들을 공격하는 것은 고사하고, 진세로 운영되는 대부분의 힘을 독기를 막는 데 써야 했기 때문이다. 하지만 사자무적단원들은 죽음을 각오한 듯 진세를 형성하며 내력을 뽑아 올렸다. 진의 힘을 일부나마 사용할 수 있기에 사종독인의 전진을 힘겹게 막아낼 수 있었다.

"각주, 얼마나 더 막을 수 있을 것 같소?"

점점 밀리는 듯한 사자무적단원들의 움직임에 황보무강은 침잠된 목소리로 물었다.

"모르겠어요. 제갈세가의 인물들이 진을 지휘하고 있기는 하지만, 사종독인을 막는 것은 한계가 있을 거예요. 각조당 한 구의 사종독인을 막기도 벅찰 텐데 이십여 구나 되니 말입니다. 많이 버틴다 해도 일각을 넘기기는 힘들 겁니다."

"으음……."

가슴 아픈 일이지만 황보무강이 보기에도 그 정도가 한계로 보였다. 그러나 은하검룡단과 창궁전륜단이 준비하고 있는 진이 완성되려면 최소 이각의 시간이 필요하기에 문제가 아닐 수 없었다.

"그런데 그 사람은 어디로 간 것이오? 얼마 전부터 보이지 않는 것 같은데 말이오."

"아마도 사종독인을 상대하기 위해 준비 중인 것 같아요."

지켜보는 눈이 많았다. 정말 모르기도 하지만 사기가 꺾여서는 곤란했기에 문인혜는 사실대로 말을 할 수가 없었다. 그저 서린이 장담대로 사자무적단의 피해가 커지기 전에 사종독인을 막아주기만을 기대할 뿐이었다. 그렇지 않다면 삼단의 전멸을 각오해야 할지도 모르는 상황이었기에 그녀의 안색은 어느 때보다 굳어 있었다.

"크악!"

"으아악!"

사종독인을 막아내던 사자무적단 한 개 조의 진형이 무너지고, 연이어 비명이 울려 퍼졌다. 진세가 흐트러지자 사종독인이 뛰어들어 사자무적단원들의 몸에 타격을 가했다. 사종독인의 위명이 헛것이 아닌 듯 공격을 당한 사자무적단원들의 몸이 급격히 녹아들었다. 황보무강을 비롯한 다른 단주들의 얼굴이 심각하게 굳어졌다. 다른 조들도 급격히 진형이 흔들리고 있었다.

타타탕!

사자무적단원들이 거의 무너져 가는 찰나, 혈수비발대진을 준비하고 있는 밀승들의 뒤편에서 총성이 들려왔다. 난데없는 총성에 의아해하던 문인혜의 눈에 급격히 흔들리고 있는 혈밀교의 진형이 들어왔다.

탕, 타타타타탕!

삐이익!

다시금 총성이 들리고, 다급한 휘파람 소리가 옥인승의 입에서 흘러나왔다. 그의 휘파람 소리를 따라 사자무적단을 공격하던 사종독인들이 일제히 뒤로 물러났다.

"각주, 무슨 일인 것 같소?"

황보무강은 급변하는 상황에 문인혜에게 물었다.

"역시 놈들은 화승총으로 무장한 자들을 제삼의 수로 준비하고 있던 모양입니다, 부맹주님. 아마도 그 사람이 손을 쓴 것 같습니다."

문인혜는 서린이 손을 쓴 것이 확실함을 알았다. 거의 무너져 가던 사자무적단원들을 두고 사종독인이 물러설 정도라면 예삿일은 아닐 터였다. 혈교에서 준비한 제삼의 준비를 서린이 와해시킨 것이 분명해 보였다.

"크아악!"

"으악!"

총성이 들린 지 얼마 되지 않아 혈밀교의 뒤편 일각에서 비명성이 일더니, 황금빛으로 일렁이던 혈수비발대진의 진운이 걷히기 시작했다. 밀승들의 몸을 사정없이 베어 넘기며 나타난 자들은 하나같이 복면을 쓰고 있었다.

"저들은?"

문인혜는 복면인들이 휘두르는 검을 보며 그들이 바로

서린이 준비한 사람들임을 알 수 있었다. 서린과 같은 형태의 검을 사용하고 있었던 것이다.

"저들이 누구기에 밀승들을 저리 도륙할 수 있다는 말이오?"

황보무강은 놀랍다는 눈으로 문인혜를 바라보았다. 유가혈밀공을 익힌 자들을 도검으로 베어 넘기는 것은 기를 형상화해 강기를 이룬 절정의 고수들만이 할 수 있는 일이었다. 그런데 나타난 자들의 검에서는 강기는커녕 검기도 보이지 않았다.

"천 공자와 관련이 있는 자들이라는 것은 짐작이 가지만, 누구인지는 모르겠군요. 하지만 무서운 자들임은 분명합니다."

문인혜는 자신도 모르게 몸을 떨었다. 나타난 자들은 모두 삼십여 명이 넘지 않았다. 하지만 하나하나가 강자들로 보였다. 특히 맨 앞에 나서서 무참히 밀승들을 도륙하고 있는 자들의 무위는 놀라울 정도였다. 자신으로서도 감당할 수 없을 정도의 무위를 보이고 있었던 것이다.

'나조차 밀승들을 저리 상대할 수 없거늘……'

그들은 다른 복면인들과는 다른 무기들을 사용하고 있었다. 걸리는 것은 무엇이든 잘라 버리는 쇠사슬이 달린 두 쌍의 검을 쓰는 자, 검은색의 도를 이용해 밀승들을 수직으로 쪼개 버리는 자, 눈이 부실 듯 하얀 검으로 단번에 밀승들의 목을 잘라내는 자들이었다. 다른 두 사람은 어떤 것을 무기로 사용하는지 보이지 않았지만, 그들과 부딪친 밀승들이 나가떨어진 후 다시는 일어나지 않는 것을 보면 상당한 무위를 소유하고 있는 것이 분명했다. 복면인들의 공세로 인해 혈수비발대진 한 개가 일시에 무너져 내렸다. 순간, 문인혜는 이렇게 넋 놓고 있을 수만은 없다는 것을 깨달았다.

"놈들을 일시에 포위하세요! 어서요!"

복면인들이 나타나고 밀승들을 상대하는 동안 진이 완성되었기에 문인혜는 진을 발동시켰다. 최후를 대비해 옥쇄를 각오한 쇄옥멸절진(碎玉滅絶陣)을 발휘한 것이다. 이대로라면 동귀어진을 하지 않더라도 사종독인을 비롯한 혈밀교의 밀승들을 모두 제거할 수 있을 것 같았다.

"진을 뒤로 물려요. 어서!!"

진이 발동되려는 찰나, 문인혜는 서린의 다급한 목소리를 들을 수 있었다.

콰쾅!

콰—콰쾅!

하지만 서린의 목소리가 끝나기도 전에 커다란 폭발음이 들려왔다. 문인혜는 폭발음과 함께 진의 선두에 서 있던 다섯 구의 사종독인들이 폭발하는 것을 볼 수 있었다. 그와 함께 진녹색의 핏줄기가 사방으로 비산하고, 핏줄기가 덮친

곳에서는 아비규환의 참혹한 상황이 벌어졌다.

"크아악!"

"으악!"

"크윽!"

강력한 폭발력으로 쇄옥멸절진의 진세를 뚫은 사종독인의 파편에 진을 이루고 있던 단원들이 무참히 죽어갔다. 가공할 독력에 비례하듯 파편을 뒤집어쓴 단원들의 몸은 순식간에 녹아내렸다.

"이럴 수가!!"

"우우우!"

어찌할 수 없는 상황에 문인혜의 입에서 경호성이 터지자마자 창노한 천룡음이 장내에 퍼졌다. 서린이 내공을 실어 소리를 내지른 것이었다. 중인들의 귀에는 들리지 않는 높은 소리로, 자폭을 지시하는 옥인승의 휘파람 소리를 막은 것이었다.

지이잉!

쐐애애액!

퍼퍼퍽!

천룡음이 퍼짐과 동시에 기이한 소리가 장내에 들린 후, 검은색의 물체가 서린이 있던 방향에서 날아와 쇄옥멸절진과 마주 선 사종독인들을 감쌌다.

투투툭!

검은 물체가 사종독인들의 목을 휘감자 연이어 그들의 머리가 바닥으로 떨어졌다. 서린이 천우신경을 날려 사종독인의 목을 잘라 버린 것이다.

"모두를 뒤로 피하시오!"

서린은 다시금 경고성을 발한 뒤, 사종독인들 사이로 뛰어들었다. 무리하게 공력을 운기해 세 명의 사종독인을 처리한 탓인지, 장내에 떨어져 내린 서린의 안색은 창백하기 그지없었다. 서린은 장내에 내려서자마자 검을 이용해 사종독인을 상대하기 시작했다. 하지만 내상을 입은 듯 좀 전과는 달리 사종독인들을 쉽게 처리하는 못했다. 그리고 모종의 지시를 받은 듯 사종독인 들이 일사불란하게 움직이며 서린을 상대하기 시작한 탓이기도 했다.

"차앗! 주군이 있는 곳으로 간다!"

서린이 힘겹게 사종독인을 상대하는 것을 본 것인지, 비발을 든 밀승들을 베어 넘기던 다섯 사람이 서린이 있는 곳으로 전진하기 시작했다. 그들이 밀승들에게서 벗어나 서린과 합류하기까지는 반 각도 채 걸리지 않았다. 그동안 서린은 사종독인 두 구만을 처리할 수 있었다.

"으으, 목이 약점이니 일거에 베어야 합니다."

다섯 사람이 도착하자 서린은 사종독인들의 약점을 말해 주었다. 강기로만 베어버릴 수 있는 사종독인이었기에 약점이 목이라고 해도 처리하기 쉽지 않은 일이었지만, 다섯 사람의 눈빛은 변하지 않았다.

"오령천아진을 펼친다."

다섯 사람 중 겸을 든 사람의 입에서 차가운 목소리가 흘러나오자 그를 중심으로 네 사람이 사방에 포진했다. 그리고 얼마 안 있어 그들이 가진 무기에 기이한 빛이 어리기 시작했다. 겸과 도검, 그리고 주먹과 소매에서 묵빛 기운이 어리며 빛을 발하기 시작한 것이다.

"탄강(彈剛)!!"

피피피피핏!

기합과 함께 그들의 몸에서 묵빛 기운이 뻗어 나갔다.

퍽, 퍼퍼퍼퍽!

그들의 몸에서 뻗어 나간 묵빛 기운들은 여지없이 사종독인의 목에 작렬했다. 격중당한 사종독인들은 여지없이 목이 잘리거나 뜯겨 나갔다.

"전사(轉瀉)!"

다시 한 번 기합성이 들리자 뻗어 나갔던 묵빛 기운들이 회전을 시작하며 다른 사종독인들을 찾아 비산했다. 그와 함께 다섯 구의 사종독인이 바닥에 몸을 눕혀야 했다.

"크으, 어서 밀승들을 처리하세요. 한 놈도 살려 보내서는 안 됩니다!"

서린은 괴로운 듯 신음을 흘리며 다섯 사람에게 지시를 했다.

"알겠습니다, 주군!"

다섯 사람은 서린의 명을 받자마자 신형을 날려 밀승들이 있는 곳으로 달려갔다. 자신들이 빠져나간 후 혈수팔불의 합류로 인해 수하들이 곤란을 겪고 있기 때문이었다. 다섯 사람이 합류하자 전황이 빠르게 바뀌었다. 복면을 한 사람들은 다섯 사람이 빠져나간 후 수세로 전환해 진형을 형성한 후 혈수팔불을 비롯한 밀승들과 접전을 벌이다가 그들이 합류하자마자 다시금 공격을 가해 밀승들을 쓰러뜨리기 시작했다.

"각주, 저들은 누구요? 어찌 저런 능력을 발휘한다는 말이오?"

황보무강은 사종독인을 상대로 강력한 무력을 선보이고는 지치지도 않는지 다시금 전장으로 뛰어들어 밀승들을 쓰러뜨리는 다섯 사람을 보면서 궁금하지 않을 수 없었다.

"부맹주님, 아마도 저들이 천잔도문의 기둥이라는 사령오아란 사람들 같아요."

문인혜는 사령오아를 향해 심유한 눈빛을 던지며 황보무강의 궁금증에 답을 주었다. 자신도 믿기지 않지만, 사용하는 무기를 보아 사령오아가 틀림없었다.

"으음, 사령오아라면……."

황보무강도 사령오아에 대해 어느 정도 알고 있었다. 그러나 지금의 모습은 듣던 것과는 전혀 달랐다. 한낱 하오문에서 출발한 자들의 무력이 별거 있겠느냐는 생각을 했지만, 오늘 자신의 눈앞에서 펼쳐지는 광경을 보며 그런 판단을 전면 수정하지 않을 수 없었다. 사령오아는 일대일로 마주쳐 자신이 전력을 다한다 해도 필패할 수밖에 없는 강자들이었던 것이다.

"저 정도의 무력이라니, 정말 무섭군요."

문인혜 또한 사령오아가 보여주는 무위에 고개를 저었다.

"아무래도 천잔도문에 대해 전면적인 조사가 필요할지도 모르겠소, 각주."

황보무강은 굳은 안색으로 문인혜를 쳐다보았다. 문인혜 또한 황보무강의 심경을 아는지 고개를 끄덕였다.

"그렇지 않아도 그러려고 합니다. 천잔도문의 소문주라는 천 공자의 능력도 그렇거니와, 사령오아의 무위가 저 정도라면 천잔도문도 우리가 모르는 비밀을 감추고 있는 것이 분명하니 말입니다. 어쩌면 혈교보다도 더 무서운 적이 될 수 있을지 모를 것 같습니다."

문인혜의 마음은 지금 갈피를 잡을 수 없었다. 자신의 공동 사부 중 하나인 육기운의 인정을 받은 사람이었다. 하지만 서린을 보며 어쩐지 적으로 마주 설 것 같다는 느낌을 지울 수 없가 없었다.

"네놈들은 누구냐?"

밀승들은 속절없이 무너지고 있었다. 혈수팔불이 분전을

하고 있지만, 다시 합류한 사령오아의 무위를 감당할 수 없던 것이다. 옥인승은 분기를 참을 수 없었다. 순식간에 혈수팔불 중 둘이 명을 달리했다. 성겸의 두 자루 겸이 그의 신형이 당도하기 전에 먼저 날아가 두 사람을 계도와 함께 잘라 버린 것이다. 혈수팔불은 다른 밀승들과 다르게 계도를 무기를 쓰고 있었다. 두 사람이 쓰러지자 위기를 느낀 혈수팔불들은 계도를 곧추세운 채 옥인승의 곁으로 모여들며 사령오아를 경계했다.

"자식들, 일을 저질렀으며 대가가 있다는 것을 알아야지?"

성겸의 입에서 비릿한 조소의 음성이 흘러나왔다.

"이, 이이!"

뒷골목 건달 같은 소리지만, 옥인승은 성겸의 말을 무시할 수 없었다. 성겸의 몸에서 피어오르는 기세는 그도 몇 번 본 적이 없는 것이기 때문이었다.

'혹시? 그놈들이란 말인가?'

옥인승은 사사밀교의 천적이라는 한 단체를 떠올릴 수가 있었다. 도(刀)도 아니고, 검(劍)도 아닌, 묵색의 기이한 병기를 쓰는 단체는 그가 알기로 오직 한곳밖에는 없었다.

"어떻게 네놈들이 이곳으로 올 수 있었느냐?"

화승총을 가지고 있는 자들은 쿠베라가 지휘하고 있었다. 앞에 선 자들의 무공이 자신에 필적하더라도 쿠베라를 당할 정도는 아니었다. 혈수팔불이 모두 덤벼도 쿠베라 하나를 감당할 수 없다는 것을 옥인승은 너무도 잘 알고 있었기에 의아하지 않을 수 없었다.

"후후, 그 통통한 자식을 말하는 모양이로군. 그놈은 꽁지가 빠지게 도망을 갔다. 주군의 일격을 맞고 부리나케 도망가는 꼴이라니."

"그 무슨 헛소리냐?"

옥인승은 헛소리라고 했지만, 내심 사실이라는 것을 느낄 수 있었다. 자신들의 후위에는 강력한 무력이 대기하고 있었다. 성겸의 말대로 그들을 패퇴시키지 않았다면 이곳에 올 수 없기 때문이었다.

"잔소리는 그만하고, 그만 목을 내놓으시지. 네놈들의 수하들도 이제 모두 바닥에 누운 것 같으니 말이야."

"으음……."

옥인승을 비롯한 혈수팔불들은 신음을 흘리지 않을 수 없었다. 성겸의 말대로 이제 밀승들은 얼마 남지 않았다. 이대로라면 일각도 되지 않아 모두 전멸을 면치 못할 것이 분명했다.

"그냥 죽지는 않을 것이다. 또한 우리의 복수는 마하 데바라자께서 해주실 것이다."

"지겹군."

번쩍!

핏!

옥인승이 눈을 부라리며 사령오아를 향해 노성을 토하자 차가운 음성과 함께 흰색의 빛이 허공을 수놓았다.

"컥!"

옥인승의 입에서 답답한 듯한 음성이 흘러나왔다. 그의 목에는 화사하게 빛나는 백색의 검이 꽂혀 있었다. 바로 백천의 천호백검이었다. 흰빛의 검신에 새겨진 혈조를 따라 선명하리만치 붉은 선혈이 흘러내렸다.

파파파팟!

옥인승의 목에 검이 꽂히는 것과 동시에 네 개의 무기가 동시에 날았다. 두 자루 쌍성혈겸을 비롯해 흑오도와 호아철권, 최혼명수가 각각 나머지 혈수팔불의 생명을 빼앗았다. 옥인승을 비롯한 혈수팔불의 눈에는 믿을 수 없다는 빛이 가득했다. 무림맹주와 손속을 나눈다 해도 자신이 있었다. 자신들의 실력이면 천 초는 겨루어야 함에도 손 한 번 제대로 쓰지 못하고 당했기 때문이다.

휘이익!

투투툭!

"주군의 내상이 심하니 나머지 놈들을 빠른 시간 내에 처리해야 한다."

팟!

혈수팔불을 모두 해치운 성겸은 무기를 회수하고 이내

밀승들을 처리하기 위해 자리를 박찼다.

파—파파팟!

네 사람도 성겸의 말을 듣고는 이내 땅을 박차며 밀승들을 향해 신형을 날렸다. 다섯 사람이 가세하자 밀승들을 처리하는 속도가 무척이나 빨라졌다. 일각이 채 되지 못해 장내에 서 있는 혈밀교의 밀승은 아무도 없었다.

밀승들이 모두 쓰러지자 삼단의 인물들은 모두들 경이로운 눈빛으로 복면인들을 바라보았다. 빠른 공수 전환과 강력한 무력으로 밀승들을 잠재운 실력도 실력이지만, 밀승들을 상대한 복면인들 중 죽은 자가 없기 때문이었다. 다만, 몇몇이 상처를 입어 피를 흘리고 있을 뿐이었다.

모든 것을 끝낸 듯 다섯 사람을 제외한 복면인들이 장내에서 빠져나가기 시작했다. 가공할 무위를 선보인 사령오아는 이내 쓰고 있던 복면을 벗었다. 이미 자신들을 알아보는 자들이 있다는 것을 알기에 정체를 감추어봤자 소용이 없기 때문이었다.

"수고하셨습니다."

어느 정도 내상을 치료한 것인지, 서린은 사령오아에게 다가가 고마움을 표시했다.

"아닙니다, 주군. 그런데 내상은 어떠십니까?"

"생각보다 그자의 무위가 높아 곤란을 겪기는 했지만, 이제 많이 나아졌습니다."

"이곳을 빨리 수습하고 떠나야겠습니다. 이들 말고는 무림맹을 저지하려는 세력은 없는 것 같으니 말입니다. 놈들이 다시 몰려오기 전에 말입니다."

"화산까지 이르는 길에 불온한 무리들은 없는 것 같습니다. 못다 한 이야기는 이곳을 정리한 후가 좋을 것 같습니다."

"그러는 것이 좋겠군요."

서린도 갑자기 사령오아를 만난 탓에 할 말이 많았지만, 보는 눈이 많아 성겸의 의견대로 하기로 했다.

"이분들이 바로 천잔도문의 기둥들이시군요, 천 공자."

사령오아와 대화를 나누고 있던 서린에게 문인혜의 목소리가 들려왔다. 조금 전과는 달리 그녀의 목소리에서 경계하는 빛을 읽을 수 있었다.

"그렇습니다. 본 문의 기둥들이시지요. 다행히 시기를 맞춰 당도했기에 망정이지, 그렇지 않았다면 큰일 날 뻔했습니다."

"그랬군요. 그런데 아까 총성이 들리던데, 누군가 더 있던 모양입니다."

"밀승들의 뒤편에 화승총을 지닌 자들이 대기 중이더군요. 해서 그들을 처리하느라 조금 늦었습니다. 그중 수뇌로 보이는 자의 무공이 놀랄 만치 강력한 것이라 말입니다."

서린은 문인혜가 자신이 내상을 입은 것을 알아보았기에

사실대로·말할 수밖에 없었다. 눈치가 빠른 그녀이기에 어설픈 속임수가 통하지 않을 것이기 때문이었다.

"공자를 곤란하게 할 정도의 고수가 있었다는 말입니까?"

문인혜가 보기에 서린의 무공 수위는 추측을 할 수 없을 정도였다. 그런데 서린을 곤란하게 할 만 한 자가 있었다는 말에 놀라지 않을 수 없었다.

"아마도 혈교의 최상층부나 배후에 있는 자 같았습니다. 그리고 놀라운 것은 화승총을 가지고 있는 자들 중에 명군에 속한 자들이 있었다는 것입니다."

서린은 자신이 상대했던 자들의 면모에 대해 상세히 이야기해 주었다. 군부가 개입한 이상, 문제의 심각성이 커지기 때문이었다.

"그 말이 정말입니까?"

문인혜는 이어지는 서린의 말에 놀라지 않을 수 없었다. 사천성에서 벌어지는 일에 군부가 어느 정도 개입되어 있다는 것은 느끼고 있었다. 그런데 이토록 직접적인 증거를 제시하는 서린의 말에 놀란 것이었다.

"아무래도 화산으로 가는 길을 서두르는 것이 좋겠습니다. 지체하다가는 또 어떤 일을 당할지 모르니 말입니다."

"으음, 일단은 그러는 것이 좋겠군요. 군부가 개입되어 있다면 문제가 심각하니, 이번 일에 대해 자세히 알아봐야 할 것 같군요."

문인혜는 서린의 말에 삼단의 단주들에게 지시를 내려 장내를 정리하도록 했다. 그리고 뒤편에서 대기하다 서린 일행에게 당한, 명의 군부에 속한 시신들을 따로 회수하도록 했다. 위장을 할 수도 있기에 용모파기를 그려 따로 알아보려 한 것이다.

사종독인들의 사체를 정리하는 것이 문제가 되기는 했지만, 장내를 정리하는 시간은 그리 걸리지 않았다. 사종독인들의 사체는 사령오아가 따로 정리한 덕분이었다. 한 시진에 걸쳐 장내를 정리한 문인혜는 무림맹 일원들을 빠르게 화산으로 향하도록 했다.

혈수팔불에 이어 군부까지 등장한 이상, 작금에 벌어지는 상황에 대해 자세히 분석할 필요성을 느낀 그녀였다. 그렇게 무림맹의 인물들은 하루가 걸리지 않아 화산파에 당도할 수 있었다. 상황의 심각성을 인식한 탓인지 화산으로 향하는 동안 무림맹의 인물들은 모두가 굳은 표정이었다.

*　　　*　　　*

화산으로 들어선 문인혜는 전서구를 띄웠다. 무림맹을 구성하는 거대 문파의 본산으로 전서구가 날았다. 바빠진 문인혜와 달리 서린은 한가했다. 화산에 도착한 후, 언제부터인가 서린을 따돌리는 것 같은 분위기가 형성되고 있었기 때문이다. 흑도 출신이라는 소문이 퍼지며, 동시에 종남파를 비롯해 새로 합류하기 시작한 거대 문파가 서린의 적극적인 움직임을 달가워하지 않았기 때문이다.

"주군, 무림맹의 분위기가 영 좋지 않습니다."

"어차피 예상하던 일이었다."

"하지만……."

"무림맹의 일에 신경을 쓸 시간이 없다. 그보다, 전에 그 일에 대해 확인이 끝났나?"

"놈들은 일부러 그녀에게 진수를 전하지 않은 것이 확실합니다. 주군께서 그녀를 만났을 때는 불완전한 상태여서 그것을 바로잡기 위해서였던 것도 확인을 했습니다."

"으음, 기르던 개가 주인을 물어버린 격이로군."

"이번에 주군을 초대한 것을 보면 음모가 있는 것이 분명합니다. 주군도 놈들에게는 껄끄럽기는 마찬가지이니 말입니다. 그리고……."

"말해봐라."

"아무래도 주군과 부딪친 자들은 실력을 숨기고 있던 것이 분명합니다."

"확인된 것이라도 있나?"

섣부른 판단은 크나큰 위험을 불러올 수 있다는 것을 알기에 서린이 물었다.

"주군과 상대했던 놈들의 수련장을 확인해 본 결과, 흔적이 완전히 달랐다고 합니다."

"역시, 꿍꿍이가 있었군."

"수천 년간 모시던 주인을 배신한 놈들입니다. 감추고 있는 것이 없다면 섣불리 움직일 자들이 아닙니다."

"어차피 예상한 일이었으니까 상관은 없다. 그녀도 이런 사실을 모두 알고 있을 테니 말이다."

전언과 함께 물건 하나를 보내왔다. 표면적으로는 약속을 하는 주체의 신분을 증명하는 것이지만, 실제로는 자신과의 교감을 위해 보내온 것이었다. 영혼의 교류가 가능한 상대이기에 많은 대화를 나눴고, 지금까지는 그것이 사실인지를 확인하는 절차에 불과했다.

"주군께서는 그녀의 제안을 승낙하실 생각이시군요."

"어차피 해야 할 일이다. 이대로 놔둔다면 어떻게 해볼 틈도 없이 천하가 혈난에 휩싸이니까. 천하인들이 예상하는 것보다 훨씬 더 큰 혈난에 말이다."

"으음, 천하쟁패가 시작되는 것이군요. 알겠습니다. 그럼 준비를 하도록 하겠습니다."

"준비가 끝나면 무림맹의 일에 전력을 다하도록. 비록 문인 군사가 천하에 다시없을 재녀이기는 하지만, 능구렁이들 틈바구니에서 마음껏 움직이기는 힘들 테니까 말이야."

"알겠습니다. 염려하지 마십시오. 그럼 저는 이만."

저량이 대화를 끝내고 전각을 나섰다. 서린이 손님으로 머물고 있는 곳이었다.

"이제 그만 모습을 드러내도 된다."

저량이 나가고서 얼마 뒤, 서린이 입을 열었다.

스스스스······.

말이 끝나기 무섭게 누군가가 전각 안에 나타났다. 검은색 일색의 복장에 복면을 하고 있었는데, 저량의 이목을 속일 정도로 뛰어난 자였다.

"아무리 봐도 이곳에 있어서는 안 될 자인 것 같은데, 무슨 일이지?"

품고 있는 기운으로 정체를 파악할 수 있었다. 나타난 자의 정체를 알게 된다면 무리맹의 인사들이 벌 떼같이 달려들 만한 신분을 지닌 자였다.

"위험한 곳이기는 하지만 반드시 와야 했기에 어쩔 수가 없었소."

지금부터는 모든 것이 확실한 것이 좋았다. 어째서 위험을 무릅쓰고 와야 했는지 어느 정도 사정을 알 수 있었지만, 이유를 묻지 않을 수 없었다.

"그래, 와야 할 이유가 뭐지?"

"내 사제들이 당신 때문에 변했기 때문이오."

"나 때문에 사제들이 변했다고?"

"그렇소. 사제들을 어떻게 한 것이오?"

"그것이 중요한 일인가?"

"그렇소. 천하가 혈해에 잠기는 것과 일천의 목숨이 당신의 답변에 달렸소."

심각하기 그지없는 말이었다. 말하는 투로 보아 거짓은 아닌 것 같았다.

"그들은 내 기운에 잠식되었을 뿐이다. 알아내야 할 것들이 많아서 말이야."

"정말 당신이 가지고 있는 기운으로 그렇게 한 것이오?"

복면인이 반문했다.

"그렇다."

"으음……."

"영 믿지 못하는 모양이군."

"어찌 믿을 수 있겠소? 그들은 천하에 다시없을 고수들이오. 그런데 고작 기운만으로 그렇게 만들었다는 것이 말이 되는 소리요?"

"말꼬리를 빙빙 돌리는군. 그래, 원하는 것이 뭔가?"

"확인을 하고 싶소. 그들을 그렇게 만든 기운을 말이오."

"솔직하군. 그렇다면 알려줘야겠지. 오랜 세월 동안 기다려 왔을 테니 말이야."

서린의 말에 복면인이 몸을 떨었다. 자신이 생각한 것보다 서린이 많은 것을 알고 있어서였다.

"우리와 얽혀 있는 비사를 알고 있는 것이오?"

"얼마 전에 누군가 그대들에 대해서 알려주더군. 그리고 그대들을 그렇게 만든 자들에 대해서도 말이야."

"으음……."

자신들이 감추어진 신분을 알고 있는 이가 있다는 사실은 생각도 해본 적이 없었다. 복면인은 묻고 싶었다.

"누가 당신에게……."

"너희들에게는 해가 되지 않는 사람이니 묻지 말도록. 나 또한 확인을 해야 하니 말이야. 당신이 진짜 그들인지."

"알았소."

복면인은 자신이 품고 있는 기운을 발산했다. 누구에게도 보여주지 않은 기세가 복면인의 몸에서 흘러나왔다.

"확실하군."

"이제는 그대 차례요."

"그런가. 잘 봐두도록."

서린은 거절하지 않았다. 대답과 동시에 기운 하나를 끌어 올렸다.

"으음……."

퍽!

신음과 함께 복면인이 서린 앞에 오체투지를 했다.

"일단 귀하에게 인사를 올리오. 그러나 아직 확인된 것은 아니니 주인으로는 섬길 수 없소."

"그렇겠지."

"이해해 줘 고맙소."

"그럴 수밖에 없는 사정이라는 것을 아니 이번 한 번만 이다. 확인이 끝난 후에도 딴마음을 품는다면 죽음이 무엇 이라는 것을 확실하게 알게 될 것이다."

부르르르!

오체투지한 복면인이 몸을 떨었다.

"지금부터 내 말을 잘 들어라. 이는 너희들에게도 중요 한 일이니 반드시 내가 시키는 대로 해야 할 것이다."

"무슨 말이오?"

―그러니까……

서린은 복면인에게 전음을 보내기 시작했다. 의식에 바 로 전달되는 심어였다. 서린의 심어가 계속될수록 오체투지 한 복면인의 눈에는 경악이 스쳤다. 어마어마한 비밀이 서 린의 입에서 흘러나왔기 때문이다.

"우리가 그렇게 해야 될 이유라도 있소?"

심어가 끝나자 복면인이 물었다.

"있다. 너희는 반드시 내 말을 따라야 할 것이다. 그곳 에서 너희들에게 걸려 있는 금제를 풀어줄 생각이니 말이 다."

"알겠소. 그곳에서 뵙겠소."

"날짜는 정확히 지켜야 할 것이다. 소문이 들린 후, 반 드시 움직여야 한다."

"그렇게 하도록 하겠소."

"이만 가봐라. 이제는 자야 할 시간이니."

"그럼."

스스스스……

복면인의 신형이 안개가 꺼지듯 전각에서 사라졌다.

'이제 시작이로군. 비록 일을 꾸미기는 했지만, 성사 여부는 하늘에 달려 있다.'

남아 있는 서린의 눈동자에는 고심이 빛이 역력했다.

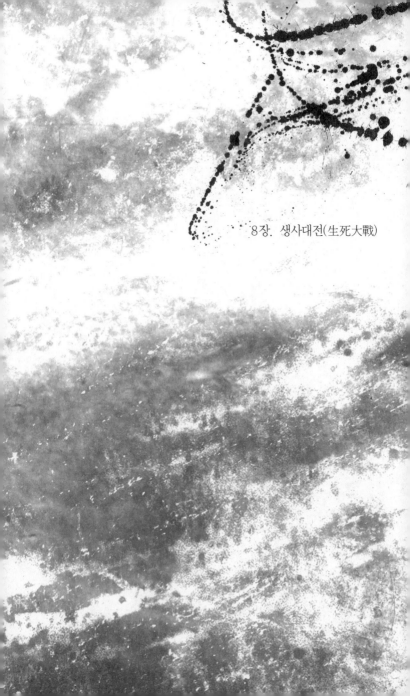

8장. 생사대전(生死大戰)

중원은 급격하게 움직였다. 무림과 상계, 관계가 들썩이는 것이다. 혈교의 음모가 만천하에 공개된 탓이었다. 혈교의 존재가 천하에 밝혀진 것은 무림맹의 선전포고 때문이다. 지난 이십여 년간 혈교가 무림 문파들에 뿌린 음모의 실체를 밝힌 무림맹은 간자들의 척결을 완료하였음을 세상에 알린 후, 결코 가만히 있지 않을 것임을 천명했다.

　무림맹이 이런 발표를 한 연유는 위기의식이 퍼졌기 때문이다. 무림을 말살하려 한 음모에는 상계와 관계가 뿌리 깊게 얽혀 있었고, 그 근원을 찾기 어렵다는 점에서 위협을 느낀 무림맹의 장로들은 세상에 알림으로써 시간을 벌고자 했던 것이다.

무림맹의 의도는 성공적이었다. 은거기인들이 속속 무림맹을 찾았고, 구대문파를 비롯한 십대세가가 무림맹에 전격적으로 합류를 했다. 중원에 심상치 않은 위기가 다가옴을 느낀 중소 문파들도 속속 합류하기 시작했다.

무림맹의 조치는 그것뿐만이 아니었다. 무림맹의 근거지를 전격적으로 화산으로 옮겨 버린 것이다. 혈교의 배후에 서장 세력이 있다는 문인혜의 정보에 따라 무림맹에 모인 이들은 만장일치로 결의를 했다. 단순히 혈교의 음모를 분쇄하고 징치하는 것을 넘어 서장과 중원과의 전쟁 양상으로 강호의 정세가 흘러가고 있었다.

무림맹의 움직임은 화산에 돌아온 문인혜의 계획에 따라 진행되었다. 강호의 힘들이 모이고, 무림맹이 화산으로 이전을 하기까지 걸린 시간은 채 여섯 달이 되지 않았다. 그만큼 전격적이면서도 빠른 조치였다. 무림맹이 움직이는 과정에서 서린도 계획의 일정 부분을 담당하기는 했지만, 직접 참여할 수는 없었다. 사전에 논의를 가진 구대문파의 장문인들과 십대세가의 가주들이 천잔도문을 견제하면서 그저 도움을 주는 수준에 그칠 수밖에 없었다.

직접 움직이지는 않았지만, 문인혜에게는 큰 도움이 되는 일이었다. 무림맹의 인사들도 모르게 저량이 움직이며 하오문을 통해 강호의 여론을 이끌어내는 역할을 담당한 탓에 문인혜는 계획을 보다 쉽게 진행할 수 있었다.

무림맹의 정세가 변하자 강호도 빠르게 변화를 시작했다. 화산과 종남을 중심으로 한 세력들이 중원 서쪽에 기반을 넓히기 시작했고, 무림맹이 배후에서 지원을 하게 되자 모든 것이 변했다. 상계와 관계 쪽의 사람들 중 이들과 연관된 자들이 힘을 얻기 시작했고, 세력을 빠르게 넓혀 나갔다.

　혈교나 군부와 연관을 가지고 음모를 지원했던 이들이 이탈하기 시작했다. 각자의 이해에 따라 빠르게 이합집산을 거듭하며 무림맹과 연결 고리를 가지려고 애를 썼다.

　특히나 상계의 움직임은 무척이나 빨랐다. 천하 상계가 발 빠르게 무림맹의 지원을 약속했다. 이 모든 것은 혈교와 직접 연관을 가진 대령상회에 대한 무림맹의 응징 때문이었다. 하오문을 통해 중원에서 생산되는 물자를 서장에 비밀리에 팔아넘기던 대령상회의 실체가 백일하에 드러났다. 무림맹에서는 대령상회와 연관된 세력에 대해 풀뿌리 하나 남기지 않고 처절한 응징을 내려 상계의 움직임을 가속화시켰다.

　군부도 발 빠르게 움직였다. 서장의 움직임이 심상치 않다는 장계에 황실이 움직였고, 중원 서쪽에 위치한 군부의 수장들이 급하게 교체되었다. 황실에서 보낸 군부의 수장들이 임지로 부임하자 전임자들이 일제히 모습을 감추어 버린 것이 강호에 회자되기는 했지만, 이상하게 생각하는 이들은 거의 없었다. 권력이라는 것이 끈이 떨어지면 급전직하 나락으로 떨어지는 법이라 전임자들이 목숨을 구걸하기 위해 모습을 감춘 것이라 생각했기 때문이다.

세상은 이제 무림맹을 중심으로 돌아가기 시작했다. 혈교의 음모로 인해 천하혈난이 머지않았다는 인식을 강호 동도들이 같이하고 있기 때문이었다. 상계의 전폭적인 지원과 군부의 암묵적인 지지 아래 무림맹은 그 어느 때보다 활기가 넘쳤다. 혈교로 인한 피해를 하나둘 복구해 가며 응징을 가할 준비를 차곡차곡 진행해 나갔다.

워낙 많은 문파들이 모여든 탓에 원활한 조직을 만드는 것이 쉽지 않았지만, 군사로 임명된 문인혜가 있어 무림맹은 본격적으로 모습을 갖추어갔다. 구대문파의 장문인들과 십대세가의 가주들이 무림맹 산하 각 조직의 수장으로 임명되었고, 이들을 중심으로 하는 의결 조직이 만들어져 모든 계획을 주관했다.

중소 문파들의 볼멘소리가 들려오기는 했지만, 저력을 가진 문파들이 발 벗고 나서서 움직이는 탓에 금방 잦아들었다. 서장과의 전쟁이 끝나고 나면 어차피 대문파들의 이해관계에 따라 자신들의 처지가 정해지는 것을 아는 터라 큰 목소리를 낼 수 없기 때문이었다.

무림맹에서 제일 바쁜 사람은 문인혜였다. 군사로 임명된 후에 서장과 관련에 수집된 정보를 분석하는 한편, 비대해진 무림맹의 조직과 명령 체계를 정비하느라 바쁘게 하루를 보내고 있었다.

오늘도 업무를 마친 문인혜는 언제나 그랬듯이 밤이 늦은 시각, 서린이 머물고 있는 호아각으로 가기 위해 집무실을 나섰다. 혈교의 배후에 있는 세력을 상대하기 위해서는 무엇보다 정보가 필요했고, 당금 중원에서 가정 정확하고 빠르게 정보를 수집할 수 있는 하오문을 장악하고 있는 이가 바로 서린이기 때문이었다.

새로 마련된 무림맹의 후원에 위치한 호아각으로 가기위해 정원을 가로지르던 문인혜가 빙그레 웃음을 지었다.

"만날 써 대는데, 글씨가 그게 뭐냐?"

"아무리 해도 잘 안 되는 것을 어떻게 합니까?"

오늘도 어제와 똑같은 대화가 호아각에서 흘러나오고 있었다. 매번 찾아올 때마다 듣는 대화였다.

'세상의 정보에 그렇게 밝은 사람이 글씨는 완전히 지렁이가 기어가는 모습이라니…….'

꾸중을 듣는 사람은 저량이었다. 하오문의 수장이자 머릿속에 천하를 품고 있다는 그가 글씨는 괴발개발이니, 절로 웃음이 나왔다.

"서체를 완성하는 데 힘써라. 내가 알려준 것에서 한 치의 흐트러짐도 없어야 한다."

"예, 주군."

엄한 목소리와 대답이 이어진 후, 침묵에 잠겨 있는 전각을 보며 문인혜는 잠시 틈을 두었다.

"들어가도 되겠습니까?"

일 다향이 지난 뒤, 문인혜는 자신이 왔음을 알렸다.

드르륵.

"어서 오십시오. 주군께서 기다리고 계십니다."

저량이 냉큼 밖으로 나와 인사를 했다.

"오늘도 고생이 많네요."

"고생이랄 것까지도 없습니다. 다 제가 못나서 그런 것이지요. 하하하, 오늘도 군사님 덕분에 살았습니다. 어서 들어가십시오."

"전, 그럼."

문인혜는 저량의 양해를 구하고 전각 안으로 들어갔다.

"오늘도 한결같군요."

붓을 잡은 채 글을 쓰고 있는 서린을 보며 문인혜가 말했다.

"뭐, 할 일도 없다 보니……."

무림맹 수뇌부에 의해 따돌림을 받고 있는 상황이라 서린의 말대로 크게 할 일은 없었다. 당가가 세를 잃어버리기 전이라면 그나마 나을 텐데, 그러지 못했다. 멸문에 가까운 타격을 입고난 후 무림에서의 영향력이 줄어들어 서린을 도울 수 없는 처지였다. 더군다나 당가를 뺀 십대세가의 가주들이 주동이 되어 경원시하는 중이었다.

당가가 살아남은 것도 그렇고, 서부무림에서 혈교의 잔재를 청산하는 데 많은 도움을 준 것이 서린임을 잘 알고 있는 문인혜로서는 미안한 마음이 들었다.

"죄송해요. 힘을 합쳐도 모자란 마당에……."

"어차피 예상했던 일이 아닙니까?"

"그렇기는 하지만……."

"저는 아무렇지 않으니 괘념치 마세요."

흑도에 속한 자라는 이유로, 그리고 사사묵련에 속했다는 이유로 조직적으로 따돌림을 당하고 있지만, 서린은 진짜로 상관하지 않았다. 지금은 무림에 신경을 쓸 여유가 없기 때문이었다.

"하하하, 잡아먹지 않으니 자리에 앉으시오."

아직도 서 있는 문인혜를 향해 서린이 한마디 했다.

"그럼."

"자, 그럼 오늘은 무엇 때문에 오신 것이오?"

서린은 지필묵을 치우며 문인혜를 바라보았다.

"조직 개편은 모두 끝났고, 공자께서 전해 준 정보는 확인 작업과 분석이 모두 끝났어요."

"생각보다는 빨리 끝내신 것 같소."

"모두가 공자 덕분이에요. 전해 주시는 소식이 없었다면 불가능한 일이었어요."

"그래, 얼마나 파악을 하신 것이오?"

"공자님 말씀대로 두르가라는 존재는 이번 전쟁에 참여하지 않은 모양이에요."

"그럴 것이오. 아직은 시기상조이니까."

"하지만 불행한 예측도 틀리지 않았어요. 두르가가 빠졌지만, 서장에 있는 모든 나라의 무림인들이 전쟁에 참여할 것이라는 것이 군사부의 판단이에요."

"상계와 관계가 힘을 보탠다고는 하지만, 힘들어질 것 같소."

"그럴 것이오. 놈들이 중원으로 넘어오기로 약정된 날짜는 올 해 동짓날로 정해진 것 같아요. 공자님의 예측대로 일정한 실력이상의 자들만 공격에 가담을 할 것 같고요."

"이미 준비가 되어 있지 않소?"

"그렇기는 하지만, 선봉에 서려고 하는 이들이 많아서 정말 걱정이에요."

"그게 무슨 소리요?"

"공자님 말씀대로 향후를 노리는 것이겠죠."

거대한 힘이 모였다. 맹 내에는 이미 이긴 것이라 생각하는 분위기가 팽배했다. 전쟁에서 이긴 후 논공행상에 밀리지 않으려는 움직임이 문파마다 있는 상황이었다.

"무림맹이 생긴 진정한 목적을 알지 못하니 그럴 수밖에 없을 겁니다. 그냥 흘러가는 대로 놓아두시오. 어차피 정세에 영향을 미치기는 힘이 들 테니 말이오."

"저도 그렇게 하려고 애를 쓰고는 있지만……."

안타까움이 담긴 눈빛이다. 무림맹을 한순간에 쓸어버릴 수 있는 거대한 힘들이 배후에 있음을 알지 못하고 있는 상황. 자신들의 행동이 그저 철없는 철부지의 몸짓에 지나지 않는다는 사실을 모르고 있는 것이다. 몇몇이 알고 있기는 하지만, 사실대로 밝힐 수 없는 상황이었다.

'그런 자들이 존재한다는 것을 알게 된다면, 공자님을 이리 대하지 못할 터인데.'

문인혜는 혈수팔불과 조우한 후, 서린의 수하로 보이는 이들에게 도움 받은 상황을 기억해 냈다. 막강했던 자들을 한순간에 없애 버린 세력을 가지고 있음에도 신중하게 행동하는 서린이었다. 그런 모습이 의아한 터라 연유를 물었고, 세상의 이면에 감춰진 비밀을 들을 수 있었다.

'그때는 너무 놀랐지. 전설이 사실이었을 줄이야.'

전설로만 전해져 내려오는 이야기이고, 당금 무림의 최고 수뇌부들도 아는 이가 얼마 없는 존재들에 대한 설명이었다. 사방천맥과 대륙천안 사이에 벌어진, 수천 년에 걸친 전쟁과 당금 벌어지고 있는 혈풍이 그로부터 비롯되었다는 사실은 문인혜를 경악하게 만들었다.

믿지 못하는 자신에게 보여준 단 한 수!

서린의 손길을 따라 날아간 조그마한 팽이 같은 것이 삼백 장이 넘는 거리에 남긴 거대한 흔적이 그 말을 모두 진실로 만들어주었다.

'분명 이기어물의 경지였어. 그런데 사방천맥과 대륙천안의 수뇌부가 가지고 있는 힘에 비하면 그 정도는 정말 아무것도 아니라고 했지.'

전설처럼 전해져 내려오는 경지를 보여주면서 아무것도 아니라는 말은 혼란을 가져왔다. 기를 의지만으로 다루는 경지에 이른 자들이 셀 수도 없이 많다는 것은 도저히 믿지 못할 이야기였기 때문이다.

'하지만 지금은 믿게 되었지. 천외천의 존재들이 드리운 그림자가 천하를 뒤덮고 있다는 사실을……'

지저 깊숙이 감추어졌던 비밀들이 하나둘씩 보고되고 있었다. 모두가 저량이 전해 준 정보들이었다. 신화나 전설의 존재들이 지금도 암중에서 천하를 지배하고 있다는 사실들이 확인되었기에 믿지 않을 수 없었다.

"고심이 많은 것 같소?"

말없이 생각에 잠겨 있는 문인혜를 바라보며 서린이 물었다.

"요즘은 잠을 편히 잘 수가 없어요."

"그냥 마음 편히 가져야 될 것이오. 그들은 금약에 의해 세상에 직접적으로 나설 수가 없는 상황이니까 말이오."

"그렇다고는 해도 그들의 그림자가 드리워진 곳들이 세

상을 두고 다투고 있어요. 많은 피가 흐르게 될 텐데, 걱정이 되지 않을 수가 있나요?"

"서장은 금방 정리가 될 것이오. 신왕 두르가와 그의 날개들은 함부로 움직이지 못할 테니까 말이오."

"하지만 혈교가 남아 있잖아요. 그리고 사사밀교도요. 대부분의 나라가 전쟁에 참여할 테고요. 휴우~!"

"한숨은 그만 쉬시오. 얼굴이 반쪽이 될 것 같으니, 말을 해드려야 할 것 같소."

"뭔가요?"

중요한 이야기일 것 같아 문인혜가 물었다.

"쿠베라가 대령상회에서 손을 뗐소. 덕분에 대령상회를 세상에서 지울 수 있었소. 대령상회에 쿠베라가 있었다면 절대로 있을 수 없는 일이었소."

"무슨 말이죠?"

"쿠베라가 대령상회에 없었다는 것은 신왕이 우리에게 신호를 보낸 것이오."

"그게 신호라고 한다면… 이번 일은 무림으로 한정하자는 뜻인 건가요?"

"그렇소. 황실에서 무슨 생각을 가지고 있는지는 모르지만, 군사적 충돌까지는 가지 않을 것이오."

"하지만 간자들의 보고로는 서정에 있는 각 왕국마다 심상치 않은 움직임을 보이고 있어요."

"신왕이 혈교의 일에서 손을 뗐다면 사사밀교도 마찬가지일 것이오. 제정일치 사회인지라 신왕이 결정했다면 사사밀교 또한 따라야 하니까 말이오. 사사밀교가 손을 뗀다면 왕국들도 마찬가지로 움직이지 않을 것이오."

"그러면 혈교만 상대하면 된다는 건가요?"

"그렇소. 무림맹과 황실의 힘이라면 혈교 정도는 충분히 상대할 수 있을 것이오."

"말씀하신 것이 사실이라면 충분히 가능하기는 해요."

"달포 정도면 내가 말한 것이 사실이라는 것을 알 수 있을 것이오. 하지만 혈교의 전력이 확실히 파악되지 않고 있으니 충분한 대비는 해야 할 것이오."

"알았어요."

서린의 말에서 뭔가 더 감춰진 이야기가 있다는 느낌을 받았지만, 문인혜는 더 이상 묻지 않았다. 사방천맥과 대륙천안 사이에 벌어지는 일일 것이 확실하기 때문이었다.

"밤이 많이 늦었소. 이만 돌아가서 잠을 자는 것이 좋을 것 같소."

"그렇게 할게요."

야심한 시각에 남녀가 한방에 있는 상황이다. 서린을 경원시하는 무림맹 인사들 사이에서 무슨 소리가 나올지 모르기에 문인혜는 서둘러 전각을 나섰다. 바깥에는 저량이 경계를 서고 있었다.

"고생하시네요."

"아닙니다. 말씀은 다 나누셨습니까?"

"예. 걱정을 많이 덜고 가네요."

"하하하, 다행입니다. 많이 피곤해 보이시는데, 어서 돌아가셔서 푹 쉬도록 하십시오."

"알겠어요. 그리고 고마워요."

"별말씀을."

쉬기를 권유 받았지만, 그럴 수가 없었다. 서린의 말이 사실이라면 판을 새로 짜야 하기 때문이었다. 저량에게 가볍게 인사를 한 문인혜는 곧장 자신의 집무실로 향했다.

"전부 알려주신 겁니까?"

문인혜를 배웅한 저량이 전각 안으로 들어오며 물었다.

"전부는 아니고, 상황만 설명을 해줬지."

"앞으로 어떻게 하실 겁니까?"

"약속을 지켜야겠지."

"그곳으로 가실 생각이시군요."

"가지 않으면 더 많은 피가 흐를 테니까."

"무림맹의 인사들이 주군의 이런 희생을 알까 모르겠습니다."

"우물 안 개구리들에게는 기대도 하지 않고 있으니, 너무 마음 쓰지 마라."

"알겠습니다. 그럼 언제 가실 생각이십니까?"

"이제 문인 군사에게 언질을 주었으니, 당장 출발하는 것이 좋을 것 같다."

"준비를 하도록 하겠습니다."

저량은 곧바로 전각을 나선 후 떠날 준비를 했다. 먼 길을 가야 하기에 건량을 비롯해 여러 가지를 챙겼다. 한 시진이 흐른 후에 준비가 끝나자 두 사람은 무림맹에서 자취를 감췄다.

두 사람이 사라진 사실이 문인혜에게 전해진 것은 다음 날이었다. 북경으로 돌아간다는 서신이 서린이 머물던 전각에서 시비에 의해 발견되었던 것이다.

* * *

두툼한 하얀 천을 온몸에 두른 두 사람이 눈으로 덮인 산기슭을 오르고 있었다. 무림맹을 떠나 약속된 장소로 가고 있는 서린과 저량이었다. 두 사람이 오르고 있는 곳은 세상에서 제일 높다는 천산고원의 산 중 하나였다.

"후우, 꽤 춥군요. 숨 쉬기도 쉽지가 않습니다."

"눈보라까지 날리기 시작하면 더 어려워지니 얼른 가자."

지난 사흘간 내린 눈으로 인해 시간을 상당히 지체한 터였다. 다시 눈이 내리기라도 하면 얼마나 더 지체할지 알 수 없는 상황이라 두 사람은 서둘러 발걸음을 옮겼다.

"그런데 주군, 그자를 믿을 수 있겠습니까?"

혈수팔불을 제거하고 돌아오는 길에 누군가 주군을 찾아왔다. 자신조차 감당할 수 없을 만큼 강한 기세를 안으로 갈무리한 그는 주군과 오랜 시간 동안 대화를 나눴다. 그가 속한 집단과 오랜 세월 가려졌던 비밀을 옆에서 듣는 동안 얼마나 놀랐는지 몰랐다. 무림맹에서 강호의 힘을 결집시킨 일들과 지금 가고 있는 곳에서의 결전 또한 그와의 대화에서 비롯된 주군의 결단이었다.

"믿을 수 있으니 걱정하지 마라."

"그렇지만 너무 황당한 일이라서……. 그자의 말이 사실이라면 세상은 사사밀교에 의해 속고 있었다는 것이 아닙니까? 세상 사람들이 바보도 아니고."

"그것은 그들이 스스로를 감추고 오명을 뒤집어쓰기를 주저하지 않았기 때문이다. 그렇지 않았다면 역사가 달라졌겠지."

"그래도 대단한 자들입니다. 어떻게 그렇게 오랜 시간을……."

주군이 믿음을 준 자들이었다. 더 이상 논할 바가 아니었다.

"그나저나 대단한 장관이군."

산등성이를 타고 오르자 커다란 협곡이 나타났다. 두 개의 산봉우리가 겹쳐지는 곳에 위치한 협곡은 온통 눈과 얼음으로 덮여 있었는데, 어찌나 깊은지 속이 보이지 않았다.

"다 온 것 같습니다, 주군."

"들어가지."

"조심하십시오."

두 사람은 천천히 걸음을 옮겨 협곡 안으로 들어갔다. 빙벽으로 둘러싸인 협곡은 매우 깊으면서 은밀했다.

'아무나 들어설 수 없는 미로다. 잘못해서 길을 잃는다면 동사하겠구나.'

햇빛과 빙벽이 만들어낸 자연적인 환상이 미로를 만들어내고, 산더미 같은 얼음들이 시야를 혼란시켰다. 어느 곳이 길이고, 어느 곳이 빙벽인지 알 수 없을 정도로 혼란스러웠다. 사방이 온통 하얀색이라 길을 찾기 어려운 상황이지만, 두 사람은 아무렇지 않은 듯 발걸음을 옮겼다.

길을 찾는 이는 서린이었다. 눈으로 보고 찾는 것이 아니라 느껴지는 기운을 따라 발걸음을 옮기는 중이었다.

'분명히 사람이 손길이 닿은 곳인데 그런 흔적이 하나도 없다니 대단하다. 자연을 다룰 줄 아는 존재가 저 안에 있다. 어쩌면 힘들지도 모르겠구나.'

혈수팔불을 처리하며 화산에 도착하고 난 얼마 뒤에 두르가의 전언을 가지고 인드라가 비밀리에 찾아왔다. 혈교에서 손을 떼는 대신에 자신과의 대결을 요청하는 전언이었다. 혈교에서 사사밀교와 신왕이 손을 뗀다면 강호에 흐르게 될 피가 현저히 줄어들 것이기에 승낙을 했다.

'사방천맥에 속한 자들은 금약에 의해 상대의 도전을 회피할 수가 없다는 것도 이곳으로 오게 된 이유였지.'

사방천맥에 속한 십왕에게는 숙명과 같은 것이 금약이었다. 어느 누구도 금제를 강제하는 이는 없지만, 하늘의 천인이라 칭해지는 그들의 고고한 자존심이 그것을 지키게 하고 있었다. 언약이라는 것이 일정한 경지를 넘어 인과율을 느낄 수 있는 이들에게는 물리적인 금제보다 더한 것도 약속을 지키는 이유 중 하나였다.

같은 천맥에 속한 이들에게는 더 많은 금제가 가해져 있는 것이 금약이다. 서로가 존재를 인식되게 되면 고하를 가려야 하고, 진 쪽은 이긴 쪽의 수하로 들어가야 한다는 것이 천명으로 약속되어 있었다. 천맥의 주인인 종주가 탄생하여야만 천하를 가지기 위한 쟁투를 할 수 있기 때문이었다.

서린은 사왕의 맥을 이었다. 두르가는 신왕의 맥을 이은 존재였다. 인드라를 통해 사왕의 존재가 신왕에게 알려졌고, 신왕혈맥의 주인을 가리기 위해 신왕은 도전을 택했다. 인드라를 통한 두르가의 전언은 바로 도전이었고, 약속된 장소를 찾아 이렇게 온 것이었다.

협곡의 안쪽에는 커다란 광장이 존재했다. 투명한 푸른

색 얼음으로 이루어진 광장에는 누대가 있었다. 커다란 얼음덩어리를 통짜로 잘라 만들어진 누대 위에는 가녀리게 보이는 여인이 서 있었다.

"두르가……."

누대 위에 있는 여인, 자신이 구해주었던 두르가를 보는 순간 서린은 떨림을 느꼈다.

"어서 올라오세요."

"알았소."

서린은 천천히 발걸음을 옮겨 누대 위로 올라갔다. 누대 반대편 아래에는 십신장이 나란히 서서 위를 바라보고 있었다.

―오랜만이에요.

―괜찮은 것이오?

―덕분에요.

―오늘 신왕혈맥의 주인을 가리는 것이오?

―그러고 싶지는 않지만, 그래야 할 것 같아요.

염원을 안고 탄생한 이가 신왕이다. 그녀가 혼자만의 생각으로 모든 것을 결정할 위치가 아니라는 것을 알기에 서린은 담담히 받아들였다. 김천후로부터 사사한 사사밀혼심법의 주인이기에 그의 염원을 풀어야 하는 사명도 있었다.

―시작하는 것이 좋겠소.

―그래요.

전음으로 합의를 끝낸 두 사람의 신형이 서서히 누대 위에서 떠오르기 시작했다. 능공(能空)의 신위에 두르가의 날개들과 저량의 눈이 빛나기 시작했다.

'어쩌면 이 싸움, 질지도 모르겠구나.'

화산으로 돌아와 두르가의 전언을 받은 후, 대결을 예상했다. 비록 음모가 들통났지만 대부분의 전력이 이미 숨은 뒤였고, 밝혀진 것도 얼마 없기에 유리한 상황에 있던 것이 혈교였다. 그런 혈교를 암중에 지배하는 사사밀교의 지배자가 불리함을 감수하고 혈교라는 꼬리를 끊은 것은 모두 자신 때문이라는 것을 알기에 그동안 극한의 수련을 해왔다.

남들이 보기에는 그저 서예에 빠진 것으로 보였겠지만, 서린은 그동안 사사밀혼심법을 수련해 왔다. 사밀혼과 사접혼, 그리고 전이혼에 이어 네 번째 단계인 사방투를 완성하고, 다섯 번째 단계인 팔령야를 완성했다. 마지막 단계인 십밀황의 초입에 들었을 때, 약속한 시기가 되어 무림맹을 떠나야 했다. 약속 장소로 오는 동안에도 끊임없이 참오하고 궁구해 왔지만, 마음이 미치는 곳에 의지를 두기는 요원한 경지였다.

심검의 단계로 접어드는 십밀황을 완성하지 못한 상태에서 본 두르가는 여려 보이지만 무서운 존재였다. 이미 날개들이 가진 진전을 모두 잇고 자신만의 것으로 만든 것처럼 보였다. 초능과 무학이 합쳐져 만들어진 신의 힘들을 모두

자신의 것으로 소화한 것이 틀림없어 보였기에 자신감이 확
줄어들었다.

'어차피 사사밀혼심법으로는 두르가를 이기지 못한다.
지금까지 신왕의 뒤에 사왕이 있어야 했던 이유는 무학의
상성 때문이었으니까.'

신왕혈맥의 무학은 근원이 같은 동류였다. 너무 강하기
에 열 가지로 쪼개져 전해 올 수밖에 없는 신왕의 무학이
고, 사왕의 무학은 음험하고 신비로워 암중으로 일인에게만
전해져 왔다. 광휘로운 신왕을 보호하는 역할을 하는 것이
원래 사왕의 몫이었다. 두 갈래로 갈라서게 된 것은 열 가
지 신학으로 대변되는 신왕의 무학을 완성한 이가 초대 신
왕 말고는 지금까지 아무도 없었기 때문이다.

초대 신왕과 사왕의 유지가 이어질 때는 괜찮았지만, 시
간이 흐르면서 달라지기 시작했다. 후대를 이어갈수록 신왕
들은 십대신학 중 다섯 가지조차 익히지 못했다. 그에 반해
사왕의 신학은 계속해서 일인전승으로 이어졌다. 사왕의 진
전이 계속 발전하고 깊어진 반면, 신왕의 후계들이 쇠퇴하
자 사사밀교에 변고의 조짐이 보이기 시작했다.

십대신학을 모두 익히지 않는다면 신왕은 절대로 사왕의
상대가 될 수 없었다. 교도들은 약해진 신왕 대신 사왕을
교의 지배자로 옹립하려 하였고, 이는 교내에 반목을 불러
왔다. 절대자인 사왕과 날개들의 반목이었다. 애초부터 권

력에는 관심이 없던 사왕이지만, 두르가의 날개들이 사왕을 견제하기 시작했던 것이다.

초대 사왕은 신왕에게 반 초식 차이로 패한 절대자였다. 그의 후계들도 사왕의 진전을 모두 이은 것은 물론이고, 발전까지 시킨 이들이었다. 두르가의 날개들이 옭아매고자 하는 뜻을 모를 리 없었다. 시간이 흐를수록 견제가 심해지자 사왕은 사사밀교를 떠났다. 초대 이후 사왕의 맥이 아홉 번 전승되었을 때다.

십 대 사왕은 모든 것을 남기고 빈 몸으로 떠나며 단 한 마디만 남겼다. 십대신학을 모두 익힌 신왕이 탄생하면 돌아올 것이고, 그때는 신왕과 사왕 중 진정한 강자가 누구인지 가늠하게 될 것이라는 말이었다.

그 말은 사사밀교에서 전승되어 내려왔고, 진정한 두르가가 탄생한다면 천하를 다투기 전에 반드시 해결해야 할 과제임을 인식하고 있었다. 마침내 두르가가 탄생하였고, 십대신학을 모두 완성한 순간에 사왕의 존재가 알려졌다. 지금까지 진행해 왔던 모든 일에 우선하기에 손해를 보면서도 오늘의 자리를 마련했던 것이다. 십대신학을 완성하고 합일을 이룬 상태에서 마지막 오점을 지우고자 하는 염원이었다.

스스스!

누대 위에서 날아오른 두 사람이 내려선 곳은 협곡 위에 있는 빙판이었다. 사방이 삼천 장에 달하는 거대한 빙판은 수만 년을 쌓이고 쌓인 눈이 뭉쳐져 만들어진 거대한 빙하였다.

화르르르!

두르가의 신형 주변으로 불꽃이 타올랐다. 발밑에 있는 빙하가 녹기 시작했지만, 그녀의 신형은 허공에 떠 움직임 없이 고정되어 있었다.

'아그니와는 다른 열기다.'

주변의 추위가 느껴지지 않을 정도로 강렬한 열기가 사방으로 뻗치기 시작하자 서린도 사방투의 남열개황을 펼쳤다. 두르가가 뿜어내는 열기를 감당할 수 있는 방법은 같은 열기뿐이기에 어쩔 수 없는 선택이었다.

번쩍!

섬광처럼 빛줄기가 날아올랐다. 모든 것을 불살라 버리는 백화(白火)가 화사(花蛇)처럼 서린을 감쌌다.

'크으……'

화극(火極)에 이른 남열개황의 힘으로도 감당할 수 없는 열기가 몸으로 파고들었다.

'북빙한령밖에는 답이 없다.'

서린은 남열개황에 이어 사방투의 하나인 북빙한령을 시전했다. 외기는 남열개황으로 막고, 침습해 들어오는 열기는 북빙한령을 막은 것이다.

차—지지지직!

백화를 뿜어내던 두르가의 신형 위로 푸른빛의 뇌전이 번쩍이기 시작했다. 뇌신 아그니의 금강전사(金剛電絲)였다. 서린은 다급히 동천지로와 서암폐정을 시전했다. 푸른 뇌전 사이로 보이는 작은 원반 때문이었다. 현음건곤강(玄陰乾坤剛)이 담긴 조화신(造化神) 비슈누의 원반(圓盤)이었다.

슈슈슛!

뇌전과 현음건곤강을 담은 원반이 몰아쳤고, 서린의 몸에서는 거대한 기운이 사방으로 퍼지며 원반을 강타했다.

콰—콰콰콰쾅!!

쩌저저적!

거대한 폭음과 함께 쇠만큼이나 단단한 빙하들이 부서져 나갔다. 허공에 난무하는 열 개의 원반은 공세를 멈추지 않았다. 연이어 서린에게 짓쳐 들었고, 서린의 몸에서는 사방투의 기운이 뿜어져 나와 원반을 쳐냈다.

—몸이 좀 풀린 것 같으니 진짜로 시작하겠어요.

—좋소.

파파팟!

전음이 끝나자마자 능공을 푼 두르가가 서린을 향해 달려들기 시작했다. 그녀의 왼손에는 어느새 인드라의 금강저가, 오른손에는 황천신 마야의 철봉이 들여 있었다. 모두가

기로 만들어진 것들이었다.

서린은 사사밀혼심법의 오단계인 팔령야(八嶺野)를 펼쳤
다. 팔방에 기운을 뿌려 공간을 지배하게 만드는 심공인 팔
령야인지라 두르가의 움직임이 모두 느껴졌다.

타―타타타탕!

서린의 손과 두르가의 무기가 서로를 향해 몰아쳤고, 쇠
부딪치는 소리가 협곡을 울렸다. 사방투의 기운이 감싸고
있는 서린의 육체는 이미 인간의 것이 아니었다. 신기들과
직접 마주치면서도 어디 하나 다친 곳이 없었다.

콰쾅!

콰콰콰쾅!

두 사람이 부딪칠 때마다 주변이 흔들렸다. 빙하가 집채
만 하게 사방으로 튀어 올랐고, 이내 산산이 부서져 내렸
다. 두르가는 공격을 멈추지 않았다. 백화는 여전했고, 금
강저에서는 전보다 더한 뇌전이 서린을 향해 쏟아졌다. 주
변을 빙빙 도는 원반들은 기회가 있을 때마다 서린의 몸을
강타했다. 마야의 철봉이 뒤를 이어 원반이 타격한 지점을
화려하게 찔러들었다.

퍼퍼퍼퍽!

'제기랄!'

사방투를 완성해 진정한 금강불괴가 되었다고는 하지만,
내부로 전해지는 충격이 장난이 아니었다. 팔령야를 통해

두르가의 공격을 비껴내지 않고 정통을 맞았다면 금강불괴가 산산이 깨져 버리고도 남을 정도로 강한 힘을 내포하고 있었다.

'이대로는 안 된다.'

십밀황을 완성하지 못한 이상 사왕의 무공만으로는 상대가 되지 않는다는 것을 느낀 서린은 다른 무공을 펼치기 시작했다. 음인(陰引), 탄양(彈陽), 절맥(絕脈), 교혼(交魂)으로 이어지는 천간십이수(天干十二手)의 움직임을 따라 사방투의 힘이 손과 발에 담겼다.

퍼퍼퍼펑!

사왕의 무공은 기를 다루는 것에 특화되어 있는 절기다. 기운을 뿜어내는 방법은 어느 것이라도 상관이 없었다. 본래 수법(手法)이었던 천간십이수는 어느새 각법으로도 발전해 있었고, 서린이 움직이는 춤사위에 따라 사방투의 기운이 맹렬히 주변을 휩쓸었다.

'달라졌다.'

맹렬히 공격을 퍼붓던 두르가는 서린의 기운이 달라졌다는 것을 느낄 수 있었다. 조금씩 침투해 들어가던 자신의 기운이 철벽에 막힌 것처럼 튕겨 나오고 있었기 때문이다.

비슈누의 원반에는 풍신과 태양신의 기운이, 인드라의 금강저에는 화신과 사신의 기운이 담겼다. 그리고 마야의 철봉에는 재신과 산신, 해신의 힘이 담겨 있는 중이다. 십대신학의 모든 힘이 담겨 있음에도 튕겨낸다는 것은 서린이 이미 사왕의 진전을 완성했다는 뜻이었다.

'광휘의 날개만이 저 사람을 꺾을 수 있다.'

생명의 은인이자 마음에 담은 사람이지만, 멈출 수는 없었다. 수천 년의 염원이 자신에게 이어진 것을 알기에 두르가는 결심을 굳혔다. 사왕의 진전을 모두 잇고 완성을 시켰다면 십대신학의 정화인 광휘의 날개를 펼쳐도 죽지는 않을 것이라 생각했기에 전력을 다하기로 마음먹은 것이다.

'많이 다치지 않아야 할 텐데……'

두르가의 신형이 빠르게 뒤로 물러났다. 이미 사방은 폐허가 되어버린 상태였다. 부서진 거대한 얼음 덩어리들이 사방에 널려 있었다. 신형을 날린 두르가는 그중 가장 큰 얼음덩어리 위로 올라갔다.

왼손에 있던 금강저라 날아올라 오른손에 쥔 철봉의 끝에 안착하자 두르가는 철봉을 크게 휘둘러 원을 그렸다. 휘도는 금강저의 축을 따라 비슈누의 원반이 차례로 앞에 서더니, 맹렬하게 휘돌기 시작했다.

'모든 기운이 합쳐지는구나.'

십대신학의 권능이 모두 모여드는 것을 느낀 서린의 안색이 굳어졌다. 초대 신왕과 사왕의 대결 당시에 십밀황이 십대신력을 막아내기는 했지만, 아직 자신은 완성하지 못한 상태였다. 막을 방도를 찾고자 했지만, 생각나는 것이 없었다. 사왕의 절학으로는 도무지 십대신력이 합일된 힘을 저지하는 것은 불가능했다.

'그것뿐인가?'

방어만으로는 해답이 없다는 것을 깨달은 서린은 이미 천간십이수를 시전하고 있는 터라 그나마 남아 있는 방법은 혈왕오격을 시전하는 것뿐이었다.

음인을 따라 자전철풍(紫電鐵風)이 서린의 몸을 감싸 안았다. 탄양을 따라 음양혈기(陰陽血氣)가 양손에서 뻗어나오며 두 개의 원이 그려졌다.

'크으…….'

빙지를 장악하기 시작한 십대신력의 합일된 광휘의 날개가 퍼득거리자 음양혈기가 흩어지려는 것을 간신히 억누른 서린이 오행제밀(五行制密)을 시전했다. 양손이 서로 다른 방위를 점하며 기운을 억누르는 곤룡수(困龍手)가 펼쳐진 것이다.

"차앗!"

용을 포박하는 오행제밀의 기운이 광휘의 날개를 억누르자 두르가는 이를 악문 후 기합과 함께 기운을 더욱 끌어올렸다. 아직까지 완전히 합일되지 않은 십대신력이 오행제밀의 천라지망을 뚫고 날개를 활짝 펼쳤다.

주르륵!

거미줄처럼 조여가던 오행제밀의 기운들이 광휘의 날갯

짓에 찢겨 나가기 시작하자 내상을 입은 서린의 입가에 핏물이 흐르기 시작했다.

'이대로는 가망이 없다.'

아직 다 펼쳐지지도 않았음에도 감당할 수 없을 만큼 큰 거력이었다. 광휘의 날개가 다 펼쳐지면 용을 잡아먹는 금시조처럼 자신의 모든 것을 모두 찢어발길 것임을 깨달은 서린은 모험을 하기로 했다.

'철혈제왕!'

철한풍을 바탕으로 하는 자전철풍 사이로 혈왕기가 스며들기 시작했다. 상대의 기운에 맥을 끊어버리는 절맥(絶脈)의 비기가 담긴 철혈제왕기(鐵血帝王氣)가 시전되었다.

드르르르르!

두 개의 절대거력이 맹렬히 부딪치자 빙하의 대지가 흔들리기 시작했다. 진동은 점점 더 거세지고, 부서져 나간 얼음덩어리들이 붉게 달아오른 철판 위의 콩처럼 튀어 올랐다.

"모두 피해!"

누대 근처에 있다가 대결이 시작되자 빙하의 가장 자리로 신형을 옮겼던 두르가의 날개들 사이에서 고함이 터져 나왔다. 조화신을 대변하는 비슈누의 외침이었다. 열한 개의 신형이 빛살처럼 빙하의 대지를 감싸고 있는 산봉우리로 날아올랐다.

"으음, 태초의 신왕도 합일시키지 못했던 광휘의 날개를 막아내다니. 사왕도 떨어져 있는 사이에 자신을 완성한 것인가?"

비슈누의 안색이 창백해졌다. 광휘의 날개를 완성한 두르가라면 사왕을 간단히 제압할 것이라 생각했는데, 대결의 양상은 아주 달랐다.

사왕의 출현이 알려진 이상 천하의 향방을 다투기 전에 먼저 신왕혈맥을 정리해야 했다. 통합이 이루어지지 않는다면 다른 천맥을 상대하는 것은 불가능한 일이었다. 천하쟁패에 나서지 못하게 되는 것은 두르가의 날개들이 바라지 않는 상황이다. 오늘의 대결은 어떻게 해서든지 신왕의 승리로 끝나야 했다.

─준비를 해야 할 것 같소.

─저렇게 강하다니, 그래야 할 것 같소.

사왕의 힘이 새로운 경지로 접어들었다고 생각한 비슈누는 두르가의 날개들에게 전음을 보냈고, 다들 그의 의견에 동의했다.

9장. 기사회생(起死回生)

두르가의 날개들이 본신의 힘을 개방하기 시작하자 저량은 상황이 이상하게 돌아감을 알아차렸다.

　'젠장, 같은 뿌리를 가진 천맥의 일은 금약의 적용을 받지 않는다고 하더니. 나도 준비를 해야겠구나.'

　풍요로운 중원을 차지하고픈 수천 년의 염원을 이루기 위해 두르가의 날개들이 모진 결심을 내렸음을 알아차린 저량은 약속 장소로 오기 전에 서린이 한 부탁을 뇌리에 떠올렸다.

　서린의 자신의 패배를 예상했다. 두르가가 아니라 날개들의 연합으로 자신이 질 것이라고 예측한 서린은 한 가지 안배를 했다. 질 때 지더라도 사사밀교의 거대한 힘이 중원으로 밀어닥치지 못하도록 만드는 안배였다.

스스스······.

지금까지 자신의 힘을 꽁꽁 감추고 있던 저량은 봉인을 풀고 신형을 감췄다. 빠르게 자리를 이탈한 저량은 빙하 속으로 뚫고 들어간 후, 기운을 극한으로 일으켰다. 빙하 속의 얼음들이 분쇄되며 구멍이 생기자 저량은 약속된 장소를 향해 빠르게 이동해 나갔다.

서로가 다른 준비를 하는 가운데 광휘의 날개가 완전히 퍼졌다. 등 뒤에 생긴 광휘의 날개는 영롱한 빛을 뿌리기 시작했고, 두르가는 서린을 노려 보았다.

휘—이이!

날갯짓을 시작하자 엄청난 빛줄기가 서린을 강타했다.

콰콰쾅!!

양팔을 뻗어 철혈제왕기로 방패를 만들어내기는 했지만, 십대신력은 서린이 만들어낸 것을 산산이 부숴 버렸다.

푸푸푸푹!

뒤이어 빛줄기로 이루어진 날개깃들이 날아들어 서린의 몸에 박혔다.

"커억!"

검붉은 피를 한 움큼 토한 서린이 무릎을 꿇었다.

슈슈슈슛!

"안 돼요!!"

얼음 위에 무릎을 꿇은 서린에게로 어느 순간 나타난 각 양각색의 빛이 날아들었고, 두르가가 고함을 쳤다.

퍼퍼퍼퍽!

두르가가 막으려 했지만, 사방에서 날아든 빛들은 가차 없이 서린을 강타했다.

"뭐하는 짓이에요?"

빛줄기와 함께 서린의 근처로 날아든 십신장을 향해 두르가가 소리를 질렀다.

"뿌리까지 캐내야 후환이 없는 법입니다."

"사왕은 신왕의 뒤를 지켜야 한다는 것을 잊은 건가요?"

"수천 년 동안 다른 사방천맥에 눌렸던 이유가 뭐라고 생각하십니까?"

"사왕 때문이라는 겁니까?"

"그렇습니다. 신왕과 대등한 힘을 가진 존재는 분열만 일으킬 뿐입니다. 그것이 지금까지 우리가 다른 천맥에 눌려 지내야 했던 단 한 가지 이유입니다."

"그럼 이 자리에서 사왕의 맥을 끊겠다는 것인가요?"

"십대신력을 합일한 두르가가 계시기에 다른 힘은 이제 필요가 없습니다."

"아……."

자신을 이만큼 키워준 존재들인 만큼 얼마나 강한지 누구보다 잘 아는 두르가였다. 더군다나 서린을 상대하느라

지니고 있는 힘을 거의 다 쓴 상태라 막을 수도 없는 상황이었다. 이미 서린의 생사는 자신의 손을 떠났다는 것을 깨닫자 두르가의 안색이 창백해졌다.

—미안해요. 이제 제 손을 떠났네요. 당신에게 행운이 있기를 빌게요.

자신의 뜻과는 달랐기에 두르가는 서린에게 미안함을 마음을 담아 전했다. 의지만으로 전해지는 혜광심어였다.

"형제들, 시작하자."

비슈누를 비롯한 십신장은 서린을 중심에 두고 빙 둘러섰다. 각자의 무기를 꺼내 든 십신장은 자신들이 가진 기운을 최대한 담았다.

"이로써 악연을 끊어질 것이다."

"이로써 악연은 끊어질 것이다!"

비슈누의 선창으로 십신장 모두 염원을 담아 외친 후, 무기를 쳐냈다.

푸푸푸푸푹!

비슈누의 원반은 미간에, 인드라의 금강저는 심장, 마야의 철봉이 하단전에 박혔다. 나머지 무기들도 신체 각 부위를 빼곡하게 파고들었고, 붉은 선혈이 빙하를 적셨다. 이윽고 서린의 숨이 끊어졌다.

"무기들을 회수하세."

우르르릉!

서린의 죽음을 확인한 십신장이 무기를 회수하려 앞으로 나서려 할 때, 빙하의 대지가 울었다.

쩌저적!

"이런!"

서린을 중심으로 빙하가 갈라지기 시작했다. 균열이 생긴 빙하 사이로 서린의 신형이 떨어져 내렸고, 십신장은 무기를 회수할 수 없었다. 쫓아 내려가고 싶지만, 그럴 수가 없었다. 초인이라고는 하지만 대자연의 힘 앞에는 한낱 인간일 수밖에 없다는 것을 잘 아는 십신장이었다.

"두르가를 모셔!"

비슈누가 소리를 질렀고, 마야가 허망하게 서 있는 두르가를 끌어안고는 신형을 날렸다. 나머지 십신장들도 곧바로 신형을 날려 무너져 내리는 빙하의 대지를 벗어났다.

비록 자신들의 무기를 잃어버리기는 했지만, 빙하의 대지를 벗어나 사사밀교로 향하는 십신장의 얼굴에는 밝은 빛이 흐르고 있었다. 수천 년간 자신들을 옥죄던 사슬에서 벗어난 후련함 때문이었다.

마야의 품에 안겨 날아가고 있는 두르가의 눈길이 무너져 내리는 빙하의 대지 위에 머물렀다. 밝은 안색의 십신장과는 달리 그녀의 눈빛은 무척이나 간절했다.

―그곳은 신왕혈맥의 근원! 인연을 얻어야 해요. 그래야 그대가 살아요.

두르가는 자신이 베푼 구명의 안배가 작동하기를 빌며
다시 한 번 마음을 담아 숨이 끊어진 서린에게 의지를 전했
다.

*　　　　　*　　　　　*

빙하의 대지 깊숙한 곳에서 서린이 알려준 대로 통로를
뚫으며 격전의 중심지로 다가가던 저량이 손을 내밀었다.

파스스스!

저량의 육장을 따라 붉은 기운이 밀려 나갔고, 검푸른 빛
의 빙하에 구멍이 뚫렸다. 구멍은 사람이 한 명이 지나다닐
만한 크기였다. 저량은 연속으로 육장을 내밀었고, 그럴 때
마다 통로가 생겨났다.

"통로였던 것이라 그렇지, 본래의 빙하라면 백 장도 움
직이지 못했을 것이다."

서린이 자신에게 일러주었던 대로 빙하 속을 뚫는 것은
쉽지 않았다. 오랜전 만들어진 통로를 따라 막혀 있던 곳을
뚫는 것이지만, 상당한 내력을 잡아먹었다.

"그나저나 주군의 말씀대로 이번 쟁패도 놈들의 의도였
음이 분명하다. 천하쟁패에 관심이 있는 것은 사방천맥의
십왕들만은 아닐 것이라 생각은 하고 있었지만, 놈들도 욕
심을 감추고 있었다니…….'

십왕은 쟁패의 승리자들. 하지만 십왕과의 싸움에서 패배한 자들 또한 엄청난 능력의 소유자들이었다. 야욕을 숨기고 지금은 십왕의 그늘 아래 있지만, 만만한 자들이 아니었다. 두르가의 날개들 또한 신왕과의 쟁투에서 패배했던 이들의 후손이었다. 천하혈난이 시작된 지금, 완전하지 못한 두르가를 보면서 욕심을 내지 않을 리 없었다.

"놈들은 일부러 두르가를 불완전하게 키운 것이 분명하다. 혈교를 통해 바란 것도 중원 정복이 아니었을 것이다. 진정으로 놈들이 노린 것은 교도들의 시선이었겠지. 두르가의 힘이 불완전하다는 것을 감추기 위해서 말이야."

두르가를 만나자마자 선린의 신호를 볼 수 있었다. 예상이 맞았다는 신호였다. 자신도 주군과 같은 것을 느꼈다. 주인보다 강한 힘을 지닌 종들은 없는 법이었다. 두르가의 날개들은 확실히 강했다. 전날 자신이 살폈던 자들도 본인이 맞나 싶을 정도로 강한 힘을 내면에 감추고 있었다. 종주를 가리는 이번 쟁패가 두르가의 날개들이 꾸민 음모라는 것을 확신할 수 있었다.

우르르릉!

"이런, 시작했구나."

빙하가 진동하는 소리였다.

우르릉!

쩌저저저적!

지금까지 뚫고 들어온 통로가 부서져 내리고 빙하가 갈라져 버렸다. 부서지기 시작한 빙하 때문에 저량은 기겁했다. 희미한 빛줄기를 따라 갈라진 틈사이로 암흑처럼 깊은 지저가 보였기 때문이다.

"젠장, 길을 잃었다."

통로가 사라지고 진동이 커지는 바람에 뚫고 들어가야 할 방향을 잃어버린 탓에 낙담하지 않을 수 없었다. 주군과 약속한 장소로 최대한 빨리 가야 한다는 생각뿐이지만, 방법을 찾을 수 없었다.

"거의 다 도착했는데……."

휘이익!

얼마 남겨 놓지 않고 길을 잃은 탓에 마음이 급해진 저량의 귀로 빙하가 떨어지며 내는 소리와는 다른 것이 들렸다. 저량의 시선이 하늘로 향했다. 바람 소리와 함께 지상에서 뭔가 떨어져 내리고 있었는데, 확실히 빙하와는 달랐다.

"엇?"

눈에 진기를 담아 살펴보자 확연하게 보였다.

"주군!!"

피를 흩뿌리며 떨어져 내리는 것은 서린이었다.

팟!

마음이 급해진 저량은 허공으로 신형을 날려 서린을 안았다. 온몸을 헤집듯이 파고든 각양각색의 무기들이 보였다. 뛰어야 할 심장은 이미 멈추어 있었다.

"으아아아아!!"

주군의 죽음을 확인한 저량의 입에서 광소가 터져 나왔다.

'우욱, 진기가 제대로 이어지지 않는다.'

격동한 탓인지 진기가 제대로 이어지지 않은 탓에 허공에 떠 있는 신형이 비틀거렸다.

'안전한 곳을……'

내려앉을 곳을 찾았지만, 보이지 않았다. 보이는 것은 온통 어둠으로 감싸인 거대한 균열이었다.

'제기랄!'

슈우우…….

급전직하 아래로 떨어져 내리는 두 사람. 서린을 감싸 안은 저량의 신형을 어둠이 삼켜 버렸다.

*　　　*　　　*

"잊으십시오."

"잊었어요."

차가워진 눈빛으로 대답을 하는 두르가를 보면서 비슈누는 회의감을 느꼈다.

'어쩌다가…….'

사왕을 누르고 신왕혈맥을 장악했다 여겼다. 사왕혈맥의 종주를 결정하는 대결에서 신왕이 승리했음을 공표하자 교도들의 마음이 하나로 모였다.

그러나 그 이후로는 아무런 변화가 없는 상황이었다. 신왕 두르가는 그동안 아무런 명령도 내리지 않았다. 혈교를 다시 휘하로 들이는 것도, 사사밀교의 일도 관여하지 않았다.

교 내에는 십대신력을 수련하는 것에만 전념하고 있다고 알려져 있지만, 아무것도 하지 않고 하늘만 바라보고 있는 중이었다. 의욕을 완전히 잃은 신왕이다. 사왕의 죽음이 그녀에게 어떤 의미인지 모르겠지만, 이래서는 곤란했다.

더 이상의 수련은 의미가 없는 이가 신왕이다. 수련을 하고 있다고는 하지만, 이미 극에 이르렀다는 것을 교도들도 알고 있다. 그런 신왕이 움직이지 않고 있다. 교도들이 하나둘 의심을 품기 시작했다. 중원으로 진격해 풍요로운 땅을 차지할 것이라는 예상이 깨졌기 때문이다.

"언제까지 이렇게 계실 겁니까?"

"꼭 중원으로 진출을 해야 하나요?"

질문에 질문으로 대답을 한다.

"대대로 이어온 염원입니다."

"다른 천맥들은 어떻게 할 건가요?"

"천맥의 주인조차 가리지 못하고 있는 상황입니다. 종주가 세워진 것은 신왕혈맥뿐이니, 거칠 것이 없을 겁니다.”

“대륙천안은요?”

“태령야는 이미 몸을 감췄고, 구룡야는 헛다리를 짚고 있습니다. 나머지는 작금의 상황조자 이해조차 하지 못하고 있으니, 중원으로 진격을 한다면 단번에 쓸어버릴 수 있습니다.”

“너무 자신만만하군요.”

“무려 이백여 년을 준비한 일입니다.”

“이번 실패는요?”

“혈루비와 대령상회를 제거했다고 기세가 등등한 무림맹이지만, 겨우 혈교의 일각만 본 자들입니다. 은거기인들이 몰려 있다고 해도 그 또한 하루살이뿐. 밀교의 형제들을 막을 수는 없습니다.”

자신의 질문에 한 번도 지지 않고 대답을 하는 비슈누였다. 차가운 눈으로 비슈누를 바라보던 두르가가 입을 다물고 눈을 감았다.

‘그렇군요. 준비가 아주 철저하군요. 그런데 난 그런 것에 대해 하나도 모르고 있다니, 이상한 일이죠?’

자신이 꼭두각시라는 것을 안다. 모든 것은 십대신왕에 의해 계획되고 이루어졌다. 자신은 그저 십대신력을 수련하여 무력을 대표할 뿐, 실질적인 실권은 없었다. 십대신왕들이 모든 것을 주관하는 상황이었다. 종이 주인을 눌렀다.

'이제 꼭두각시는 싫다는 건가?'

비슈누은 두르가와 자신들 사이에 금이 생겼음을 깨달았다. 어버이를 바라보는 눈빛을 보이던 두르가의 눈길이 차갑게 식어 있었다. 눈을 감기 전에 자신을 바라보던 눈빛은 가슴이 시릴 정도였다.

'우리 손으로 사왕을 제거한 것이 문제였나?'

사왕은 자신들의 손에 의해 제거되었지만, 율법상 문제가 되지 않았다. 자신들이 사용한 힘이 십대신력이었기 때문이다. 사왕을 살려 휘하에 두겠다는 신왕의 생각은 그의 배경을 모르기에 헛된 치기라 여긴 것이 문제가 된 것 같았다.

"어차피 교를 정비할 시간이 필요한 상황이었습니다. 정비가 끝나는 대로 다시 말씀을 드리지요."

눈을 닫은 것이 더 이상 대화를 나누기 싫다는 뜻임을 알기에 비슈누는 다음을 기약하며 두르가의 처소를 벗어났다. 눈을 감고 있는 두르가의 눈꺼풀이 파르르 떨렸다.

'아직도 간자가 누구인지 밝혀지지 않은 상태에서 중원 진출은 신왕의 맥을 끊을 뿐이다.'

흐릿하던 이지가 돌아온 후, 십대신력을 전력으로 수련했다. 힘을 얻었지만, 무언가 이상했다. 사사밀교가 어떻게 움직이고 있는지 아무것도 몰랐다. 자신의 뜻과는 다르게 움직이고 있다는 것을 알게 된 후 의심을 품었다. 광휘의 날개를 완성하고 십신장의 이목을 속일 수 있게 되자 교의 일을 알아봤다. 혈교의 움직임이 이상했다. 혈루비와 대령상회의 동선에 혈교 이외에 다른 자들의 손길이 느껴졌다. 대륙의 하늘이라는 대륙천안의 수뇌부 중 하나인 태령야(漆零爺)와 금조야(錦潮爺) 손길이 닿은 것을 확인했다. 십신장 중 누군가가 대륙천안과 손을 잡고 사사밀교를 부추기고 있었다.

'하나가 아닐 수도 있다. 어쩌면 모두일 수도…….'

자신의 주위로 장막이 쳐져 있고 허울뿐인 존재라는 것을 인식하는 순간, 운명의 동반자인 사왕의 존재를 떠올렸다. 운명의 각인을 자신의 뇌리에 새긴 사왕을 통해 교를 정리하기로 했다. 종주를 가리는 승부는 그 어느 것보다 우선하기에 명령을 내렸다. 사왕을 초빙하고 모든 활동을 중단하라는 명령이었다. 사실상 중원에 숨겨둔 기반을 정리하라는 명령임에도 십신장은 자신의 예상을 벗어나지 않았다. 사왕의 생사여탈은 자신에게 속하는 것이었는데, 임의로 손을 써 사왕을 죽여 버렸다.

'대륙천안에 속한 사사묵련의 사람이라고는 하지만, 이유도 되지 않는 이야기다.'

사왕으로 나서는 순간, 이전의 신분은 아무런 문제가 되지 않았다. 십신장이 손을 댄 이유는 그저 구실에 지나지 않았다.

'모두가 다 욕심 때문일 것이다. 가진 것을 내려놓고 싶지 않았겠지.'

사왕이 같은 길을 걸었던 초창기에 신왕은 절대적인 권력을 누렸다. 반목한다고는 했지만, 사사밀교에 속할 때도 마찬가지였다. 십신장은 신하의 역할에만 충실해야 했을 뿐, 감히 신왕의 권위를 넘어설 수 없었다. 권위를 침범할 경우, 죽음의 왕이라는 사왕의 맞이해야 했기 때문이다.

사왕을 죽인 이유도 그것 때문이었을 것이다. 사왕의 부재 기간 동안 완전한 신왕이 탄생하지 못한 상태를 이유로 절대적인 권력을 휘두르던 자들이다. 자신의 목줄을 쥐게 될 존재를 용납할 수가 없을 터였다.

'그리고 야망도 있을 테고…….'

무엇보다 자신보다 더한 힘을 가지게 된 십신장에게 욕심이 없을 리 없었다. 초인이라 불리는 십왕에 육박하는 무력에다가 권능에 가까운 신왕의 힘을 얻었으니 욕심이 나지 않을 수 없었을 것이라는 것이 두르가의 판단이었다.

'그가 돌아올 때까지 기다려야 한다. 적어도 그는 진정한 사왕이니까.'

사왕과 대결을 하는 와중에 안배를 심었다. 초대 신왕과 사왕이 준비한 것이었다. 지금은 그 안배가 완성되기를 기다려야 하는 시기였다.

'무엇보다 금약이 문제다. 종주의 탄생은 우리뿐만이 아

닐 수도 있다.'

천하 정세가 심상치 않은 상황이었다. 세 명을 제외하고
는 대륙천안의 수뇌부의 동향이 잡히지 않고 있는 상황. 대
륙천안을 좌지우지하는 팔야야는 언제나 천맥의 사람들과
같이 등장하는 존재였다. 서로 적대하기도 하고 힘을 합치
기도 하는, 그런 존재였다. 하늘의 힘에 맞설 수 없어 조율
의 힘으로 중원의 평화를 유지하는 것이 바로 팔야야의 진
정한 역할이기 때문이었다.

금약의 첫 번째 조건을 충족시켰다고는 하지만, 그래서
더 나설 수가 없었다. 사왕이 부재중인 상황이다. 다른 천
맥에 대한 정보가 하나도 없는 상황에서 멋모르고 나섰다가
는 된서리를 맞을 수 있었다.

'그들이 잘해주어야 할 텐데……'

신왕혈맥의 종주를 결정짓자는 전언을 보내고 난 뒤, 비
밀리에 답신을 받았다. 영혼으로 이어진 존재만이 가능하기
에 오로지 자신만이 받을 수 있는 답신이 있었다. 답신에
따라 십신장 모르게 한 가지 안배를 해두었다. 십신장의 손
길이 닿지 않은 이들을 통해서였다. 사왕의 복귀와 수하들
을 통해 베푼 안배가 성공할 경우, 모든 것이 바뀔 것이다.
자신이 준비한 회심의 패였다.

'이제 때가 무르익어 가니 십밀도 움직일 때가 되었다.
그들이 어떤 존재인지 알아차리자 못한 것이 패착이 될 것

이다.

누구에게도 속하지 않고 오직 자신에게만 속한 자들이 이곳에 머물고 있었다. 신왕의 안배에 따라 영혼까지 종속된 이들이다. 대를 이어 자신의 모든 것을 후손에게 넘기고, 그 후손 또한 신왕에게 종속된다. 십신장 또한 그들을 알지만, 비밀을 간직한 존재라는 것은 알지 못했다. 자신이 가지고 있는 패 중에서 사왕 다음으로 강력한 패였다.

"이제부터 수련동에 들 것이다. 열흘간 그 누구도 들이지 마라. 십신장이라도 마찬가지다."

서린으로부터 전해지는 감응의 정도로 봐서는 열흘 후면 결론이 날 것 같았다. 두르가는 자신을 호위하는 십밀에게 명령을 내린 후, 수련동에 들어갔다.

*   *   *

빙하가 갈라진 지저 깊숙한 곳.

세상과 완전히 단절된 이 공간에 자리한 것은 연화 모양의 석단이었다. 지름이 십 장이 넘어가는 거대한 석단의 안쪽에는 온몸에 무기가 틀어박힌 서린이 누워 있었다. 피를 얼마나 흘렸는지 석단 위는 붉은 선혈로 축축했고, 서린은 미동도 없이 누워 있었다. 석단의 아래쪽에는 저량이 널브러진 상태로 누워 있었다.

"제기랄! 우욱, 겨우 성공했네."

욕설과 함께 피를 게워내는 저량의 안색은 무척이나 창백했다. 천 장이 넘는 지저 속으로 떨어지면서 가지고 있는 내공을 전부 쏟아부었다. 그것도 모자라 선천지기까지 사용해야 했기에 내상이 깊을 수밖에 없었다. 회복을 한다고 해도 몇 년간은 조섭을 해야 간신히 일 할의 내공을 찾을 수 있을 정도로 심각한 내상을 입은 상태였다.

보통의 무저갱이라면 이 정도 높이로 부상을 입을 저량이 아니었다. 문제가 된 것은 떨어져 내리면 내릴수록 가해지는 압력이었다. 진이 설치되어 있는 것인지, 기이한 압력이 온몸을 감쌌다. 더군다나 내부로 파고들어 내공을 흩어버리는 탓에 경공을 제대로 시전할 수 없었다. 자신뿐만 아니라 서린까지 보호해야 했기에 심각한 내상을 입을 수밖에 없던 것이다.

"원하시는 대로 했으니, 이제 주군에게 달렸습니다."

내상이 심해 운기조식조차 할 수 없는 저량은 당부하듯 한마디를 남긴 후, 그대로 혼절을 하고 말았다.

스르르르!

혼절하자마자 저량의 몸이 석단에서 밀려나기 시작했다. 석단에서 발생하는 압력에 밀려나던 저량의 육체가 검은 구멍으로 떨어져 내렸다. 구멍은 이내 닫혀 버렸고, 석단이 존재하는 공간에는 서린만이 존재했다.

스르르르르…….

연화대의 꽃잎들이 마치 자라나듯이 솟아올라 서린을 감싸기 시작했다. 뒤이어 황금색의 광채가 연화대에서 환하게 솟아오르며 모든 것을 감췄다.

지지지지직!

연화대를 이루는 꽃잎에서 백색의 뇌전이 꽃잎 안쪽으로 뿜어졌다. 푸른 연기가 솟아오르고, 이내 넘실거리는 청염이 꽃잎 가운데서 불타올랐다. 청염과 푸른 연기는 한참이나 지속됐다. 마치 황금 향로에서 향이 타오르는 것 같은 모습이었다.

하루, 이틀, 사흘…….

아홉 날이 흘렀을 때, 청염이 이제는 적염으로 바뀌었다. 연기 또한 붉은색으로 바뀌었고, 청염으로 타오를 때와 마찬가지로 아홉 날 동안 지속됐다. 뒤이어 백염이 타올랐다. 이번에도 마찬가지로 흰 연기와 함께 타오르던 백염은 아홉 날이 흘렀을 때, 또 다른 변화가 시작됐다.

전과는 다르게 다른 화염이 솟아오른 것이 아니라 연화대가 변화했다. 황금색으로 물들었던 연화대가 무지개처럼 연이어 다른 색으로 물들어갔다. 화염을 일으키며 형형색색 다른 빛을 발하는 연화대의 모습은 세상에 보기 드문 기사였다. 연화대가 연이어 다른 색으로 변하며 빛을 뿜어내는 시간은 이번에도 정확히 아홉 날이었다.

스르르르……

아홉 날이 흘렀을 때, 연화대를 완전히 감싸던 꽃잎들이
본래의 모습을 찾아가자 안쪽의 모습이 조금씩 보이기 시작
했다. 안쪽에는 전과는 다른 모습으로 서린이 누워 있었다.
온몸을 파고든 무기들이 온데간데없이 사라지고 없었다. 옷
또한 마찬가지라 알몸이었다.

달라진 것은 또 있었다. 숨이 끊겼던 서린이건만, 복부
가 조금씩 움직이고 있었다. 서린은 십신장의 공격을 받았
을 때 완전히 숨이 끊겼는데, 이상한 일이 아닐 수 없었
다.

'성공했나?'

약속한 것처럼 의식이 돌아왔다. 신왕이 주입한 권능이
신기라 불리는 무구들의 침입을 막았다. 몸을 꿰뚫은 것처
럼 보였지만, 육신으로 들어오는 순간 마치 영약처럼 변한
것은 모두가 신왕의 권능 때문이다.

번쩍!

서린이 두 눈을 떴다. 신광 어린 눈빛은 금방 잠잠해져
깊이를 알 수 없도록 담담히 빛났다. 주위를 천천히 둘러봤
다.

"여기가 그곳인가?"

오직 한 존재를 위해 준비된 곳으로, 사왕과 신왕의 모든
힘이 잠들어 있는 곳이었다. 사왕의 권능과 충돌한 탓에 적

지 않은 충격으로 인해 육신이 가사 상태로 빠졌지만, 이곳에 남겨진 사왕과 신왕의 진정한 힘이 자신을 살렸다.

"혈왕의 길을 시작하는 첫 장소로는 너무 황송하군."

성스럽기 그지없는 공간이었다. 새로 태어난 곳이나 다름없는 이곳에서 얻은 힘으로 혈로를 걸어야 함을 깨달은 서린은 굳은 얼굴로 자리에서 일어났다.

슈슈슈숫!

자리에서 일어나자 연화대의 꽃잎들이 서린을 향해 날아들었다. 한 겹, 한 겹 달라붙은 꽃잎들은 이내 형상을 이루었다. 꽃잎이 다 달라붙고 난 후, 무척이나 고풍스러워 보이는 고대의 전포가 서린의 몸을 감쌌다.

"저량이 고생깨나 했겠군."

가사 상태에 빠져 있는 동안 얻을 것은 다 얻었다. 사왕의 유진을 모두 완성하고, 거기에 신왕의 유진을 얻어 그것도 완벽하게 깨달았다. 스스로 창안하고 만들어가고 있는 혈왕의 법도 완전해 졌다. 남아 있는 것은 자신을 위해 죽음을 무릅쓴 저량을 찾는 일뿐이었다.

콰득!

생각이 일자 다리 쪽에 기운이 맺히며 연화대를 눌렀다.

그르르르릉!

천천히 가라앉기 시작하는 연화대. 신왕혈맥의 종사들이 만들어낸 또 하나의 안배를 향해 연화대가 내려가고 있었다.

*　　　*　　　*

"어떻게 됐나?"

황제의 질문이 대전 위로 떨어졌다. 그러나 누구 하나 대답하는 이가 없었다.

"어떻게 됐냐고 물었다."

노기 어린 음성이 들리고 난 후, 장년의 사내가 대전 앞으로 나섰다.

"신, 주천휘. 아뢰오."

"말하라!"

"만상야(萬象爺), 백금야(白金爺), 철령야(鐵靈爺), 태전야(馱錢爺) 등 네 명의 야야가 이미 천맥들의 품으로 들어선 것으로 보이옵니다."

"그들 넷이 정녕 배신을 했다는 말인가?"

"배신이 아니옵니다, 폐하!"

금조야 주천휘 대신 이번에 나선 이는 구룡야 진명승이었다.

"배신이 아니라니?"

"그들 넷은 전상(戰商)이옵니다. 폐하도 아시겠지만, 수천 년의 쟁패 동안 천맥과 대륙천안의 배후에서 다음 세상을 준비하던 이들이 바로 전상이옵니다. 그들은 금약이 지켜지는 동안 세상을 조율하고 있었을 뿐, 이제 때가 되어 자신들과 뜻이 맞는 곳으로 돌아간 것으로 아옵니다."

"그럼 금약이 이루어졌고, 이제부터는 대세기전(大世記戰)이 시작되었다는 것인가?"

"그러하옵니다, 폐하."

"으음……."

대세기전이라 일컬어지는 사방천투로 인해 엄청난 사태가 발생했다. 초인들의 근거지가 되던 두 대륙이 해저로 가라앉아 자취를 감출 정도로 엄청난 파장이 천하에 미쳤다. 세상이 안정되기도 전에 벌어진 첫 번째 대세기전은 참혹한 결과를 낳았다. 그렇다고 승자가 정해진 것도 아니었다.

다른 초인들을 꺾고 승리한 네 초인이 대륙의 정점에서 맞부딪쳤다. 대세기전의 마지막을 가늠하는 네 초인의 쟁패에는 모든 것이 걸려 있었다. 가지고 있는 모든 것을 걸고 부딪치려는 찰나에 패했던 다른 초인들이 나타났고, 대결이 멈춰졌다. 더 이상 진행을 했다가는 세상이 종말을 고할 수도 있기에 다른 초인들이 막아선 것이다. 마지막 대결을 벌이던 네 초인도 세상의 종말을 원하지 않았기에 대결이 멈춰졌다.

대륙의 정점에 모여든 열 명의 초인은 아직 세상이 완전하지 않기에 완성된 이후로 대결을 미뤘다. 초인들은 각자 승패의 결과에 따라 네 명을 중심으로 뭉쳤고, 두 번째 대세기전이 시작될 때까지 사방을 맡기로 결정이 됐다. 그때 만들어진 것이 바로 금약이었다.

네 곳으로 흩어져 사방천맥이라는 큰 줄기를 형성했지만, 아직도 정리가 안 된 것들이 많았다. 마지막 네 명이 최후의 승부를 결하는 자로 남았지만, 패한 초인들 모두 결과에 승복하지 않았다. 세상이 완전하지 않아 지니고 있는 힘을 온전히 발휘 할 수 없었기 때문이다.

네 명의 초인도 그것을 인식하고 있었기에 세상이 완전해지면 승자를 가리기로 했다. 우선 사방천맥에서 승자를 가리고 진정한 종주가 되어 천하를 쟁패하자는 내용의 약속이 초인들 사이에 맺어졌다.

금약의 구체적인 사항을 보면, 천하쟁패를 위한 대세기전의 시기는 모든 천맥의 종주가 가려졌을 때이며, 그 이전까지는 천맥이 가진 권능을 사용할 수 없다는 것이었다. 금약은 언령의 약속으로 열 명의 초인 사이에 맺어졌기에 어길 수 없는 것이었다. 세상의 인과율과 얽혀 있는 초인들이기에 약속을 어길 경우, 권능의 소멸이라는 인과율을 피할 수 없던 것이다.

세월이 흐르는 동안 세상은 완전해졌다. 강력한 구속력을 지니고 있었기에 금약은 지켜졌다. 가끔 천맥별로 종주가 나타났지만, 천하를 향해 나서지는 않았다. 방계의 힘으로 세상을 호령하기만 할 뿐이었다. 사방천맥의 종주가 모두 출현한 적은 한 번도 없었는데, 이번에는 아닌 것 같았다. 세상을 조율하는 팔야야 중 네 명이 천맥을 찾아 떠났다는 것은 종주들이 세상에 나타났다는 것을 의미하는 일이었기 때문이다.

꿈에도 생각하지 않던 대세기전이 벌어지려 하고 있기에 흑묵야로 대변되는 황제와 나머지 세 명의 야야는 앞으로의 일을 고민하지 않을 수 없었다.

"앞으로 어찌해야 하는지 말해보라."

"폐하, 논의하기 전에 우선 진정한 대륙천안을 여시는 것이 먼저일 것이옵니다."

황제의 말에 대답한 이는 태령야 양영이었다. 사천성에서 사라진 그가 황도에 들어와 있던 것이다.

"다른 이들도 그렇게 생각하는가?"

"그러하옵니다."

"그러하옵니다."

주천휘와 진명승이 동시에 대답을 했다.

"으음, 다들 뜻이 그러하니 지금부터 대륙천안을 깨우도록 하겠소."

방금 전과는 달리 황제는 세 명에게 하대를 하지 않았다. 이제 황제의 지위를 내려놓고 흑묵야로 돌아가겠다는 선언이었다. 열 명의 초인에 의해 세상에서 지워졌던 암흑의 일맥이 세상에서 깨어나는 순간이었다.

초인들의 대적자였다가 세상에서 지워진 존재가 바로 팔야야라 불리는 이들이었다. 넷은 뜻을 접고 전상으로 거듭났으며, 나머지는 넷은 웅지를 철저히 숨기고 기반을 닦기 위해 세상 사람들을 위해 움직였다. 쟁투로 인해 세상이 무너질 위기에 처하자 금약을 맺고 천외천으로 떠난 천맥을 대신해 세상을 안정시키기 위한 조직이 필요했다. 천맥의 묵인 아래 팔야야가 모였고, 대륙천안이 만들어졌다.

그 속에는 또 다른 대륙천안이 존재했다. 바로 네 명의 야야가 피의 동맹으로 뭉친, 진정한 대륙천안이었다. 웅지를 숨긴 네 명의 야야는 의도를 숨긴 채 지금까지 힘을 키워왔다. 천맥의 천왕들이 가진 약점을 파악했고, 세상 속에 숨겨진 힘들을 끌어모았다. 경천동지할 능력을 지닌 존재들이라고는 하지만, 대전에 모인 네 명은 자신이 있었다. 세상의 권력을 한 손에 쥐고 천왕들에 버금갈 힘을 지니게 되었기 때문이다.

"사사밀교의 배후인 신왕혈맥의 동태는 어떻소?"

"혈교와의 관계를 끊은 후에 지금까지 움직임이 전혀 없는 상태요."

흑묵야의 물음에 양영이 대답을 했다.

"아무것도 모르는 무림맹에서 기고만장할 것이 눈에 선하오."

"그럴 겁니다. 이제 끈이 떨어진 연 신세라는 것을 알리 없으니까요. 무림의 일은 혈교와 무림맹으로 마무리가 지어질 겁니다."

"이미 손을 쓴 모양이오?"

"안배는 마쳐 둔 상태요."

"혈교와의 전쟁이 끝나면 무림맹의 인사들이 무림을 장악할 텐데 안배라고 하니, 그들 중에 있나 보오?"

"그렇습니다. 십대세가의 가주들이 협조하고 있는 중이오."

"후후후, 욕심이 많은 놈들인 것 같소."

"제 목숨이 백천간두에 서 있다는 것도 모르고 음식을 향해 달려드는 파리 같은 놈들이지만, 제법 쓸 만할 것이오."

"그러면 구대문파는 어떻게 할 생각이오?"

"구대문파의 원류가 천맥인 이상 혈교와의 싸움에서 전력이 깎여 나가도록 할 생각이오."

"그럼 강호의 일을 대충 해결이 되는 것이오?"

"세상사에는 그다지 관심이 없는 이들이니, 천맥의 종주들도 그렇게 처리되기를 바랄 것이오."

"그러면 강호정안(江湖廷案)은 구룡야께서 만드신 안배에 따라 결론을 내도록 할까 하는데, 어떠시오?"

"나는 찬성이오."

"나 또한 반대하지 않겠소."

"그럼 그대로 가결을 하도록 하겠소. 다음 안건은 파천
지안(破天之案)인데, 구룡야께서 말씀해 주시겠소?"

흑묵야의 제안에 구룡야가 고개를 끄덕였다.

"혈왕과 사왕을 제외하고 천맥 내의 조직에 파천지안을
따라 뻐꾸기를 심는 데 성공한 것이 근 천여 년이 된 것을
여러분도 아실 것이오. 뻐꾸기들은 새끼를 까기 시작했고,
천맥 내에 있는 다른 천왕의 파벌 내에 다시 뻐꾸기를 심어
왔소. 사사밀교가 본격적으로 움직인 이후에는 그동안 연락
을 취하지 않았지만, 파천지안을 발동할 경우, 대부분의 천
맥들이 괴멸 상태에 빠질 것이오."

"천왕들은 어떻게 되는 것이오?"

"피해를 입히기는 하겠지만, 뻐꾸기들로 처리하는 것은
어렵다고 생각하오."

"하긴, 그자들은 사람이 아니라 괴물이니까. 그래도 구
룡야라면 방법을 마련했을 것 같은데, 설명을 해주시겠
소?"

"천맥의 종주들이 가려졌다고는 하지만, 각 천왕들의 힘
이 종주들에 비해 떨어지는 것은 아닐 것이오. 나는 그들의
욕망을 자극해 파탄을 일으킬 생각이오."

"파탄이라니, 무슨 말이오?"

"뻐꾸기들의 움직임을 통해 서로를 불신하고 상잔케 하

려고 하오."

"그것이 가능하겠소?"

흑묵야의 질문처럼 나머지 야야들도 불신의 눈빛을 보냈다.

"구룡야는 지난 시간 동안 그것 하나만 연구를 해왔소. 그리고 원하는 것을 손에 넣었으니, 이제 실행하는 일만 남았소."

"구룡야께서 이리 장담을 하시는 것을 보니, 충분히 가능해 보이는 것 같소."

"서로 상잔을 하게 만드는 것까지는 가능하지만, 전부 처리하기는 힘들 것이오. 예상이기는 하나 천맥의 종주들은 살아남을 것이라 생각되오."

"그러면 살아남은 종주들의 처리는 우리가 직접 해야 하는 것은 변함이 없는 것이오?"

금조야가 물었다.

"그럴 것이오. 지금까지 구룡야들이 준비해 온 파천지안이라 할지라도 종주가 된 자들을 완벽하게 제거할 수는 없을 것이오."

"후후후, 하지만 살아남았다고 하더라도 힘을 많이 상실했을 테지요?"

"그럴 것이오."

"그자들은 괴물이오. 구룡야께서 준비하신 계획이라면

파천지안이 낼 수 있는 최상의 결과라고 생각하오. 그리고 어차피 우리 손으로 직접 천맥의 숨통을 잘아야 하지 않겠소?"

구룡야의 대답에 흑묵야가 주변을 둘러보며 말했다.

"파천지안을 시행하는 것에 찬성하오."

"나 또한 동의하는 바이오."

"좋소. 파천지안 또한 가결된 것으로 하겠소. 두 가지 안건이 모두 가결되었으니, 나와 금조야는 황군과 상계를 움직이도록 하겠소. 이로써 대륙천안지계는 발동 되었소."

"동(同)!!"

세 사람이 일제히 동의를 표했다. 진정한 대륙천안이 드디어 움직이기 시작했다.

10장. 혈교괴멸(血敎壞滅)

두두두두두!!

황량한 초원 위로 군마들이 질주하며 핏빛 장포를 걸친 이들의 눈에는 혈광이 흘렀다. 질주하는 군마의 맨 앞쪽에는 삼엄한 신색의 장년인들이 말을 달리고 있었다.

─얼마나 남았나?

─일좌, 이제 하루 거리입니다.

일좌인 천혼자의 전음에 이자인 지혼자가 대답을 했다.

─혈륜전대의 상태는 어떤가?

─무림맹에 도착하면 최고조에 달할 겁니다.

─다행이로군.

지혼자의 대답이 만족스러웠다. 배교와 바라문교, 패륵

불교의 세 종파가 합쳐져 만들어진 사사밀교에서 쫓겨나듯이 떨어져 나온 곳이 혈교였다. 종교적 신념의 차이로 말미암아 서로 가는 길을 달리했다고 세상에 알려져 있지만, 실상은 달랐다. 혈교라 알려진 것은 사사밀교 때문이었다. 신왕을 따르는 무리들이 피를 숭상하는 종지(宗志)와 편격괴이한 무예로 혹세무민하는 사교 집단이라고 세상에 헛소문을 퍼트린 탓이었다. 진정한 혈교도들은 사왕을 따르기에 신왕을 추종하는 무리들의 압박을 피해 나온 것뿐이었다.

복수하기 위해 혈교를 만들고, 세상의 소문대로 사사밀교가 의도한 대로 움직여 왔다. 세상의 소문이 험악해질수록 좋았다. 사왕의 추종자들은 깊숙이 숨어들었고, 반격을 준비할 수 있었다. 이 모든 게 사사밀교를 떠날 때 가지고 나온 세 종파의 성물이 있어 가능한 일이었다.

세상과 사사밀교를 완벽하게 속였다. 세상의 그 누구도 사왕의 추종자들이라는 것을 알아차리지 못할 만큼의 시간이 흘렀을 때, 십신장으로부터 합작 제의가 왔다. 기나긴 기다림의 끝이었다.

'놈들이 우리의 진정한 정체를 알아차리지 못한 것도 천운이었다. 그렇지 않았다면……'

사사밀교의 일에 협조하면서 마지막 안배를 시작했고, 혈륜전대를 완성할 수 있게 되었다. 합작을 했던 사사밀교의 배신으로 갈 곳을 잃었지만, 상관없었다. 처음 목표한 대로 혈륜전대가 완성되고 있는 중이기 때문이었다.

'사사밀교 내에 퍼진 소문으로 볼 때, 사왕은 분명 생존해 계신다. 신왕은 결코 사왕을 해할 수 없으니 말이다.'

사사밀교의 신왕이 사왕을 꺾었다는 소문이 난무했지만, 믿지 않았다. 사왕은 죽음에서도 부활할 수 있는 존재라는 것을 그 누구보다 잘 알고 있기 때문이었다.

'결국 예측대로 됐다.'

중원에서 암약하는 동안 사사밀교의 명령을 따르기만 한 것은 아니었다. 수많은 첩보를 수집했고, 분석했다. 서방천맥을 제외한 사방천맥에서 종주가 탄생했다는 것을 알아냈다. 사사밀교의 움직임으로 볼 때, 서방천맥에서도 신왕이 종주가 되었다는 것은 분명했다.

'놈들도 수순을 밟고 있는 중이다.'

예측한 대로 이제 사방천맥의 천하쟁패가 시작되려 하고 있었다. 금약 중 하나가 천하쟁패에는 본진의 세력만 이용할 수 있다는 것이다. 예상대로 사사밀교의 십신장은 주변을 정리하고 있었다. 다시 선을 넣고 혈교를 움직인 것을 보면, 그냥 정리하느니 중원을 혼란으로 몰아넣을 생각임이 분명했다.

'어차피 처음 놈들과 합작을 할 때부터 토사구팽은 염두에 둔 일이었으니, 이제는 우리의 갈 길을 가면 된다.'

혈교의 수뇌부가 사왕의 추종 세력이라는 것을 알아차리

지는 못하겠지만, 의심은 하고 있었을 것이다. 그러니 찜찜함을 털어버리기 위해서라도 제일 먼저 정리를 시작할 터였다.

'대륙천안의 수족과 같은 무림맹을 치기 원하는 것을 안다. 그렇지만 결코 뜻대로는 되지 않을 것이다.'

사사밀교에서 원하는 대로 해주기로 했다. 중원을 혼란으로 몰아넣고 무림맹과 상잔을 원하겠지만, 이번에 복수할 기회를 얻게 될 수 있기 때문이었다.

─무림맹과의 회전 후에 계획대로 하실 생각이십니까?

생각에 잠겨 있는 일좌를 향해 지혼자가 물었다.

─반드시 그렇게 해야 한다. 기고만장한 무림맹을 이번에 쓸어버리고 우리는 사라진다.

─세상 속에 몸을 숨기고 사왕께서 강림하실 때까지 기다린다고는 하지만…….

─의심하지 마라. 이는 수천 년을 내려온 운명의 안배이니 말이다.

─하지만 전 아직도 그가 사왕이라는 일좌의 말씀이 믿어지지 않습니다.

─너와 삼좌에게 베풀어진 술법이 바로 삼몽환시술이다. 그것은 오직 사왕께서만 시전할 수 있는 금단의 술법이다. 덕분에 너와 삼좌의 몸에 가해진 금제가 완전히 풀리지 않았느냐.

―그렇기는 하지만······.

―세상을 향한 위대한 존재들의 안배는 우리로서는 절대 알 수 없는 일이니, 아무 의심도 하지 말고 그냥 믿어라. 이 또한 우리의 운명이니 말이다.

―알겠습니다.

천혼자는 지혼자에게 스승 같은 존재였다. 자신에게 걸린 금제가 완전히 풀린 것도 사실이기에 지혼자는 수긍할 수밖에 없었다.

'아직 모든 것을 말해주지 못해서 미안하다. 하지만 네게 펼쳐진 삼몽환시술은 분명 사왕께서 하신 것이니 말이다.'

자신이 직접 키우다시피 한 이좌이지만, 사왕이라는 존재에 숨겨진 비밀을 알려줄 필요는 없었다. 자칫 사방천맥이나 대륙천안에 알려질 경우, 모든 것이 파탄 날 수도 있어서였다.

―모두 속도를 높여라!

두두두두두!

지혼자의 전음에 혈륜전대원들은 자신의 말에 채찍을 가했다. 화음현으로 향하는 혈륜전대의 속도가 빨라지고 있었다.

＊　　　＊　　　＊

슈우우우!

달조차 없는 어두운 그믐 밤.

가공할 속도로 두 개의 그림자가 허공을 가르고 있었다.

─주군, 감사합니다.

가히 경악할 속도로 경공을 발휘하고 있던 저량이 전음으로 말했다. 의식으로 직접 의사가 전해진다는 혜광심어였다.

─그 말을 내가 해야 하는 것 아닌가. 네가 아니었으면 그것으로 나는 끝이었을 테니 말이야.

─그렇지 않았을 겁니다. 떨어지신 그곳은 제가 없었더라도 저처럼 주군을 끌어들였을 것입니다.

목적한 곳에 주군을 올려놓고 정신을 잃은 사이, 자신은 전혀 엉뚱한 곳에 있었다. 정신을 차리고 보니 극음과 극양이 공존한다는 음양혈지(陰陽血池)에 누워 있는 자신이었다. 기이한 힘에 의해 자신이 음양혈지로 옮겨진 것이 분명하기에 저량은 공치사를 하지 않았다. 자신이 없었더라도 주군인 서린이 연화대로 옮겨졌을 것이기 때문이다.

─아니야. 그럴 수도 있겠지만, 그것은 가정일 뿐이지. 그나저나 다 와가는 것 같은데.

─그런 것 같습니다.

두 사람은 경공을 멈추고 은신법을 발휘해 신형을 숨겼

다. 허공에서 갑자기 사라지는 두 사람은 마치 귀신같았다.

―저들이 십대세가의 인물들인가?

―무구들을 보면 십대세가의 인물들이 분명합니다.

매복해 숨어 있는 자들을 확인한 저량이 대답을 했다.

―문인 군사가 빠져 있는 것 같습니다. 문인세가를 비롯해 주군과 안면이 초씨세가도 이 자리에는 없는 것 같습니다.

―당문은 지금 북경에 있을 테고, 문인세가와 초씨세가가 빠졌다면 계획대로 된 모양이군.

―그런 것 같습니다. 그런데 그들은 어떻게 하실 겁니까?

―약속한 대로 해야겠지.

―하지만 두르가의 날개들을 속이는 것은 쉬운 일이 아닐 겁니다.

―걱정하는 일은 일어나지 않을 것이다. 그들이 알고 있는 것과는 다르게 혈륜전대는 다른 존재들이니까 말이야.

―하지만…….

―이번 일은 내가 모두 처리할 테니, 넌 매복해 있는 칠대세가의 이목을 속이는 일에 집중하는 것이 좋을 것 같다. 만에 하나라도 놈들이 눈치를 채는 날에는 모든 것이 허사가 될 테니까 말이야.

―알겠습니다, 주군.

무슨 뜻으로 하는 말인지 알기에 저량은 은밀히 움직여 매복해 있는 십대세가의 고수들 사이로 스며들었다.

'으음, 밀야유상(密冶有想)을 이렇게 펼칠 줄이야.'

음양혈지 안에서 기연을 얻었다. 가히 삼 갑자에 달하는 내공을 얻었다. 음양혈지가 말라 버리고 바닥이 드러나자 그곳에서 가공할 만한 진경을 얻었다. 사왕을 보필할 자가 익혀야 할 술법들이었다. 밀야유상 또한 저량이 얻게 된 것 중 하나로, 상대방에게 원하는 것을 보여줄 수 있는 가공할 술법이다. 이 술법이 무서운 이유는 한 번 펼쳐지면 지정한 공간 안에 있던 이들이 모두 현실과 같은 환상을 공유한다는 점이었다.

매복지의 중심지에 들어선 저량에게서 밀야유상이 펼쳐지자 칠대세가의 인물들이 모두 고개를 떨궜다. 각 세가의 가주와 장로 등 초고수들조차 밀야유상을 알아차리지 못하고 모두 환상 속으로 빠져들었다.

―주군, 끝났습니다.

―지속 시간이 한 시진이라고 했나?

―그렇습니다.

―시간 안에 끝내려면 곧바로 시작을 해야겠군.

―누워 있는 놈들이나 신나게 해주십시오.

―완벽하지는 않을 거야.

―아무런 문제가 없을 테니, 걱정하지 마십시오. 제가

보고 있는 것이 모두 자신들이 한 것처럼 생각될 테니까 말입니다.

─알았다.

서린은 천천히 발걸음을 옮겼다. 천천히 옮겨가고 있는 발걸음 저 멀리 어둠 속에서 무엇인가가 일렁이고 있었다.

'마치 혈랑 떼 같군.'

가공할 속도로 다가오고 있는 군마들 사이로 붉은 눈동자가 일렁였다. 천혼자가 자신하는 혈륜전대원들이었다. 칠흑같이 어둡지만 자신이 의식을 제압했던 지혼자와 인혼자가 말을 타고 달려오는 모습을 볼 수 있었다.

'암중으로 걸려 있던 것이 풀리면서 같이 풀어진 모양이군.'

영혼으로 연결되어 있던 끈이 떨어진 느낌을 받은 것은 한참 전이었다. 자신의 금제가 풀린다는 것은 있을 수 없는 일이기에 의혹을 지니고 있었는데, 이제 보니 진짜 자신의 금제를 푼 모양이었다. 의식을 제압할 당시 지혼자와 인혼자의 의식 속에 뭔가 있다는 것을 느꼈는데, 이제 직접 두 사람을 보니 그것이 풀리면서 자신의 금제도 해제된 것이 분명했다.

다가닥! 다가닥!!

전속력으로 달려오던 군마들이 삼백여 장을 남겨놓고 속도를 줄이기 시작했다.

"인사를 드려야 하나 그에 앞서 시험부터 하게 되는 것을 용서하시오."

"신경 쓰지 않으니 어서 덤비기나 해라."

천혼자의 사죄에 서린이 상관없다는 듯 말했다.

"그럼 시작하겠소."

천혼자가 손을 들었다.

두두두두!

천 명의 혈륜전대원이 십좌의 지휘를 받아 사방으로 흩어지며 서린을 포위했다. 자신들의 무구를 꺼내 든 후 고삐조차 쥐지 않은 채 다리로만 일사불란하게 말들을 이동시키는 모습은 가히 발군이었다.

"간다!!"

진형을 갖추자 서린이 번개같이 앞으로 튀어나갔다.

콰쾅!

콰콰콰쾅!!

까─가가가강!

혈륜전대원들이 무구를 뻗어내자 시뻘건 강기가 솟구쳐 올랐다. 서린은 상관하지 않고 호신강기를 이용해 강기와 부딪치며 혈륜전대원들을 공격했다. 기운과 기운이 충돌하며 폭음을 장내에 뿌렸다.

파파파파팟!

퍼퍼퍼퍼퍼퍼퍽!

붉은 기운을 전신에 두른 채 허공을 넘나들며 혈륜전대원들을 때려눕히는 서린의 모습은 마치 허깨비 같았다. 군마를 타고 있는 혈륜전대를 상대하면서 서린은 한 번도 땅에 내려서지 않으면서 상대를 해 나갔다. 검도창의 각양각색의 병기를 상대하면서도 한 번도 같은 초식을 사용하지 않았다. 보는 이들 모두가 두려워할 만한 모습이었다.

혈전기라 불리는 투기를 불러일으킨 혈륜전대 또한 마찬가지였다. 혈륜전대원 모두가 강기를 사용하고 있었다. 서린과 마찬가지로 붉은 기운이 무구와 몸짓마다 서려 있었다. 서린에게 타격을 받아 수십 장 날아가 흙바닥에 내동댕이쳐져도 다시 일어나 죽기 살기로 공격을 해 댔다. 지옥의 야차가 따로 없었다.

일천 대 일 사이에 한 치의 양보도 없는 공방이 계속해서 이루어졌다. 양자 모두 가공할 속도로 움직이며 공방을 주고받는 모습이 처절하기 그지없었다. 그러나 싸움의 주도권은 서린이 쥐고 있었다. 서린의 손짓과 발짓에 혈륜전대원들이 수도 없이 나가떨어졌다.

밀아유상을 펼치며 이런 모습을 바라보고 있던 저량은 등 뒤로 전율이 흘렀다. 표흘하게 신형을 날리면서 사방에서 짓쳐 드는 공격을 상대하고 있었다. 혈륜전대원들을 일진광풍에 휘말린 낙엽이나 다름없는 꼴로 만들어 버리는 서린의 모습은 한마디로 말해 전신이었다.

'어떻게 저럴 수가 있지? 최소 일 갑자의 공력을 가진 놈들로 보이는데. 그나저나 저놈들도 대단하다. 어떻게 비명 한 번 지르지 않는 거지?'

서린의 공격은 강기를 담은 것이라 철괴라도 일수에 가루로 만들어 버리는 위력을 가지고 있었다. 그런 공격을 받으면서도 혈륜전대원들은 쓰러질지언정 죽어 나가는 이는 하나도 없었다. 희미하지만 붉은 기운을 전신에 두르고, 두 눈에는 핏빛 혈광을 줄기줄기 뻗어내는 혈륜전대원들은 서린의 공격을 맨몸으로 버티고 있었다.

피육이 터지고 다리가 부러져도 서린에 대한 공격을 멈추지 않았다. 비명을 지르며 바닥을 뒹굴어야 정상인 상황에서도 어떻게 해서든지 다시 일어나 서린을 향해 달려드는 모습은 아귀와 다름없었다.

'둘 다 대단하다.'

지옥의 아수라장이 현실에 강림한 것 같은 모습에 저량은 고개를 절레절레 저었다.

'주군의 말씀이 맞군. 밀야유상으로 지금 저자들의 모습을 각인시킨다면 미쳐 버리고 말았을 것이다.'

칠대세가의 무인들을 속이기 위한 계획에는 여러 가지가 있었다. 혈륜전대와 직접 격돌해 칠대세가가 승리하는 것도 계획에 있었지만, 서린이 강력하게 반대를 했다. 심각한 문제를 야기할 수 있다고 반대를 한 것이었다. 당시에는 이해를 하지 못했는데, 지금은 알 것 같았다.

밀야유상은 상대의 반응에 따라 환상을 보여주는 것이었다. 혈륜전대가 저렇게 반응한다면 칠대세가의 무인들은 밀야유상이 끝나기도 전에 심력이 고갈되어 죽음에 이를 수도 있었다. 무인이 아니라 전투에 미친 혈귀들의 악다구니를 대부분 견뎌낼 수 없었을 것이다.

'이제 슬슬 끝내실 모양이구나. 죽은 자가 없어 다행이다. 더 이상 진행하는 것도 무리다. 나도 슬슬 준비를 해야겠다.'

서린이 약속한 시간이 다가오고 있었다. 최소한 두세 번 타격을 가했다. 대부분의 혈륜전대원들이 부상을 입고 있었다. 부상을 금방 회복하는 것 같지만, 제법 큰 부상을 입은 자들도 많았다. 더 이상 계속했다가는 인명 피해가 날 상황이지만, 지금까지 죽은 자가 없다는 것이 용할 뿐이었다.

―주군, 끝내셔야 할 때입니다.

―알았다. 한 번 더 몰아치고 끝내도록 하지.

―알겠습니다. 그럼 저도 마무리를 하도록 하겠습니다.

밀야유상은 지금부터가 중요했다. 칠대세가의 무인들은 앞으로 벌어질 일들을 자신들에 의해 일어난 것으로 알아야 했다. 전보다 더 집중할 필요가 있었다.

팟!

서린의 신형이 솟구쳐 올랐다. 거의 십여 장에 가까운 높이까지 떠오른 서린의 신형이 허공에 멈췄다.

'부상이 많군.'

일천 대 일의 가공할 전투는 한 시진가량 계속해서 진행됐다. 그리 길지 않은 시간이지만, 혈륜전대원들 중 반수가량이 바닥에 누워 있었다. 강기를 다룰 수 있는 절정의 고수들이지만 불과 한 시진 사이에 엄청난 피해를 입은 것이다.

"그만 멈춰라!!"

서린의 신형이 허공에 멈춘 채 자신들을 바라보고 있자 천혼자가 사자후를 발휘해 전투를 멈춰 세웠다.

"부상자들을 정리해라!"

천혼자의 외침에 아직 부상을 입지 않은 혈륜전대원들에 의해 전장이 빠르게 정리되었다. 서린은 그런 혈륜전대원들의 모습을 말없이 바라보고 있었다.

다가닥! 다가닥!

어느 정도 전장이 정리되자 십좌가 천천히 말을 몰아 허공에 떠 있는 서린을 향해 다가섰다. 평생에 다시 볼 수 없는 전투를 지켜본 이들이다. 적의로 가득 차야 정상이건만, 천혼자를 비롯한 십좌들은 기꺼운 눈으로 서린을 바라보고 있었다.

"살아 있었군?"

"사왕의 후예들은 죽음을 벗어난 이들임을 아시지 않습

니까?"

관후량의 검에 죽었다고 알려져 있던 천혼자가 아무렇지
않게 대답을 했다.

서린도 혈륜전대가 익힌 것이 무엇인지 알기에 고개를
끄덕였다. 심장이 박살 나도 뇌가 죽지 않는다면 언제든지
되살아 날 수 있는 부활의 대법을 말이다.

"그보다 펼치신 무예가 사방투인 것을 보니 사사밀혼심
법을 극성으로 익히신 것 같습니다, 사왕이시여!"

"그렇다. 맹약에 의해 나를 인정하는가?"

"당연히 사왕께서는 저희의 주군이 되실 수 있습니다."

"되실 수 있다? 다른 시험이 더 있다는 뜻인가?"

"두 번째 시험이 있습니다."

"무엇이냐?"

"나머지 칠좌들의 금제를 풀어주시면 저희와 혈륜전대의
목숨을 거두실 수 있을 것입니다."

"으음, 좋다. 어차피 해야 할 일이니."

"감사합니다."

다가닥! 다가닥!

천혼자의 말이 끝나자 지혼자와 인혼자를 제외한 칠좌가
말을 몰고 앞으로 나섰다.

'저자가 굉오로군. 사좌라고 했던가?'

파르라니 깎은 머리에 선명한 계인을 보니 소림에서 간

자로 활동했던 굉오가 분명해 보였다.

'충성스러운 자들이다.'

모두가 사왕의 추종자들이었다. 대대로 유전되는 특별한 금제임에도 스스로 걸고 다시 강림할 사왕을 기다리는 자들이었다. 사사밀교 십신장의 음모에 의해 오명을 뒤집어쓰고 천하인들로부터 질타를 감수한 이들이다.

'삼몽환시술을 펼쳐야겠지. 그것이 진정한 사왕임을 증명하는 가장 확실한 방법이니까.'

사왕과 신왕이 남긴 최후의 유진을 얻은 후, 혈왕의 유진 또한 완성한 상태였다. 사방천맥의 초인이 아니라면 제압을 하지 않은 상태에서도 삼몽환시술을 시전할 수 있었다.

화르르르르!

붉은 기운이 불타오르는 횃불처럼 서린의 몸에서 사방으로 뻗쳐 나왔다. 두려우면서도 성스러워 보이는 혈기는 빠르게 장내에 퍼져 서린과 칠좌를 감쌌다. 혈기가 장내를 감싼 것도 잠시였다. 어느 순간 씻은 듯이 사라져 버렸다. 순식간에 삼몽환시술을 완성한 것이다.

천지인 삼혼자와는 달리 조금 전까지 가슴이 떨리고 두려운 마음으로 서린을 바라보고 있던 칠좌들이 무척이나 조심스러운 몸짓으로 마상에서 내려왔다. 어느새 다가온 것인지 천지인 삼좌 또한 그들의 옆에 나란히 서 있었다.

"천세혈왕을 뵈오!!"

공력이 담긴 웅장한 목소리가 오체투지하는 십좌의 입에서 일제히 터져 나왔다.

"천세혈왕을 뵈옵니다!!"

말에서 내려 뒤쪽에서 도열하고 있던 혈륜전대원들도 십좌의 행동에 맞춰 오체투지를 했다. 부상을 입은 자나 멀쩡한 자나, 하나같이 경외의 눈빛으로 고함을 지르듯 서린에게 인사를 하고 있었다.

번쩍!!

서린의 몸에서 강렬한 혈광이 뻗어 나와 십좌와 혈륜전대를 감쌌다.

"일어나라!"

담담하지만 장내에 있는 모든 사람들의 귓가로 서린의 목소리가 날아들었다.

"충!!"

사람들이 일제히 바닥에서 일어났다. 서린과의 공방으로 상당한 부상을 입어 오체투지할 때도 동료의 도움을 받은 이들이 이상하게도 멀쩡히 자리에서 일어났다. 큰 부상은 아니지만 대부분 내상을 입었는데, 전보다 더 활력이 있어 보였다.

"약속한 땅으로 가라. 그곳에서 혈왕전대로 거듭나라. 나는 이곳의 일을 마치고 너희들에게 갈 것이다."

"충!!"

십좌와 혈륜전대의 인사를 뒤로한 채 서린은 신형을 돌려 저량이 있는 곳으로 향했다.

척!

"시행하라!"

서린의 모습을 바라보던 천혼자의 손을 들어 올리고 사자후를 토했다. 천혼자의 외침에 혈륜전대원들은 말에 올라타고는 사방으로 퍼져 나갔다. 잠시 후, 사방 오천 장에 달하는 거대한 원이 혈륜전대원들에 의해 만들어졌다. 기이한 원진을 그린 혈륜전대원들은 마상에 달려 있는 주머니를 땅에 묻었다.

"혈왕전기를 풀어라!"

다시 한 번 터지는 천혼자의 외침에 혈륜전대의 두 눈에 흐르던 혈광이 자취를 감췄다.

"회군!!"

다시 한 번 울려 퍼지는 천혼자의 목소리에 혈륜전대원들은 자신의 말을 놔두고는 사방으로 비산했다.

"우리도 약속된 땅으로 간다."

"예, 일좌!!"

파파파팟!

구좌들 또한 천혼자의 지시에 일제히 몸을 날렸다. 십좌와 혈륜전대원들이 떠난 후, 장내에 남은 것은 군마들밖에 없었다. 특별한 훈련을 받은 것인지, 아니면 혈륜전대가 완성한 진세 때문인지 말들은 미동도 하지 않고 서 있었다.

"수고하셨습니다, 주군."

무림맹의 매복지로 다가온 서린을 저량이 반갑게 맞았다.

"이제 마무리만 남았다."

"이곳도 준비를 마쳤습니다. 주군께서 마지막 마무리만
하시면 됩니다. 십대가문의 가주들이 대륙천안과 손을 잡은
것이 분명하니, 충분히 통할 것입니다."

"그러지."

말을 마친 서린의 몸에서 다시 혈광이 솟아올랐다. 혈광
은 매복해 있던 칠대세가의 인물들에게 스며들었다.

"가자."

"예, 주군."

          *   *   *

서린과 저량이 장내를 떠난 후, 매복해 있던 이들의 눈이
서서히 총기를 띠기 시작했다.

"슬슬 시작을 해야 될 것 같은데, 단주 생각은 어떠시
오?"

"몸이 근질거리니 빨리 시작하는 것이 좋겠소. 놈들도
우리의 존재를 알아차린 것 같으니 말이오, 단주!"

"알겠습니다."

가주들의 재촉에 사자무적단주인 남궁일산이 신호를 보냈다. 땅을 파 묻어둔 죽간에 연이어 불이 붙었고, 빠르게 타들어 갔다.

"십만 근의 화약이 묻혀 있으니 내기로 몸을 보호하고 하지 마시고, 알려 드린 대로 움직여야 할 것입니다."

화약의 위력을 잘 알고 있어 호신강기를 두른 채 지켜보려 했지만, 무려 십만 근이었다. 꼴사나운 일이지만 남궁일산이 시키는 대로 해야 했다.

"알았네."

"그렇게 하도록 하지."

호신강기를 일으키고 바닥에 엎드린 채 배를 떼며 입을 벌렸다.

콰쾅!

콰—콰콰쾅!!

와르르르르!!

"우욱!"

"욱!"

강력한 폭발과 함께 감당할 수 없는 파장이 밀려들었다. 호신강기를 끌어 올렸음에도 진기가 흔들릴 정도로 강력한 파장이었다. 자신들보다 내력이 낮은 가솔 중에는 입으로 피를 토하는 이들도 있었다.

콰콰콰쾅! 콰쾅!!

천지가 붕괴되는 것 같은 폭발은 계속해서 이어졌다.

우르르릉!

폭발뿐만이 아니었다. 지반이 영향을 받은 것인지, 대지가 밑으로 꺼져 들어갔다. 대부분이 사암이라서 그런지, 땅이 꺼지는 속도가 무척이나 빨랐다.

"이곳까지 영향을 받을 것 같습니다."

"모두들 자리를 피해라. 어서!!"

가주들이 일제히 소리를 질렀고, 매복해 있던 이들이 일제히 자리에서 일어나 물러나기 시작했다. 경공을 발휘해 빠르게 십 리나 뒤로 물러난 칠대세가의 사람들은 자신들이 매복했던 곳이 빠르게 꺼져 내리고 있는 모습을 볼 수 있었다.

"조금만 늦었으면 큰일이 날 뻔했군."

"단주의 판단이 빨랐네."

다행히 제때에 피해 무사할 수 있었다는 사실을 깨달으며 가주들은 남궁일산을 칭찬했다.

"이제 어떻게 됐는지 확인하는 일만 남았습니다."

"확인을 해야겠지. 혈강시들을 처리하는 일이니 말이야."

"혈교 놈들도 참으로 지독합니다. 어떻게 스스로 강시가 될 생각을 했는지 말입니다."

"궁지에 몰린 쥐는 어떻게 튈지 모르는 법이네. 빨리 지시를 내리게. 빠져나가는 놈들이 있을지 모르니 말이네."

"예."

남궁일산은 빠르게 지시를 내렸다. 삼천에 달하는 칠대
세가의 무인들이 반원을 그리며 달려 나갔다. 무너져 내린
곳을 포위하듯 움직이는 모습을 보며 남아 있는 가주들도
삼엄한 얼굴로 폭발한 곳을 지켜봤다.

반 시진이 흐른 후, 폭발의 여파가 가라앉았다. 아직도
뿌연 먼지가 사방에 가득했지만, 다들 초절정에 이른 무인
들인지라 살펴보는 것이 가능했다.

"그나저나, 대협곡이 생겼군."

"지하에 있는 수맥이 영향이라도 받은 모양이로군."

지형이 완전히 바뀌었다. 깊이가 대략 오백여 장에 이르
는 대협곡이 생겨났다. 지하 수맥의 영향으로 공동이 있었
는지 지반이 가라앉아 있었다.

"폭발의 여파로 지반이 약해진 상태입니다. 모두들 조심
해서 움직이시기 바랍니다."

"조금 위험해도 놈들을 놓쳐서는 안 되네. 그러니 샅샅
이 뒤져야 할 걸세."

"다들 명심하고 있을 겁니다."

일제히 수색이 진행됐다. 폭발로 지반이 약해진 탓에 조
심스러운 움직임이었지만, 수색은 아주 철저했다. 수색은
날이 밝고도 이어졌다. 폭발 반경에서 빠져나간 이들이 없

는지 흔적을 찾기 위한 수색이었다. 밥도 먹지 않고 이어진 수색은 거의 신시가 될 때쯤에야 끝났다.

"누군가가 빠져나간 흔적은 없습니다."

"그럼 몰살을 당하고 지하 깊숙이 묻힌 거로군."

"그런 것 같습니다. 군마들의 흔적도 없는 것을 보면, 폭발하는 순간에도 알아차리지 못한 것이 분명합니다."

"그렇겠지. 도화선이 타들어 가는 냄새를 맡을까 봐 오장 지하에 도관을 파묻었으니까."

"이로써 혈교는 사라진 것 같습니다."

"지긋지긋한 놈들. 이렇게 수치스러운 짓을 해야만 뿌리를 끊을 수 있다니."

"그들은 인간이기를 포기한 자들입니다. 그러니 너무 자책하지 마십시오. 무인으로서 절대로 수치스러운 일이 아닙니다."

"알았네. 나를 이리 위로해 주다니, 고맙네."

양문이라 일컬어지는 양씨세가의 가주가 남궁일산에게 고마움을 표시했다.

"이만 무림맹으로 돌아가야 할 것 같습니다.'

"그러지."

혈교를 제거한 이상 강호의 풍파는 끝난 것이나 다름없었다. 비록 군부의 도움을 얻어 엄청난 화약을 사용한 것이 꺼림칙하지만, 혈강시를 자청한 자들을 처리한 것이니 마음의 부담은 없었다. 머지않아 혈교의 몰살이 서장에 알려질 것이고, 전쟁은 일어나지 않을 것이기 때문이다. 피해를 하나도 입지 않고 앞으로 일어날 천하혈난을 막아낸 것이었다.

"퇴각하라!!"

장내 정리가 끝나자 남궁일산은 퇴각을 지시했다. 밤이 다가오고 있지만, 무려 일천에 당하는 자들이 몰살당한 곳에 더 이상 있지 않고 싶었기에 다들 일사불란하게 움직여 장내를 떠났다.

"주군, 완벽하게 끝난 것 같습니다."

"일단 첫 단추는 잘 꿴 것 같다. 하지만 아직 끝난 것이 아니니 방심하지 말아야 할 것이다."

"그렇겠지요. 다들 엄청난 배후를 가진 자들이니 말입니다."

"일단 무림맹으로 가자."

"무림맹으로요?"

서린이 살아 있다는 사실이 사사밀교에 알려질 게 분명하기에 저량은 의문을 드러냈다.

"문인 군사만 만나고 놈들에게 향할 것이다."

"알겠습니다."

비밀리에 문인혜만 만나고 떠나겠다는 뜻이기에 저량은

고개를 숙였다.

＊　　　＊　　　＊

　화음현에 있는 무림맹의 군사는 바쁜 자리다. 더군다나
혈교의 잔당을 피해가 거의 없이 몰살을 시킨 마당이라 더
욱 바빠졌다. 향후 정국이 중원에 유리한 방향으로 흐르기
시작했기 때문에 각자 목소리를 내기 시작한 구대문파와 십
대세가의 의견을 조율하는 것은 매우 어려운 일이었다. 오
늘도 바쁜 일정을 끝내고 해시가 지나 자신의 숙소로 돌아
온 문인혜는 탁자에 앉아 집무실에서 가져온 보고서를 살폈
다.

　—건강이 염려되오.

　"아!"

　신형을 드러내지 않은 채 들려오는 목소리에 문인혜가
탄성을 질렀다. 가슴을 졸이며 기다려 온 사람의 목소리였
기에 너무도 반가웠다.

　"걱정했어요. 무림의 동향도 이상하고, 황실의 움직임도
예전과는 확연히 달라져 변을 당하신 줄 알았어요."

　—미안하오.

　예상했던 것보다 늦어진 것을 알기에 서린이 사과를 했
다.

"이번에 혈교의 혈강시를 처리한 것도 공자님이신가요?"

—혈교를 처리한 것은 맞지만… 혈강시라니, 무슨 말이오?

"간자들로부터 전해진 정보가 그랬어요. 혈교에서 오랫동안 준비해 온 대법으로 사람과 똑같은 강시를 만들어냈다고요. 최소 일 갑자 반의 내력을 가진 고수가 대법을 받고 도검불침의 피를 찾는 괴물들이 됐다는 정보였어요. 처음에는 반신반의했는데, 그들이 이동하면서 일으킨 혈사로 인해 무림맹이 들끓었어요. 그들은 정말 가축 한 마리 남기지 않고 몰살을 시켰어요. 그리고 남아 있는 시신에서는 피가 한 방울도 발견되지 않았기에 경악할 수밖에 없었어요. 그래서 군부의 도움을 얻어 화약을 이용한 것도 그 때문이고요."

서린은 사사밀교에서 사왕의 추종자를 세상에서 완전히 지워 버릴 심산이라는 것을 알아차렸다. 십좌와 혈륜전대는 이동만 했을 뿐이다. 사람들이 그렇게 죽어 나간 것은 사사밀교의 소행이 분명했다. 인간이 아닌 자들로 몰아서 세상에 뿌리를 내리지 못하도록 만든 것이다.

—그랬군.

"역시, 사사밀교에서 벌인 건가요?"

서린의 반응에 문인혜가 물었다.

—그들이 지나는 행로에는 마을 몇 개가 전부이니 조작하기도 쉬웠을 것이오. 몰살을 시켰는데 곧바로 알려진 것

을 보면 누군가 일부러 조작하지 않고는 일어날 수 없는 일이니까 말이오.

"제 생각대로군요. 그러면 공자께서는 이제 본격적으로 움직이실 생각인가요?

—그래야 할 것 같소. 사사밀교를 마무리 지어야 시간을 벌 수 있을 테니 말이오.

"저는 어떻게 해야 할지 모르겠어요. 칠대세가는 공자님이 말씀하신 대로 황실과 손을 잡은 것 같고, 구대문파 또한……."

문인혜는 구대문파의 배후를 입에 담기가 힘들었다. 인간이 아닌 자들이 언제 어디서 귀를 열고 있을지 몰라서였다.

—마음 놓고 말씀하셔도 될 것이오. 그리고 사사밀교를 처리하면 천하의 모든 세력들이 숨을 죽일 것이오. 어떻게 된 것인지 알아보기 위해서 말이오.

"정말 그럴까요?"

—지금까지 사방천맥에서 가장 강력한 세력을 구축한 것이 서방천맥이오. 십신장을 비롯해 십왕계의 초인들과 맞먹을 강자들을 수없이 보유하고 있는 곳이오. 사사밀교의 기반을 일거에 무너트리기는 어려울 것이오.

"방법이 없는 건가요?"

—지금은 하나뿐이오.

"무엇인가요?"

—종주를 뽑기 위한 쟁투가 지속되고 있다고 알려져야 하오. 사방천맥에서 종주가 뽑히지 않는다면, 금약에 따라 다른 천맥들도 움직이지 못하오. 하지만 그리 오래 끌 수도 없을 것이오.

"어째서 그렇지요?"

—천기를 가릴 수 있는 시간이 그 정도뿐이라서 그렇소. 시간이 지나면 천맥의 종주들은 완전해질 것이고, 자연적으로 알게 될 것이오. 대략 삼 년 정도의 시간을 벌 수 있을 테니, 문인 군사는 어르신들과 협력해 준비를 해야 할 것이오.

"으음……."

서린이 어려운 선택을 했다는 것을 알기에 문인혜는 신음을 흘렸다.

—걱정하지 마시오. 약속은 꼭 지킬 테니 말이오.

"알았어요. 고마워요. 하지만 조심하세요. 조사를 좀 해봤는데, 십신장이 가지고 있는 힘은 알려진 것보다 훨씬 더 큰 것 같으니 말이죠."

—꿍꿍이를 알 수 없는 자들이니 그럴 것이오. 조심할 터이니 앞으로 잘 부탁하겠소.

"알았어요. 최선을 다할게요."

—그럼.

더 이상 목소리가 들리지 않았다. 서린이 떠났다는 것을 확인하자 문인혜의 얼굴에 안타까운 빛이 흘렀다. 천하혈난을 막기 위해 혼자 감당할 것이 너무 많은 서린이 안타까워서였다.

*   *   *

"끝나셨습니까?"

무림맹이 바라보이는 산봉우리의 암반 위에서 가부좌를 틀고 있는 서린을 호위하던 저량이 물었다.

"문인 군사가 고생이 많은 것 같더군."

"그렇겠지요. 이번 혈난의 원인이 무엇인지 자세히 모르고 있으니 더욱 힘들어질 겁니다."

"알려주어야 하지 않을까?"

"주군, 지금은 알려주지 않는 것이 군사를 돕는 길입니다. 그리고 시간이 지나면 자연히 알게 될 일이기도 하고 말입니다. 지금 천맥이 어떤 존재인지 진실을 알게 되면 아무리 문인 군사라도 이렇게 움직일 수는 없을 테니 말입니다."

"그렇겠지?"

"그렇습니다. 세상일 중에는 모르는 것이 좋은 것도 있는 법입니다."

"문인 군사에게는 미안하지만, 이것으로 정리를 하도록 하지. 놈들의 위치는 파악이 끝났나?"

"다행히 파악했습니다. 신왕은 다시 수련을 시작했고, 놈들은 사사밀교를 다시 정비하고 있는 중입니다."

"그렇다면 다들 사사밀교에 있겠군."

"그렇습니다."

"좋아, 그리 가도록 하지. 구르기 시작한 혈륜을 잠시라도 멈추려면 말이야."

"주군의 뜻대로 될 것입니다."

무림맹이 바라보이는 산봉우리에서 두 사람이 자리를 떠났다. 허공을 날아가는 모습은 사람이 아닌 듯 보였다.

축지(縮地)!

땅을 접어 한 치의 길이로 만들어 이동하는 법술이다. 이매망량처럼 흐릿한 모습만이 보일 뿐이었다. 서린과 저량은 이 말도 되지 않는 법술을 아무렇지 않게 펼치고 있었다. 밤을 낮 삼아 길을 재촉한 두 사람은 고색창연한 건물들이 밀집해 있는 분지가 바라보이는 산등성이에 멈춰 섰다.

"이제 왔군."

"성스러움이 넘쳐 나는 곳입니다."

사사밀교의 본산인, 사원들이 밀집해 있는 곳이다. 여기 저기 정점에서 꼬챙이처럼 생긴 것들이 솟아오른 지붕은 둥근 구를 반으로 잘라놓은 모양이었다. 전체를 금박으로 입혀놓아 솟아오르는 태양의 광휘가 지붕을 타고 사원 전체로 퍼져 나가고 있어 일대 장관이 아닐 수 없었다.

"놈들을 끌어내리려면 두르가부터 불러내야겠지."

"두르가는 사사밀교의 정점입니다. 그녀가 있어야 십신 장도 권력을 휘두를 수 있으니, 반드시 걸려들 겁니다."

"일반 교도들이 다치지 않도록 이 주변에 결계를 치는 것이 좋겠군."

"제가 할 테니 주군께서는 두르가를 부르십시오."

"알았다."

신이 나는지 저량은 산등성이 주변을 옮겨 다니며 결계를 칠 준비를 했다.

'이제 신왕혈맥을 바로 세울 때다.'

초대 신왕혈맥의 주인들은 유진을 남겼다. 두르가 덕분이기는 하지만, 절차는 절차였다. 다른 마음을 먹고 신왕을 이용하려 했던 자들에게 철퇴를 가할 시간이었다.

11장. 무시종(無始終)!

서린은 수련동에 머물고 있는 두르가를 향해 자신의 의
지를 보냈다.

　—나를 느꼈을 테니, 곧장 이리로 오시오.

　영혼으로 얽혀 있는 터라 서린의 의지는 곧장 전달되었
다.

　펑!

　잠시 후, 중심부에 있던 사원의 지붕이 터져 나가며 속이
비치는 나삼을 걸친 여인이 곧장 서린을 향해 날아왔다.

　파파파파팟!!

　검은 연기 같은 것들이 가공할 속도로 그녀의 뒤를 따랐
다. 두르가의 수신호위인 십밀이었다.

―저량, 저들을 맡아라.

―염려하지 마십시오.

사사삭!

두르가가 산등성이에 내려서고, 뒤를 이어 십밀들 또한
모습을 드러내며 그녀의 주변에 포진을 했다.

"돌아오셨군요."

"모두 그대 덕분이오."

"오늘 마무리를 지으실 건가요?"

"그래야 하지 않겠소? 그대를 능멸한 자들이니 말이오."

"신왕의 분노가 어떠한 것인지, 그들도 이제는 알아야
할 겁니다."

"신왕이 아니오. 사왕의 분노가 될 것이오."

퍼퍼퍼퍽!

서린의 말이 끝나자 두르가의 뒤편에 포진해 있던 십밀
이 일제히 오체투지를 했다. 일체의 내력을 운용하지 않아
머리가 바닥에 부딪쳐 피가 흐름에도 십밀은 극경의 예를
보내고 있었다.

"너희들의 죄를 아느냐?"

"주인이시여, 죽여주십시오."

십밀이 몸을 떨며 대답을 했다.

"신왕을 목숨으로 보필하라는 사왕의 유지를 지키지 못
했음을 인정하느냐?"

"죽여주십시오."

"일거에 소멸시키려 했거늘, 알고 있다니 다행이구나. 너희들을 징치할 사람은 따로 있으니 그에게 죄를 청하라."

"존명!"

몸을 떨며 대답을 하는 십밀을 향해 저량이 다가섰다.

"일어서라. 주군의 뜻에 따라 너희들을 맡을 저량이다."

저량이 말을 했음에도 십밀은 몸을 일으키지 않았다.

"네놈들이 죽으려고 환장을 했구나."

저량은 노한 목소리로 말하며 기운을 일으켰다. 지저에서 올라온 것 같은, 음습하면서도 무거운 기운이었다.

"<u>으으으으</u>……."

"으읙!"

"너희들도 지금 느껴서 알겠지만, 저량은 사왕께서 남긴 십밀의 힘을 가지고 있다. 앞으로 너희들의 주인이 될 사람이니, 따르도록 해라."

"크으, 어찌!"

"아직도 느끼지 못하겠느냐?"

"허억!"

십밀들이 헛바람을 삼키며 일제히 고개를 들었다.

일렁이는 붉은 기운에 휩싸인 서린을 보는 순간, 십밀의 눈에는 놀라움을 넘어 공포가 서렸다. 붉은 혈기는 신왕과 사왕의 능력을 한 몸에 가졌음을 뜻하는 것이었다. 초대 신왕과 사왕이 예언했던 전설의 존재가 나타난 것이다.

"천하혈난의 시대에 세상을 종말로 이끌 전륜왕이 탄생할지니, 이는 곧 천세혈왕이라! 천세혈왕! 만세! 만세! 만만세!!"

한 명의 선창을 시작으로 십밀은 다시 오체투지를 하며 합창하듯 만세를 불렀다.

"너희들도 알고 있던 모양이구나."

"십밀은 사왕이 남기신 그림자이니 당연히 알고 있는 일입니다, 천세혈왕이시여!"

"역시 알고 있었군. 저량, 저들을 잘 이끌도록 해라. 네가 가지고 있는 십밀지력과 혈왕기라면 저들을 충분히 제어할 수 있을 것이다."

"알겠습니다, 주군."

"이제 놈들이 오는 모양이로군. 십밀과 함께 두르가를 데리고 자리를 피하도록 해라. '

"존명!"

두 눈에 아쉬운 빛이 스쳤지만, 두르가는 서린의 말에 따라 저량을 따라 자리를 피했다. 그녀와 저량의 뒤에는 잔뜩 긴장한 십밀이 따르고 있었다.

파파파팟!

서린이 혼자 장내에 남고 얼마 뒤, 화살이 꽂히듯 신형들이 장내에 나타났다. 두르가의 날개라 불리는 십신장들이었다.

"으음, 네놈은?"

슈누는 서린을 보고 놀람을 감추지 못했다. 자신들의 공격으로 숨이 끊어진 자가 살아서 눈앞에 나타났다는 것이 믿어지지가 않았다.

"후후후, 마하 비크라마디티야(위대한 고수)가 마하 데바라자(위대한 신들의 왕)가 될 수 있다고 생각한 네놈들을 징치하기 위해 지옥에서 기어 올라왔다면 믿겠느냐?"

"어디서 농간을 부리려 하느냐?"

"십천강(十天剛)을 맞고 신기에 십대사혈이 뚫려 죽은 자이거늘, 누굴 속이려 드느냐?"

인드라와 아그니가 불같이 화를 내며 앞으로 나섰다.

"이런, 이런. 이렇게 덜 떨어진 자들이 두르가의 날개들이었다니, 한심하군."

"이놈이!"

"네놈들은 신왕혈맥의 전설을 잊었느냐?"

싸늘한 서린의 음성에 십신장의 눈에 경악이 스쳤다.

"네놈들이 아직도!!"

"천하혈난의 시대에!"

"세상을 종말로 이끌 전륜왕이 탄생할지니!"

"이는 곧 천세혈왕이라!"

비슈누의 선창에 아그니가 뒤를 잇고 인드라가 끝을 맺

었다.

"하하하하하! 네놈들도 잊지 않은 모양이구나."

"그것은 전설일 뿐이다!"

쿠베라가 악을 쓰듯 부르짖었다. 다른 십신장에 비해 무력이 조금 떨어지는 쿠베라의 눈에는 공포가 서렸다. 입으로는 거짓이라 말하고 있지만, 누구보다 신왕혈맥의 전설을 신봉하는 이가 바로 쿠베라였다.

"호오, 네놈이 바로 신왕혈맥의 전상이라 자처하는 백금야(白金爺)라는 놈이로구나."

"허억!"

살기가 가득한 서린의 말에 쿠베라가 헛바람을 삼키며 주저앉았다.

"일어서라. 너는 십신장인 쿠베라다."

조화신인 비슈누가 공력을 실어 말했다. 서린이 발하는 기운을 막아낸 것이다.

"호오, 제법이로군. 역시 위대한 고수들이라는 말인가?"

왕이 되려는 자들답게 제법이었다. 사사밀혼의 오단계인 팔령야로 공간을 지배하고 압박을 가했는데, 의형살인기에 가까운 살기를 간단히 막아낸 것이다.

"네놈이 전륜왕이든 천세혈왕이든 상관없다. 어차피 이 자리에서 다시 죽여줄 테니까."

조화신이라 불리는 비슈누의 살기가 서린을 향해 몰아쳤

다. 바람도 없는데 입고 있는 장포가 펄럭였다.

'십밀과 마찬가지로 선대의 내력을 흡수해 원영체를 이룬 자들이라 그런지, 심상치 않구나.'

천지를 찢어발길 것 같은 살기가 십신장의 몸에서 흘러나왔다. 신명(神名)을 받을 만큼 강한 자들이었다.

'신명은 얻었으나 신성을 갖지 못했으니 세상에 해악만 끼칠 자들이다. 초대 신왕과 사왕이 그토록 바랐거늘, 십십과 십밀이 모두 실패했구나.'

천하의 주인이 되고자 했던 안배가 모두 실패했다. 십신장에 의해 두르가는 탄생하는 순간부터 제 힘을 온전히 발휘하지 못했다. 십밀 또한 그 일에 가담을 했거나 모른 척했을 것이 분명했다. 십밀이 지금 가지고 있는 힘이라면 충분히 십신을 막을 수 있었으니 말이다.

십신과 십밀은 신왕과 사왕이 세상에 남긴 안배였다. 신왕과 사왕을 보위해 사사밀교를 이끌며 수양을 게을리하지 않는다면 능히 천맥의 왕이라 불릴 정도로 권능을 쌓을 수 있도록 했지만, 욕심이 모든 것을 망쳤다.

십밀은 선천지력의 정수뿐만 아니라 다른 것도 후대에 전했다. 후대가 강해지기를 바라는 욕심에 전하지 말아야 할 후천의 정화까지 전한 것이다. 욕심을 가지고 과도하게 전한 탓에 조화가 틀어져 맹목적인 자들이 되었다.

십신 또한 욕심이 망쳤다. 신명을 얻을 정도로 가공한 무학을 손에 넣은 탓에 분수를 잊었다. 두르가가 약해진 것을 보고 힘으로 모든 것을 가지려 했다. 각자 신왕이 남긴 무학을 극성을 넘어 새로운 경지까지 익힌 탓이었다. 바르게 익혔다면 모를까, 욕심을 가지고 익힌 탓에 신성을 얻지 못한 것이다.

십신과 십밀이 전륜왕을 보좌해 천하를 정토(淨土)로 만들려 했던 두 신인의 고심이 모두 수포로 돌아간 것이다. 모두가 인간의 욕심이 만들어낸 비극이었다.

'십밀은 어느 정도 가능성이 있지만, 이들은 그렇지 못할 것 같구나.'

주변의 풀들이 누렇게 말라가기 시작했다. 기운이 넘쳐 사기가 되었다. 닿은 것은 모조리 주검 속으로 끌어들이는 가공할 기운이었다. 사기가 의지를 가졌다. 십신장은 의지는 이미 기운에 잠식을 당한 상태였다. 마구니나 다름없는 상황. 세상에 나갈 경우, 피를 부르는 자들이 될 뿐이었다.

서린은 자신이 창안한 천세혈왕삼극결을 극성으로 끌어올렸다. 저량이 설치한 결계가 흔들리고 있어 자칫 신신장을 놓칠 우려가 있어서였다.

혈옥(血玉)!

혈광이 번지다가 안으로 갈무리되어 나타난 서린의 모습은 마치 혈옥으로 만들어진 전신상 같았다. 연화대에서 얻은 전포조차 빛이 나고 있었다.

우르르르릉!

십방에서 압박해 들어오는 십신장의 거력은 무시무시했다. 저량이 설치한 십밀결이 흔들렸다.

'어떻게 저런 현상이……'

인간이 키운 기운이 인간의 의지를 잡아먹었다. 스스로 의지를 가지며 세상과 동조하여 자신과 같은 기운을 끌어들이고 있는 중이었다. 가히 권능이라 칭해도 부족함이 없었다.

'신왕과 사왕의 유진을 얻고 삼극결의 심단까지 익힌 것이 다행이구나. 그렇지 못했다면……'

천세혈왕삼극결의 또 다른 이름은 조화십이단이다. 모두 열두 개의 단개로 이루어진 공령의 심법이기 때문이다. 지금 서린이 완전히 익힌 것은 그중 십단(十段)인 미첨단(微尖壇).

의식하지 않아도 내외로 기의 수발이 자유로운 상태였다. 적의 공격에 저절로 내기가 일어나 방어를 하게 되고, 의지가 있으면 어느새 기세가 일어나 적을 공격하게 되는데, 위력은 아직까지 한 번도 시전해 보지 않아 미지수지만 충분히 감당할 수 있을 것 같았다. 공간을 장악하고 자신의 의지로 모든 것을 이룰 수 있는 제허공령(制虛空靈)의 경지가 바로 미첨단이기 때문이었다.

쩌저저적!

거대한 기운이 자신들이 가진 근원의 힘을 서린에게 집
중했다. 얼마나 강력한지 사왕과 신왕이 합작하여 만든 십
밀지력으로 만들어진 결계조차 한순간에 박살이 나버렸다.

우르르르!

거대한 힘을 지반이 견디지 못해 산등성이가 조금씩 무
너져 내렸다.

'더 이상 끌다가는 내가 다친다.'

십신장의 몸에서 깨어난 기는 강제로 세상의 기운을 끌
어모으고 있었다. 자신의 속성과 같은 것을 흡수해 점점 더
몸집을 불려가고 있어 한계를 넘으면 감당하지 못할 가능성
이 컸다. 더군다나 십싱장이 빠져나갈까 봐 결계 외곽에 자
신의 의지로 또 하나의 결계를 친 터라 더 이상은 무리가
아닐 수 없었다.

십신장을 집어삼킨 기운을 소멸시키고 나서 해야 할 일
도 있었다. 두르가를 제어하는 일이다. 그러지 못할 경우,
지금 보고 있는 십신장의 기운은 아무것도 아닌, 그야말로
끔찍한 사태를 불러올 수 있었다.

단순히 손속을 겨뤄서 해결될 일이 아니기에 서린의 양
손이 원을 그리듯 움직였다. 음인에 자전철풍을 담았다. 탄
양에는 음양혈기를 싣고, 곤룡에는 오행제밀을 연결해 모든
공간을 차단했다.

파—아잉!

철혈제왕기가 터져 나오며 십신장을 집어삼킨 기운들을 향해 쇄도했다.

투─투투투투투투투투퉁!!

사왕과 신왕의 권능이 합쳐진, 신왕혈력이 가세한 혈왕기가 기운을 끌어 올리는 신십장의 몸을 강타하자 북 치는 것 같은 소리가 거세게 울려 퍼졌다. 그러나 혈왕오격 중 사격이 연달아 시전됐음에도 십신장이 끌어 올린 기운은 죽지 않고 오히려 더 거세졌다.

휘이이이이!

서린과 십신장이 격돌하고 있는 곳을 중심으로 허공에는 거대한 소용돌이가 생겨났고, 하늘이 어두워지기 시작했다.

'이런, 실수했다.'

천세혈왕삼극결을 완성하지 못해 완벽하지 않은 혈왕기가 새로운 상황을 발생시켰다.

의지를 가진 기운들!

바로 원영체들이 십신장의 육체와 영혼을 소멸시켜 빨아들이기 시작한 것이다.

"젠장할!!"

거대한 눈동자들이 생겨났다. 의지를 가진 기운들이 드디어 세상을 보기 시작한 것이다.

'놈들이 인과율을 보기 시작하면 끝이다!'

세상의 기운이 의지를 가졌다. 인과율을 볼 수 있게 되면 직접적인 간섭도 가능했다. 그러면 세상은 종말을 맞이할 수밖에 없게 될 것이다. 그 옛날 신인들의 싸움으로 대륙이 바닷속으로 가라앉은 것은 일도 아니었다.

'어쩔 수 없다. 이렇게 된 이상!'

얼마 전부터 감을 잡기 시작한 십일 단계가 해결책이었다. 일반적인 타격으로는 상처조차 낼 수 없는 것으로 변해 버렸다. 공간을 격하여 자신의 기운을 생성시킬 수 있는 조화단만이 답이었다.

'저량, 부탁한다.'

서린은 조화단을 시전했다. 아직 완벽한 것은 아니기에 삼몽환시술 중 하나인 기전세혈술(氣傳勢血術)을 같이 시전했다. 기전세혈술 또한 자신의 기운을 다른 상대에게 전하는 술법이기에 조화단과 일부나마 상성이 맞았다.

자신을 바라보기 시작한 눈동자들 속으로 의지를 보냈다. 완벽하게 뜻이 서지 않는 것들이라 틈이 많았다. 기운들 속에 서서히 혈왕기가 자라나기 시작했다.

주르르르르!

서린의 눈과 귀, 코, 그리고 입에서 피가 흘러나오기 시작했다. 거대한 기운에 몸을 보호하던 호신강기마저 조화단으로 돌린 탓이었다.

'제기랄, 더 이상 혈왕기가 자라나지 않는다. 이렇게 된 이상, 삼극혈혼결(三極血魂結)!'

서린은 자신의 모든 것을 걸었다. 혈왕오격 중 마지막인 삼극혈혼결을 시전한 것이다. 십신장을 집어삼킨 기운들처럼 삼극혈혼결이 서린이 가진 기운을 집어삼켰다.

'크으, 됐다. 다시 자라난다.'

혈왕기가 아주 빠른 속도로 다시 자라나기 시작했다.

'크으윽, 끝이다. 이제 가랏!!'

서린은 한 줄기 구명의 기운만 남긴 채 혈왕기를 터트렸다.

콰—콰콰콰쾅!!

천지가 진동하는 폭발음이 사방으로 몰아쳤다. 주변의 산이 산사태가 난 것처럼 일제히 무너져 내렸다. 이십여 리나 떨어져 있던 사사밀교의 사원들도 폭발의 여파를 피해가지 못했다. 주변에 쳐져 있던 기문진이 무너지고, 건물들도 상당수 부서져 내렸다.

"크으으, 끝났나?"

무너져 내리고 있는 산등성이에 누운 서린은 십신장을 집어삼킨 기운이 사라졌음을 느꼈다. 신력에 버금가는 십신장을 막아냈다. 그것뿐만이 아니었다. 서장과 중원의 전쟁으로 시작될 천하혈난도 지연시켰다.

'이제 한 가지 일만 처리하면 된다.'

두르가를 원래의 모습으로 되돌리기 위해 한 가닥 혈왕기를 남겼다. 십신장을 몇 십 배나 능가할 마구니를 만들고 싫은 생각은 하나도 없다.

'이렇게 끝내는 것도 그다지 나쁘지는 않다.'

두르가를 원래 모습으로 되돌리고 나면 자신은 이대로 흙속에 파묻혀 죽음에 이를 테지만, 그래도 만족스러웠다. 형을 찾지 못한 것이 아쉽기는 하지만, 수많은 목숨을 구한 것이 기꺼웠다.

더군다나 신색을 되찾은 신왕과 저량이라면 충분히 다가올 혈난을 막을 수 있을 터였다.

―그만하세요. 당신의 죽음으로 진신을 찾고 싶지는 않아요.

―두르가…….

―천하혈난은 이제부터 시작이에요. 천세혈왕이자 전륜왕이 없으면 아무도 막을 수가 없어요.

―당신은 어떻게 하려고 그러오?

―나는 걱정하지 말아요. 당신이 십신장을 소멸시켜 준 덕분에 기회를 얻었어요.

―으음…….

십신장의 원영체들이 사라졌다면 흡수했던 자연의 기운들이 다시 되돌아가야 정상이지만, 소멸의 순간 갑자기 사라졌다는 것을 기억해 냈다.

―당신에게로 가서 부족한 것을 채웠군. 십신장이 죽어서는 당신에게 충성을 한 모양이오. 알았소. 이 모진 목숨,

다시 이어가 보겠소.

　—그 밑은 지하 수맥이 흘러요. 아마도 운남 쪽까지 이어질 거예요. 기운들을 수습하고 찾아갈 테니, 기다리고 있어요.

　—알았소. 당신 말대로 천하혈난이 진정으로 시작될 테니, 힘을 키우고 있겠소.

　—그럼 그때 봐요.

　두르가에서 전해진 의지를 끝으로 서린의 육신이 지하로 빨려 들어갔다.

　'다시 세상에 나올 때는 모든 것이 달라져 있을 것이다. 모든 것이……'

　천세혈왕의 길을 걷기 시작한 이후 첫 번째 쟁투에서 승리했지만, 완벽하지 못했다. 만신창이가 됐으니 패배한 것이나 다름없는 결과를 얻었다.

　십신장의 원영체들과 싸우며 혈왕오격의 마지막 일격과 조화단의 실체에 대한 단서를 찾았다. 극성으로 익히지 못했음에도 몸을 웅크리고 있는, 십계의 초인인 십왕과 맞먹는 두르가의 날개들을 꺾었다. 완벽하게 익힌다면 그 누구와 겨뤄도 패배하지 않을 자신이 있었다.

　'이번에도 지하로군. 후후후, 하지만 상관없겠지. 죽고 싶어도 죽을 수 없는 몸이니까. 이제 슬슬 잠이 들 시간이다. 깨어나면 또 다른 시작이 기다리고 있을 것이다.'

혈왕기를 몸에 두르고 혈왕잠월을 시전했다. 가사 상태에 빠졌지만, 안전하다. 혈왕기를 두른 이상 지하 수맥을 수십 년 떠돌더라도 이제는 목숨에 대한 위험은 없었다.

*　　　*　　　*

천하가 모두 놀라 할 말을 잃었다. 십대세가 중 칠대세가가 나서서 참여한 혈교와의 전쟁에서 이겼다고 발표를 했기 때문이었다. 칠대세가의 무인들이 혈교의 마인들을 모종의 장소로 끌어들여 폭사시켰다는 발표였다. 세가 무인들이 자발적으로 희생을 했으며, 군부에서는 엄청난 양의 화약을 제공해 마인들을 모두 제거했다는 사실은 천하를 충격으로 몰아넣었다.

반신반의하던 세상 사람들은 혈교와 십대세가가 충돌한 장소에서 멀리 떨어지지 않은 곳에 있던 대상 행렬이 전하는 소식에 무림맹의 발표가 사실이라는 것을 확인할 수 있었다. 강호의 이야기꾼들을 사실을 확인하기 위해 대상들이 말한 곳으로 향했고, 지형이 완전히 변해 버린 것을 보고 강호에 이야기를 전함으로써 사실임을 다시 증명해 주었다.

하나하나가 절정에 반열에 올랐다는 혈륜전대가 괴멸되었다는 것이 사실로 확인되자 서장의 정국이 요동을 쳤다. 중원 정벌을 위해 기치와 창검을 가다듬던 서장의 왕국들은

숨을 죽였고, 사사밀교 또한 행동을 자제하고 상황을 지켜
보았다.

비록 전운이 감도는 상태였지만, 사장과는 달리 중원은
비교적 안정을 유지했다. 무림과 관의 전력이 집중된 탓이
컸다. 워낙 막강한 전력이 서장과의 접경 지역에 포진한 터
라 이대로 안정 국면으로 접어들 것이라는 천하인의 생각이
었다. 비교적 안정적인 국면에 접어든 탓에 긴장감이 떨어
진 무림맹은 한가로운 나날을 보내고 있었다.

오늘도 정문을 지키고 있는 수문위사들은 긴장감 없이
번을 서고 있었다. 날이 어두워져 쌀쌀해진 날씨 탓인지 수
문위사들은 커다란 화톳불 근처에 모여 불을 쬐고 있었다.

"이보게, 이대로 끝나겠지?"

"하아암, 그렇겠지. 사사밀교 놈들이 놀란 자라새끼처럼
목을 잔뜩 움츠러들었지 않나?"

수문위사 하나가 하품을 하며 동료의 질문에 대답을 했
다.

"그래도 그렇게 난리를 쳤는데, 이대로 끝낼까?"

"허어, 이 사람. 모르는 소리 말게. 혈교가 저번에 박살
날 때 있지 않은가."

"그래. 그때 무슨 일이 있었나?"

"사실 우리 쪽 피해는 단 한 명도 없었다고 하네."

"놈들을 함정으로 끌어들이려고 수많은 세가 문인들이

희생됐다고 하지 않았나?"

"그게 아닐세. 그렇게 소문을 낸 것은 사실 다른 이유가 있네. 서장에서 오판하기 바랐기 때문이네."

"오판?"

"그래. 우리 쪽도 큰 희생이 있다고 오판을 하게 해서 전쟁을 일으키도록 하려 했다는군."

"그게 무슨 말도 안 되는……."

"자네도 알지 않은가, 우리 사숙 말이야."

"군사부에 있는 그분 말인가?"

"사숙께서 얼마 전에 하신 말씀이신데, 장로 회의에서 그때 서장 무리들을 싹 쓸어버리려 했다고 하더군. 그렇지만 사사밀교 쪽에서 눈치를 채서 작전을 접었다고 하더군."

"우와!"

"정말 좋은 기회였는데, 영악한 놈들이야."

"약간 소문이 나기는 했지만, 정말 그런 일이 있었군그래."

"당시에 세가 무인들이 자신을 희생해 놈들을 유인했다고 소문을 낸 이유는 화약을 썼다는 비난을 감추기 위해서라더군. 워낙 엄청난 폭발이라 그 일대의 지형이 완전히 변해 버릴 정도여서 잘못했다가는 문제가 될 수 있었다고 말이야."

그제야 이해가 가는지 수문위사가 고개를 끄덕였다.

"그리고 말이야……."

"또 뭔가가 있는 건가? 어서 말해보게."

말끝을 흐리는 동료를 향해 수문위사가 재촉했다.

"그게 혈교의 잔당들이 씨몰살을 당한 후에 사사밀교에서도 변고가 생겼다고 하더군."

"변고?"

"그러니까 누군가가 사사밀교의 고수들을 제거하기 시작했다는 거야. 그래서 엄청난 수의 고수들이 사라졌다는 거지."

"그, 그게 사실인가?"

십신장은 중원에서도 유명한 자들이었다. 서장 각국의 왕보다 우러름을 받는 존재들로, 가히 현경에 이른 고수들이라 알려졌기 때문이다.

"사실인지 아닌지는 모르지만, 변고가 있는 것만은 틀림없는 것 같네."

"그러면 곧바로 쳐들어가도 되지 않았나?"

"자네는 아직도 모르는군. 사사밀교에는 말이야, 고수들이 기라성처럼 즐비하다네. 변고가 일어났다고 해봤자 얼마나 있겠나. 더군다나 십신장이 건재하네. 그래서 먼저 공격을 하지 못하는 것이고."

"그놈들이 있으면……."

"전쟁이 일어나 봤자 우리 같은 졸자들만 죽어 나갈 것 아닌가. 이대로 현상을 유지하는 것이 자네나 나나 좋을 일이네."

"크흠, 그렇지? 어?"

헛기침을 하던 수문위사가 놀란 듯 시선을 돌렸다.

"뭔가?"

"저, 저기 보게."

"누, 누구지?"

검은색의 특이한 옷을 입고 있는 이가 걸어오고 있었다. 헌앙한 청년이었는데, 날카로운 검미와 심유한 눈동자들 가지고 있었다.

"무슨 일로 본 맹을 방문하신 것이오?"

기세가 심상치 않아 수문위사가 점잖은 어조로 물었다.

"문인 군사를 뵈러 왔소."

"군사님을 말이오?"

"천잔도문의 천서린이 뵙기를 청한다고 전해 주시오."

"아, 알겠소."

수문위사가 말을 더듬었다. 천잔도문은 흑도라 불리기는 했지만, 지금은 환골탈태해 북경 일대를 완전히 장악한 문파였다. 더군다나 혈교가 전멸한 후, 망한 것이나 다름없는 당문과 초씨세가가 동맹으로 합세하며 세를 불려 동북 삼성까지 아우르는 거대 문파가 되었기에 함부로 대할 수가 없었다.

"자네는 어서 천 공자를 지객청으로 모시게. 나는 군사 부로 가서 알리겠네."

"알았네."

수문위사가 문 안으로 뛰어 들어갔고, 남아 있던 동료는 천서린과 사령오아를 지객청으로 안내했다.

'드디어 시작이군.'

서린은 정문으로 들어서며 지난 시간을 떠올렸다. 장장 석 달간 이어진 혈로는 치가 떨릴 정도였다. 십신장이 비밀리에 키운 세력은 너무도 거대해 지우는 것이 매우 어려웠다.

"천 공자, 따라오시죠."

"알았소."

지객청에 잠시 머물던 서린은 자신을 안내하기 위해 나온 문사를 따라 군사부로 갈 수 있었다. 연무장을 가로지른 서린은 무림맹의 핵심이라고 할 수 있는 군사부에 도착했다.

"모시고 왔습니다."

"들어오시라고 하세요."

옥구슬이 굴러가는 목소리에 서린은 문인혜가 업무를 보고 있는 군사부로 거침없이 들어섰다.

"오랜만에 보는 것 같소."

"그런 것 같네요."

서린을 바라보는 문인혜의 두 눈에 물기가 어렸다. 다른 이들은 모르지만, 서린이 얼마나 힘든 혈로를 걸어왔는지 누구보다 잘 알기 때문이었다.

"이야기가 길어질 테니 자리를 옮기는 것이 좋을 것 같네요."

"그냥 말해도 괜찮소. 쥐새끼들은 모두 잠들었으니 말이오."

"시간은 얼마나 있는 건가요?"

"약속대로 삼 년은 벌 수 있을 것이오."

"시간이 없군요."

"놈들이 움직이기 시작한 탓이오."

"그래요. 어제 장로 회의에서 사사밀교를 공격하기로 결정을 내렸어요. 사사밀교의 전력이 확 줄어들었기 때문에 벌어진 일이죠. 이제 거칠 것이 없으니까요. 구대문파도 그렇고, 칠대세가도 각자의 길을 걸을 거예요. 공자, 우리에게는 시간이 필요해요. 부탁드려요."

"으음……."

문인혜가 무엇을 말하려는지 알기에 서린은 신음을 흘렸다.

"알아요. 염치가 없다는 것을……."

문인혜가 애원에 가까운 눈으로 서린을 바라보았다. 서

린은 문인혜가 어려운 결심을 했다는 것을 알았다.

"알았소. 하지만 이번뿐이오."

"고, 고마워요."

"하지만 명심해야 할 것이오. 그가 죽는다면 세상은 혼란에 빠질 것이오."

"천하가 혈난에 빠지는 것보다는 나아요."

"알았소. 그럼 이만……."

"배웅하지는 않을게요."

주르륵!

서린이 떠난 뒤 문인혜의 두 눈에서 눈물이 흘러내렸다. 울고 있는 문인혜의 뒤로 누군가 나타났다. 인자한 표정의 중년인은 문인혜의 어깨에 양손을 올려놓았다.

"아가야, 울지 마라. 이것이 힘이 없어 휘둘린 자의 운명이다."

"아버님."

"화하의 일맥 중 하나가 세상에서 사라져 버리게 됐지만, 결코 후회하지 말거라. 지금은 가지가 꺾여 나가는 아픔일 것이나 이로써 중천이 깨어날 것이다. 넌 중천의 군사로서 사명을 다해야 할 것이다. 신왕 두르가나 사왕도 웅크리고 있는 사방천맥의 십왕만이 천하를 두고 쟁투할 수 있는 존재들이 아님을 세상에 알려야 할 것이다."

"명심하겠습니다."

어느새 눈물을 멈춘 문인혜의 눈에 한기가 어리기 시작
했다. 그것은 지금까지 그녀가 보여주던 눈빛과는 많이 달
랐다.

*　　　　*　　　　*

정문을 나선 서린은 시선을 돌려 군사부를 바라봤다.
'어려운 결정을 한 것 같지만, 부탁하오. 그대가 바라보
고 있는 것이 세상을 지키는 존재여야 할 것이오. 만약 내
가 생각하는 그들이라면 천세혈왕이라는 이름으로 모든 것
을 사라지게 만들 테니 말이오.'
대륙천안이 드러난 이름이라면, 숨어 있는 조직이 따로
존재한다는 것을 이미 알고 있었다. 사방천맥과 맞먹는 저
력을 지녔을 것이라 추측되는 존재들이었다. 방금 전 군사
부 안에서도 그 흔적을 느꼈다. 혈왕기로도 찾을 수 없는
존재였다. 사방천맥에 속한 초인들은 지금 움직일 수 없는
상황이니, 있다면 딱 한곳뿐이었다. 십왕계의 초인들과 맞
먹을 수 있는 자들을 오직 세상에서 사라졌다고 알려진 존
재들뿐이었다.
'시간을 잊은 망령들이 천하를 향해 뛰쳐나올 것이고,
세상을 희롱하려 들 것이다. 천명이 내게 부여한 사명이 이
대로 끝이기를 바랐거늘, 문인 군사의 배후에 있는 이들이

움직이기 시작할 테니 황제가 내 손에 죽는다면 새로운 국면으로 접어들 것이다. 천하쟁투가 어디까지 번질지 모르지만, 나는 내 갈 길을 가면 된다.'

천하는 혈난에 빠질 것이고, 수많은 생명이 죽어 나갈 것이다. 누구도 멈출 수 없는 일이었다. 수천 년을 이어온 운명들이 이어져 멈출 수 없는 거대한 운명의 수레바퀴가 돌기 시작했기 때문이다.

팟!

무림맹에서 서린이 사라지고 사흘 후, 하늘이 무너졌다.

자금성이 슬픔에 빠지고, 강호가 침묵에 잠겼다.

천하를 바라보는 존재들은 앞으로 구르기 시작할 천하혈난의 수레바퀴를 맞이하기 위해 깊숙이 침잠했다.

〈『혈왕전서』 제1부 완결〉

후기

　글의 진행을 보아 어느 정도 눈치를 채셨겠지만 혈왕전
서는 신화를 바탕으로 쓰여진 글입니다. 중앙아시아와 동
아시아에 걸친 고대 건국신화를 바탕으로 쓰고 있어요.

　고대 신화에 관심이 많아서 자료를 찾아보다가 10년 전
처음 쓰기 시작했는데, 직장 생활에 바빠 전체적인 줄거리
만 잡아놓고 틈틈이 써온 것이라서 이제 1부를 끝내게 됐
네요.

　사실 혈왕전서는 2부작으로 기획된 작품입니다. 1부는
혈교지란, 2부는 천하혈난인데, 2부를 언제 쓰게 될지 모
르겠네요. 글이 너무 어려워서 읽기가 힘들다는 말씀들을
많이 하셔서 2부는 가급적 쉽게 쓸 생각입니다. 물론 2부
부터 보셔도 지장이 없도록 하는 건 필수겠죠?

돌이켜 보니 글을 쓰기 시작한 지가 어느새 13년이 됐네요. 워낙 정신적으로 피곤한 직업이라 스트레스 해소용으로 쓰기 시작했는데, 점점 더 어려워지네요. 독자분들께서 워낙 수준이 높아지시고, 많은 글들이 읽혀져서 말이죠. 앞으로도 열심히 쓸 테니 지켜봐 주시기 바랍니다.

빠른 시간 내에 여러분을 다시 찾아뵙겠습니다.

감사합니다.

미르영 배상.

혈왕전서

1판 1쇄 찍음 2015년 10월 19일
1판 1쇄 펴냄 2015년 10월 27일

지은이 | 미르영
펴낸이 | 정 필
펴낸곳 | 도서출판 **뿔미디어**

편집장 | 이재권
기획 · 편집 | 문정흠

출판등록 | 2002년 9월 11일 (제1081-1-132호)
주소 | 경기도 부천시 원미구 소향로 17번길(두성프라자) 303호 (우) 14544
전화 (032)651-6513 / 팩스 032)651-6094
E-mail | bbulmedia@hanmail.net
홈페이지 | http://bbulmedia.com

값 8,000원

ISBN 979-11-315-6875-0 04810
ISBN 979-11-7003-272-4 04810 (세트)